Dominique Plée

Anna

Dystopie

En application de l'art. L.137-2.-I. du code de la propriété intellectuelle, toute reproduction et/ou divulgation de parties de l'oeuvre dépassant le volume prévu par la loi est expressément interdite.

© Dominique Plée, 2025

Relecture : Dominique Plée
Correction : Dominique Plée
Autres contributeurs :

Édition : BoD · Books on Demand, 31 avenue Saint-Rémy, 57600 Forbach, bod@bod.fr
Impression : Libri Plureos GmbH, Friedensallee 273, 22763 Hamburg (Allemagne)

ISBN : 978-2-3225-5809-4
Dépôt légal : Février 2025

Chapitre 1

Malgré l'épaisseur de la porte de son bureau, Jean-Paul perçut le début de la cantate de Bach «*Wo soll ich fliehen hin*». Il consulta machinalement sa montre mais il aurait pu s'en dispenser car la ponctualité était une des multiples qualités d'Anna.

La montre marquait onze heures dix, et le chant s'élevait vers le ciel comme chaque jour depuis un mois. Dès que Jean-Paul eût donné son accord pour cette activité, elle était devenu un rituel ; la musique s'emparait deux fois par semaine de l'atmosphère confinée et trouble du lieu et chacune des pensionnaires, il avait pu l'observer, en ressortait apaisée.

Un mois plus tôt, il avait accepté la proposition de la jeune femme et n'avait pas eu à s'en repentir, malgré ses réticences initiales. C'était tellement en dehors des schémas classiques et des procédures habituelles, tellement nouveau et inattendu...

Petit à petit, le son s'affirma, le volume s'amplifia et il commença à percevoir, dans l'entremêlement des voix, la pureté de cristal du chant d'Anna, fin comme une dentelle éthérée et sublime.

Il ferma les yeux et se remémora ce soir d'été au StaatsOper de Vienne dix-huit ans auparavant, ce soir d'été où elle avait chanté de façon bouleversante l'air magique de la Comtesse au deuxième acte des *Noces de Figaro*... Mais c'était un autre temps, une autre époque.

Il rouvrit les yeux, se leva de son fauteuil et se dirigea vers la porte qu'il ouvrit précautionneusement.

Au dehors, à l'exception du chant, c'était le silence, autre preuve des modifications survenues durant ces dernières semaines. Il n'y avait pas un cri, pas un gémissement pas une injure dans l'air confiné.

Il tourna sur sa droite, suivit le sol carrelé, puis se rapprocha de la balustrade d'acier qui courait tout le long du bâtiment à deux mètres des murs. Il commença à descendre les marches en caillebotis qui menaient à l'étage inférieur.

Maintenant, le son était plus net, plus clair aussi. Il s'arrêta sur la plate-forme intermédiaire pour écouter en pleine conscience la musique qui s'échappait dans l'air chaud de ce matin vers le toit du bâtiment.

Une femme montait qui affichait un léger sourire, elle avait l'air apaisée et les cernes qui soulignaient ses yeux, il y a encore peu, s'étaient estompés. Elle avait l'air de lui dire : « Vous voyez ! »

Jean-Paul s'effaça pour la laisser passer.

- Bonjour Martine

- Bonjour Monsieur le Directeur

Il reprit sa descente et, en atteignant l'étage inférieur, alors que la femme était hors de vue, il décida de rester là sans rien faire de particulier, devant la porte de la salle d'où provenait la musique. Certaines fois, il était entré pour participer lorsque ses activités lui en laissaient le temps. Il s'adossa au poteau métallique le plus proche, ferma les yeux et inspira fortement.

Puis le chant cessa et il n'entendit plus qu'un murmure de voix inaudibles. Quelqu'un semblait donner des instructions aux personnes présentes derrière la porte.

Quelques secondes passèrent et les vocalises commencèrent, d'abord en Do, puis de ton en ton et demi-tons jusqu'à l'octave. Allait-il entrer ? Il hésitait.

Il rouvrit les yeux et constata qu'une vingtaine de minutes avaient passé, sans qu'il en eût la moindre conscience. Il se frotta le front pour libérer la petite pression qu'il ressentait depuis son réveil. Vingt minutes qui, ajoutées aux moments musicaux des jours qui s'écoulaient uniformes et monotones, facilitaient l'apaisement des tensions et le contrôle des émotions.

Il pensa que c'était une bénédiction qu'Anna eût été assignée dans l'établissement qu'il dirigeait. Un signe du Ciel, se demandait-il ? Mais il sentit son cœur se serrer lorsqu'il repensa au sort qui lui était réservé et qu'il était le seul à connaître.

Au début de son séjour, il avait été réticent aux innovations qu'elle proposait : c'était tellement en dehors des habitudes... Il se redressa et reprit le chemin de son bureau au second étage du bâtiment.

En arrivant devant la porte de son bureau, il vit Martine, la gardienne, qui attendait patiemment son retour.

- Monsieur le Directeur, voulez-vous un café ? Avec les collègues, on en a préparé...

C'est dans la salle où nous rangeons nos uniformes le soir.

- Volontiers mais comme votre proposition est inhabituelle, je soupçonne que vous souhaitez me parler de quelque chose qui vous préoccupe.

- C'est exact, avec les collègues, on voudrait vous parler. Mais on n'avait pas osé jusque là.

Il suivit la gardienne dans la direction opposée à celle dont il venait, le long d'un couloir qui n'était pas en bon état ; il y avait des cloques d'humidité sur le bas des murs, il nota la peinture qui s'effritait, les couleurs passées.... Pourtant, les rénovations n'étaient pas si anciennes.... Pas plus de dix ans selon les dossiers de son prédécesseur. Ou alors, les dossiers étaient faux et maquillés dans un but qui n'était que trop évident.

Un peu plus loin, c'étaient les gonds rouillés des portes qui attirèrent son attention, puis les éclairages blafards qui donnèrent, un instant, à la femme qui l'accompagnait le teint terreux d'une phtisique d'un temps passé. La lumière venait principalement d'ampoules nues sans protection pendant au bout de câbles dont il était loisible de se demander si leur isolation était correcte.

Tout était vieux, dégradé et malsain et il régnait une odeur vague, douceureuse et difficile à identifier dont on suspectait qu'il s'agissait d'un mélange de désinfectant et des mystères accumulés pendant près de soixante ans.

Il savait qu'il était compliqué, lent et douloureux de demander un budget de réfection. La somme allouée à chaque exercice s'avérait, année après année, de plus en plus ridicule.

On lui avait répondu la dernière fois qu'il s'était enhardi à tenter de faire valoir ses droits en tant que Directeur qu'il s'agissait d'une prison de femmes, qui abritait des pensionnaires qui n'étaient pas là parce qu'elles l'avaient voulu, mais qui purgeaient une dette envers la Nouvelle Société. Il n'avait pas lutté longtemps contre l'inertie qui trônait comme une déesse insensible dans le bureau de son interlocuteur. D'ailleurs, pourquoi était-ce un être humain qui l'avait reçu alors qu'il avait adressé sa demande numérique à Minerva ?

L'affreux bureaucrate qui l'avait invité dans les bureaux du Ministère était le représentant caricatural de cette race de malingres maladifs et stériles qui prenaient des décisions dont il était impossible de comprendre la finalité. Il prit un malin plaisir à repousser les arguments de Jean-Paul au moyen de sophismes appris par cœur dans quelque manuel de procédure.

Il avait posé un jour ses griffes sur le pouvoir de nuisance qu'on lui avait accordé et n'avait aucune intention de s'en défaire.

C'était sans doute une revanche sur une vie de déceptions, avait pensé Jean-Paul à ce moment. Mais pourquoi avait-il dû passer par ce fonctionnaire en chair et en os ? Pourquoi cet office n'avait-il pu être rempli par la machine ? Une marque de sadisme de celle-ci, lui faisant croire qu'un être humain s'adressant à un autre être humain aurait pu le fléchir alors que la machine était immuable et incorruptible ?

Jean-Paul et Martine arrivèrent au local d'habillage des gardiennes. La pièce, bien que de dimension modeste, était presque chaleureuse avec quelques belles photos au mur, une petite table couverte d'un joli napperon pour accueillir la cafetière et quelques tasses de porcelaine ; quelques chaises complétaient ce décor.

« D'où venaient ces objets personnels », se demanda-t-il. « Des objets des temps passés, gardés dans un but, peut-être même inconnu des femmes qui les avaient conservés ».

Il se rappelait, de nombreux mois auparavant, avoir donné l'autorisation à ces femmes de transformer simplement le local, destiné initialement à un autre usage. Il avait eu, à ce moment, une légère hésitation car il s'agissait d'une transformation qui contrevenait, s'en souvenait-il, à une certaine clause d'un règlement oublié.

Il y avait déjà deux autres femmes dont la gardienne-chef. Elles le saluèrent et lui proposèrent de prendre un siège. Il remarqua sur un coin de la table les quatre piluliers qui contenaient les aides utilisées par toute la population disposant d'un A.D (Assistant Digital). Martine se sentit légèrement mal à l'aise lorsqu'elle perçut le regard de Jean-Paul glisser vers les piluliers. Elle était gênée que leur chef les considérât comme des femmes ayant besoin d'un soutien chimique pour vivre. La consommation des drogues restait dans la sphère intime car chacun jouait un rôle dans la Nouvelle Société, celui de la capacité à s'assumer en toutes circonstances. Pour détourner l'attention, elle servit le café.

Elle ne pouvait deviner que les pensées de Jean-Paul étaient ailleurs.

Une fois qu'ils furent tous assis, Jean-Paul demanda aux trois femmes l'objet de cette petite réunion.

La gardienne-chef prit la parole :

- On n'a pas de revendications, Monsieur le Directeur, pour une fois,... Seulement des remarques sur ce qu'on voit et entend. Depuis que vous avez autorisé les exercices de chant avec la cantatrice.

- Vous voulez dire, Anna.

- Oui, oui... Anna si vous voulez. Eh bien, ça va beaucoup mieux, On a moins de cris la nuit comme autrefois, moins de rebellions aussi.... Les filles se portent mieux, psychologiquement et physiquement. Certaines me l'ont dit et puis, elles sont moins vulgaires, semblent soigner un peu leur langage et leur comportement, non seulement envers nous, mais aussi entre elles. On voulait attendre une durée suffisante pour être sûres et vous en faire part. Et puis, les ateliers de dessin ont renforcé ces changements... Et personnellement, nous nous sentons mieux.

- J'en suis ravi.... Sincèrement.

- C'est une expérience dont d'autres ailleurs pourraient s'inspirer. Qu'en pensez-vous ?

Et est-ce que c'est possible ?

La suggestion était logique mais Jean-Paul préféra éluder et plongea dans sa tasse de café dont il but une gorgée.

- Il est encore pour tirer des conclusions, enfin c'est ce que je crois.

- Cela fait bientôt quatre semaines, Monsieur le Directeur, et on est à leur contact, tous les jours. Même si c'est interdit, les résultats sont positifs et le Régime pourrait le comprendre.

- L'Administration doit être prête à accepter des aménagements. Il faut des preuves et, croyez-moi, des preuves en béton. Et une expérience plus longue, n'en doutez pas.

Et il ajouta :

- Je ne demande qu'à vous croire, mais attendons.

En lui-même, il savait que les gardiennes avaient raison mais il ne voulait pas affronter les démons extérieurs. Il savait que le chant était banni dans la Nouvelle Société, mais elles semblaient l'ignorer.

Les femmes semblèrent acquiescer à ces paroles et se regardèrent l'air un peu déçu en hochant la tête. Elles firent mine d'accepter sa décision car, devant l'imprévisibilité du monde où ils vivaient, elles comprenaient qu'il avait plus d'expérience.

Jean-Paul s'en voulait de leur dissimuler la vérité ; les pauvres femmes vivaient encore dans des illusions d'avant. En tant que membre de la classe moyenne supérieure, il savait très bien que la proposition de la gardienne-chef était impossible. Faire part de cette expérience au dehors n'était pas envisageable et son extension à d'autres prisons encore plus. C'était probablement la porte vers une rééducation forcée.

Jean-Paul et les gardiennes finirent leur café dans un silence presque religieux puis il se leva et remercia les trois gardiennes de la pause imprévue qui avait permis un échange d'informations sur le fonctionnement de l'établissement.

Il sortit pour regagner son bureau et ressentit une certaine allégresse d'avoir pris le temps de discuter avec ses collaboratrices, mais les murs dégradés et les ampoules nues étaient toujours le long de son parcours, comme un reproche muet à sa gestion des affaires du quotidien.

Il s'arrêta un instant pour réfléchir et s'accouda à la balustrade. Le bâtiment était long, peut-être deux cent mètres d'un bout à l'autre, et large de cent mètres environ, Sur plusieurs étages couraient ces barrières d'un vert passé, toutes identiques. Tout le centre de ce gigantesque rectangle était vide jusqu'au toit ajouré de quelques verrières insuffisantes pour assurer l'éclairage.

Il n'était pas plus de onze heures et demie mais il faisait déjà chaud, d'une chaleur humide accumulée lors des jours précédents et que personne ne savait évacuer. Il n'y avait nulle part de ventilateurs, ni d'air conditionné.

Il se passa un mouchoir sur le front pour essuyer la sueur qui commençait à perler. Elles avaient raison, ces femmes ; la présence d'Anna s'avérait une bénédiction.

Un fois revenu dans son bureau, il consulta de nouveau son dossier individuel qu'il connaissait presque par cœur et qui contenait tous les renseignements la concernant.

Chaque fois que la perplexité le saisissait en pensant à Anna, il revenait au dossier initial. Il n'y avait pas trace d'antécédents judiciaires et le régime de détention auquel devait être soumise la détenue était indiqué en lettres grasses : « surveillance particulière et attentive ». Surveillance particulière, murmura-t-il pour cette femme exemplaire, dont le comportement était en tous points digne d'éloges !

Il ne comprenait pas cette remarque et les éléments de cette incarcération continuaient à lui échapper, particulièrement la perpétuité annoncée trois semaines plus tôt.

Aucun élément du dossier médical ne figurait dans le dossier comme le prescrivait la loi. En revanche, apparaissait dès la seconde page l'indication que la détenue était dangereuse, sans qu'aucune explication supplémentaire ne fût donnée.

Enfin, il n'y avait pas de trace dans le document initial de la durée de la peine, ce dont Jean-Paul s'était inquiété dès le premier jour. Elle n'avait pas non plus le droit de recevoir de visites ou de courrier, ce qui était très étrange.

La première fois qu'il avait pris connaissance du dossier, il avait immédiatement téléphoné au bureau du procureur pour signaler cette énorme faute de procédure. La réponse, qui n'émanait pas du procureur absent ce jour, mais d'un de ses assistants boutonneux, avait été sèche, presque brutale.

Tout était normal pour l'assistant. Pour lui, Jean-Paul n'avait pas à faire de Droit ou à s'occuper de Philosophie mais il devait recevoir la détenue et veiller à son comportement vis à vis du règlement intérieur.

L'interlocuteur avait raccroché sèchement en concluant par un : « Il n'y a pas de vice de procédure, cela vient de haut. Vous n'êtes pas là pour vous en faire ». Et il avait ajouté : « Il est inutile d'appeler le procureur sur cette question, car il ne vous répondra pas ».

Jean-Paul avait reposé le combiné tout en se grattant le menton, ce qui était, chez lui, signe de grande perplexité.

À son arrivée un jour gris vers dix heures du matin, Anna fut placée en cellule d'attente, pièce relativement minuscule et sans ouverture extérieure. Elle s'assit, seule sur l'unique banc de bois dur et attendit. C'était une belle femme élancée aux cheveux blonds frôlant les épaules. Le regard aux beaux yeux bleu était intense et on devinait qu'il pouvait être passionné. Une bouche bien dessinée ajoutait du charme à ce visage ovale d'une pureté de madone antique.

Une heure plus tard, un agent du greffe de la prison procéda aux formalités de la mise sous écrou et lui attribua un numéro. Anna supporta stoïquement les questions sur sa situation personnelle et se soumit sans dire un mot à la séance de photos.

Enfin commença la fouille corporelle à charge d'une femme revêche âgée environ d'une cinquantaine d'années. Anna avait un petit sac à l'épaule dans lequel la femme ne jeta qu'un œil distrait. On retira les lacets de ses chaussures de sport, la ceinture de sa jupe et l'on vérifia qu'elle ne portait pas de bijoux, de broches ou d'objets pouvant servir d'arme le cas échéant.

Anna sentait la moiteur de son corps, cela faisait une journée entière qu'elle avait traîné de salles en salles, depuis le lieu où son sort avait été décidé. La femme à côté sentait vaguement l'eau de Javel... Elle demanda à prendre une douche, ce qu'on lui accorda. Au sortir de la salle d'eau, elle se sentait mieux. Le comptable vérifia avec elle les divers objets et l'argent en sa possession

Anna vit cet homme gris, sans relief, étroit d'épaules, au teint jaune et aux dents manquantes, inscrire l'inventaire sur un registre spécial au compte de l'intéressée et placer ses effets dans une caisse qu'il ferma à clé.

On lui laissa sa montre et on lui demanda si elle faisait usage de médicaments, pour en informer le médecin. Mais ce n'était pas le cas ; Anna jouissait d'une bonne santé malgré la vie trépidante qu'elle avait menée depuis l'âge de vingt ans sur les diverses scènes lyriques du Monde.

On lui fournit une trousse de toilette sommaire et un pyjama. Elle n'avait pas d'autre vêtements que ceux qu'elle portait, n'ayant pas été autorisée à emporter de valise.

- Monsieur, pour me changer, comment fais-je ? Je n'ai rien d'autre à me mettre et je ne me vois pas passer les journées en pyjama.

- Quand vous serez dans votre cellule, vous pourrez poser la question à la gardienne. Elle vous proposera le basique, ce que toutes portent ici et on vous décomptera le prix des avoirs que vous avez déposés... Ainsi que le coût du pyjama, cela va sans dire.

Anna reçut l'information sans sourciller, puis une gardienne la prit par le bras pour l'emmener vers sa cellule. Elle se laissa faire, indifférente, presque détachée de la situation dans laquelle elle était plongée.

Les deux femmes passèrent une première porte de bois, celle qui donnait sur le greffe, puis presque immédiatement, un portique de détection. Après l'avoir franchi, elles suivirent un couloir mal éclairé.

Anna, en levant les yeux, vit le toit loin au-dessus de l'espace central ceinturé par la balustrade. Un peu de lumière entrait par les quelques lucarnes ternies.

Elle se demanda combien de temps ces ouvertures constitueraient sa seule vision de la lumière extérieure. Elle n'en avait aucune idée et le directeur de la prison non plus.

Il n'était même pas certain qu'un être humain eût cette connaissance.

Rapidement, Anna et la gardienne arrivèrent devant une porte dotée d'une petite ouverture carrée munie d'une grille. La femme sortit un trousseau de clés, en choisit une et ouvrit la porte qui grinça légèrement.

- Une nouvelle pour vous. Il ne devra pas y avoir d'histoires avec elle, compris ?

Puis elle poussa Anna sans ménagement et la porte se referma avec un bruit sourd.

Anna regarda. Elle se trouvait dans une pièce de 20 m² où deux femmes la regardaient le regard fermé et hostile.

Jean-Paul sortit de son bureau. Il était six heures. Il descendit l'escalier en caillebotis, attentif à ne pas faire sonner exagérément les marches métalliques comme
certains de ses collègues avaient accoutumé dans d'autres établissements qu'il avait visités. Pour marquer leur territoire ? Montrer qu'ils y étaient les maîtres et qu'on leur devait le respect ?

Il laissa des consignes au Poste de garde et ouvrit la porte extérieure.

Le chaud soleil, qui avait amorcé sa descente vers l'Ouest, brillait d'une lueur orangée ; ses yeux cillèrent le temps de s'habituer à la variation de luminosité. Le parking était à vingt mètres, pratiquement désert. Il monta dans sa voiture et démarra dans la chaleur du jour finissant.

En tant que Directeur d'un établissement pénitentiaire, grade relativement élevé dans la Nouvelle Société, il avait droit à une voiture et à une quantité limitée de carburant mensuel mais ils n'étaient que trois dans l'établissement à bénéficier de cet avantage. Il y avait théoriquement des contrôles mais jusqu'alors, nul, être humain ou machine, ne lui avait demandé de compte sur sa consommation.

La plupart de ses concitoyens ne possédaient plus de véhicule personnel ; ils devaient se contenter de transports en commun défaillants, en particulier des bus électriques, ou de bicyclettes dont l'usage avait connu un essor foudroyant.

Les voitures étaient un luxe qui avait été éliminé de façon autoritaire au moment de l'établissement de la Nouvelle Société. En plus d'être des contributrices nettes à l'effet de serre, elles étaient la marque d'une possession personnelle, d'un égoïsme foncier et aussi, d'une forme de liberté qui n'était plus de mode.

Seules avaient été autorisés les véhicules à hydrogène et les véhicules électriques lancés à grands renforts d'aides publiques. Rapidement, ces solutions s'avérèrent incapables de répondre aux demandes, du fait de l'effondrement des structures de production d'électricité. Le développement à une échelle jamais vue d'éoliennes et de panneaux photovoltaïques conduisit à une réduction nette des kilowatts disponibles. Sans électricité à bon marché, telle que celle fournie pendant de nombreuses années par les centrales nucléaires, il était illusoire de vouloir fabriquer de l'hydrogène ou d'alimenter des batteries.

L'engouement initial, largement provoqué par une propagande infernale, s'étiola vite et le marché de ces voitures ne dépassa jamais dix pour cents du parc total. Peu à peu, la majorité de la population s'habitua à vivre sans véhicule et à rouler en vélo.

Jean-Paul connaissait par cœur la route qu'il parcourait matin et soir depuis huit ans. À travers des rues sans intérêt bordées d'immeubles gris ou à la peinture brune qui se craquelait par plaques, il roulait en repensant à la discussion avec les gardiennes. Elles ne pouvaient pas se tromper ; un changement avait vraiment eu lieu et il était dû à Anna.

Perdu dans ses pensées, il ne vit pas l'ornière. La voiture fit une embardée et il entendit le grincement de l'acier sur le ciment. Il redressa le véhicule. Fort heureusement, le trafic était très fluide et personne ne se trouvait derrière lui. Il continua plus lentement pour anticiper tout défaut de la chaussée ; il y avait aussi, et encore plus fréquemment que les trous, des fissures étroites et des plaques d'asphalte ou de ciment dont la jointure était défectueuse. Au moins, pensa-t-il, ces fissures ne risquaient pas de le déporter à droite ou à gauche.

Les rues se détérioraient chaque année un peu plus. Il n'y avait pas de travaux de réfection prévus à sa connaissance. On avait promis, se rappela-t-il, qu'ils viendraient en leur temps ; cela avait été annoncé dans un des Discours, mais pourquoi y en aurait-il eu ? Il se secoua car l'heure était au retour à la réalité pour éviter tout incident qui aurait pu alerter les forces de sécurité.

Il n'y avait pas de risque d'être repéré par des caméras de surveillance, car celles-ci , nombreuses avant la Guerre Civile, avaient été démontées dès l'instauration de la Nouvelle Société. Trop de vandalisme avait causé leur perte et leur entretien était coûteux. En revanche, l'A.D s'avérait un outil de contrôle plus efficace.

Il lui fallait se concentrer car à tout moment, un véhicule autonome pouvait surgir, et cela malgré son statut, il préférait l'éviter car les points étaient vite perdus.

Il était logique, se dit Jean-Paul, que la diminution drastique du nombre de voitures ait mené à un abandon des infrastructures ; il n'était plus besoin d'entretenir le réseau pour un trafic toujours plus fluide.

À certains endroits, on voyait encore les stigmates de la Guerre Civile dont les derniers éclats ne dataient pas de plus de dix ans. Malgré les promesses de rénovation annoncées dans les Discours, peu de choses avaient été réalisées.

Des murs portaient des impacts de balle ou des trous d'obus. Ailleurs, c'étaient des tas de gravats écroulés au pied des murailles aveugles.

Tous les carrefours, il y avait l'emplacement d'un immeuble détruit par les bombes et des terrains vagues où ne subsistaient plus que les briques pilées, le ciment concassé et les herbes folles qui poussaient sur ces tas d'humus artificiel.

Il continua sa route, traversant des carrefours sans âme, puis d'autres rues tristes. Il n'y avait pas d'éclairage, peu de piétons dans la rue et les quelques attardés s'empressaient de rentrer chez eux car, après neuf heures et demie, le couvre-feu imposait sa loi et les contrôles pouvaient devenir dangereux, sans parler des troupes de zombies dont on disait qu'elles infestaient certaines zones.

De part et d'autre et assez souvent, il voyait des carcasses de voitures électriques ou à pile à combustible abandonnées au bord des trottoirs. Tout ce qui avait pu être retiré ou dépecé l'avait été par les pillards de la nuit, les réservoirs d'hydrogène, les batteries particulièrement.

La logique de ces actes n'était pas claire. À qui vendre ces pièces dans un marché presque mort ?

Devant lui, sur le trottoir de droite, un individu hirsute et vêtu d'oripeaux, claudiquait en criant des paroles incompréhensibles. En le dépassant, Jean-Paul vit l'individu lui jeter un regard de fou en brandissant le poing.

Le ciel était d'encre bleue, tacheté de nuages paresseux. On avait l'impression qu'il se vengeait sur les humains d'une journée décevante. Une traînée rougeâtre, que Jean-Paul discerna entre deux barres d'immeubles, saignait un horizon déprimant.

Il y avait toujours des trous au milieu de la rue, parfois peu profonds, parfois davantage, qu'il fallait contourner.

Après les passages étroits, il devait emprunter pour arriver chez lui une large avenue qu'il n'aimait pas. À part quelques arbres chétifs plantés de part et d'autre des deux chaussées, la double piste se caractérisait par des statues érigées tous les cinquante mètres par le Régime, c'étaient des statues au grain grossier, aux angles âpres et blessants.

Elles représentaient des personnages inconnus, figés dans des postures grotesques Personne ne se serait aventuré à les caresser d'une main distraite, d'une part parce que c'était interdit et d'autre part, parce que le contact de la pierre froide donnait une sensation de chair de poule.

Arrivé devant son immeuble de ciment granuleux et sans agrément, il se gara puis vérifia dans le rétroviseur son aspect extérieur. Il avait la cinquantaine, n'était ni grand, ni petit, le corps plutôt mince. Des cheveux noirs assez courts, un nez légèrement busqué et des lèvres fines complétaient son portrait. Son regard était plutôt pénétrant avec des yeux enfoncés dans leurs orbites et il se portait encore assez bien pour son âge, malgré l'activité physique réduite, mais obligatoire.

Il sortit de la voiture qu'il ferma à clé, puis s'avança vers l'entrée de l'immeuble. Il plaça son pouce sur le senseur destiné à cet effet, poussa la porte d'entrée et appela l'ascenseur.

Une pancarte était affichée qui disait : « Avez-vous vraiment besoin de prendre l'ascenseur ? Monter à pied ne ferait-il pas du bien à votre cœur ? ».

Il se mit à réfléchir devant la porte métallique et la discussion devant la tasse de café lui revint en mémoire. Peut-être que ces femmes avaient raison. Après tout, elles étaient au contact de la réalité et leur expérience était indiscutable. Était-il véritablement impossible de faire part de cette expérience ? Y avait-il un prix à payer ou étaient-ce des rumeurs ? Pouvait-il poser la question à sa femme ? Pouvait-il se fier à sa loyauté ?

L'ascenseur arriva avec un grincement métallique, il y entra et en profita pour se regarder une fois de plus dans la glace. Pourvu que Geneviève ne lui fasse pas de remarques sur son apparence !! Il se vit fatigué dans la lueur blafarde de la cabine ; il nota que deux poches commençaient à naître sous ses yeux. Il les massa d'une main distraite pour chasser la fatigue et tenter, si faire se pouvait, de se donner meilleure apparence.

En entrant dans l'appartement, il embrassa distraitement sa femme Geneviève. Les deux enfants de douze et quatorze ans, que le couple avait eus relativement tard,
arrivèrent pour à leur tour pour lui souhaiter le bonsoir. Ils n'avaient pas l'air véritablement heureux après leur journée d'école.

« C'était de plus en plus souvent ainsi, ils reviennent amers de leur Formation », constata-t-il amèrement.

Il louaient cet appartement au Régime, comme tout le monde depuis que la propriété privée avait été supprimée au sortir de la Guerre. Le logement était sans charme et peint de couleurs tristes. Il comprenait une salle commune, en communication directe avec la cuisine, deux chambres, et une salle d'eaux. C'était mieux que ce que la plupart de ses concitoyens pouvaient s'offrir.

- Tout s'est bien passé ?, s'enquit-il
- Ça va Papa, répondit l'aînée d'un air désinvolte... Assez facile l'école aujourd'hui...

La désinvolture cachait en fait une amertume que l'on pouvait lire au coin des lèvres affaissées. « Les stages de jeunesse ne semblaient pas lui réussir », pensa Jean-Paul.

Il la regarda perplexe. Cela faisait six mois qu'elle le fatiguait avec ses caprices d'adolescente de plus en plus fréquents. Était-il assez présent ? Il n'en était pas sûr.

Elle était active et parlait souvent sans réfléchir, attendant que la réalité la remette dans le chemin correct. Le cadet était plus tranquille, plus posé. Ils avaient tous deux des résultats scolaires satisfaisants et fréquentaient les jeunesses de Formation de la Personnalité, nom donné par le Régime à ces structures qui accueillaient les enfants dès l'âge de quatre ans.

Il fut tiré de ses pensées par un bip de son A.D. L'appareil l'informait qu'il souffrait d'un stress dû à un facteur inconnu dans la journée mais qui pourrait être lié à des questions sans réponse et une incapacité d'action de sa part, ce qui générait des conflits, chose que n'aimait pas la Nouvelle Société. L'A.D lui conseillait des exercices physiques pour baisser le niveau de cortisol.

L'odeur du repas flottait déjà dans l'air, une odeur aigre et inconsistante. Jean-Paul s'en étonna et en fit la remarque.
- Geneviève, tu es arrivée plus tôt que d'habitude, non ?
- J'ai demandé à partir en avance et ils ont accepté.

Sa femme Geneviève travaillait dans CheckNews, département d'une Agence du Gouvernement qui s'occupait de vérifier les informations qui circulaient dans le pays et d'alimenter les Discours. Des informations qui demandaient un contrôle humain et non celui des machines. Il s'était souvent fait la remarque de l'étrangeté de cette situation car les machines étaient plus rapides pour ce genre de fonctions. Ce n'était qu'une des nombreuses interrogations que suscitait la vie dans la Nouvelle Société. L'autre Département de l'Agence, appelé NetWatch s'occupait du contrôle des réseaux. L'Internet était beaucoup restreint dans son champ et ses usages que ce qu'il avait été avant la Guerre. Ses prix avaient explosé et seule une petite partie de la population pouvait se permette son utilisation et de plus, pour y avoir accès, quatre contrôles biométriques étaient effectués à chaque connection.

Les noms de CheckNews et de NetWatch avaient été imaginés quelques années auparavant par un oligarque féru d'Atlantisme.

Geneviève n'avait pas un poste très élevé chez CheckNews, mais rapportait de temps en temps des anecdotes intéressantes sur son travail.

- Je suis passée au magasin des fonctionnaires... J'avais du temps alors, autant en profiter. C'est presque gratuit...

Le silence s'établit entre ces deux êtres qui n'avaient que peu d'affinités mais qu'un sort inconnu avait décidé d'unir un jour.

Les enfants étaient penchés sur des ordinateurs, absorbés dans un travail mystérieux mais certainement très important pour eux. Le contrôle de leur activité et de sa vitesse de réalisation se faisait à distance par des algorithmes mystérieux.

Geneviève reprit la parole
- Et toi, la routine ?
- La routine, oui... Anna réussit vraiment bien, c'est une expérience positive

Il vit sa femme faire la grimace et se mordit les lèvres d'avoir parlé sans réfléchir. Pourtant, il savait que le thème d'Anna était délicat. Des tensions s'étaient déjà fait jour à son sujet entre Jean-Paul et sa femme.

- Tu t'es fait enjôler par une intrigante que tu ferais mieux de remettre à sa place. Crois-moi, ça ne t'attirera que des ennuis... Moi, dans mon travail j'entends et je vois des choses...
Et elle ajouta mystérieusement
- Il y en a, on ne sait pas où ils vont mais un beau jour, ils ne sont plus là.
- Encore tes théories... Je connais
- Ris si tu veux...
Et elle laissa sa phrase en suspens.

Il savait très bien qu'elle avait raison sur ce point mais s'était laissé entraîner par le Démon puéril de la contestation.

Vers sept heures et demie, ils passèrent à table et dînèrent presque en silence. Le repas n'était pas bon.

Jean-Paul pensa aux ateliers où on élaborait les nourritures vendues dans les magasins de fonctionnaires et les magasins d'État. Il était difficile de savoir exactement ce qu'on y concoctait. Des rumeurs faisaient état d'additifs dangereux, résidus des stocks invendus pendant la Guerre ou d'ingrédients non contrôlés en provenance d'autres pays avec lesquels des relations commerciales avaient été maintenues.

Ces ateliers, au contraire des fermes de l'Ancienne Société, ne se situaient pas dans les parties rurales, mais au cœur ou en périphérie immédiate des villes importantes.

La Guerre Civile avait en effet souligné et aggravé les difficultés d'approvisionnement et le Gaïaisme avait exigé des actions pour limiter fortement les transports. Toutes ces circonstances avaient mené à des circuits courts de production et de consommation urbaine.

Ce qui était avéré en revanche, était l'utilisation de poudres d'insectes et de viande synthétique pour fournir les protéines. Le bétail, qui autrefois formait une des bases de l'alimentation, ne vivait plus que dans les zones de montagne où s'étaient réfugiés les derniers paysans, les paria de toute sorte et les derniers citadins irrécupérables pour la Nouvelle Société, tous ceux qui n'avaient pas d'A.D.

La majeure partie des troupeaux avaient été exterminés suite aux exigences des Gaïaistes sept à huit ans auparavant. L'opération avait été rondement menée en une petite année et seuls quelques indépendants avaient pu s'échapper avec leurs bêtes pour se réfugier en altitude. L'élimination des bétails traditionnels s'était accompagnée de la construction de grandes fermes à insectes et à viande synthétique, tout près des villes.

On estimait qu'il ne restait plus que cinq pour cent des têtes, tous animaux confondus et le Gouvernement, ou plutôt Minerva avait estimé qu'il serait trop onéreux et trop long de lancer des opérations militaires dans des lieux difficiles d'accès pour tuer la fraction résiduelle de volailles, de porcs, de bovins et d'ovins et soumettre leurs propriétaires.

Les Gaïaistes s'en offusquèrent et exigèrent des actions immédiates mais Minerva sut trouver dans ses bases de données les arguments économiques pour les faire taire. Elle prépara un texte que le Triumvir répéta lors d'un des Discours, expliquant que les facilités octroyées au Gaïaisme pourraient régresser fortement si ses adeptes continuaient leurs critiques.

Jean-Paul, le nez dans son assiette, pensa qu'il était possible de se procurer d'autres aliments à condition de faire quelques efforts, et de payer le prix, du moins, c'est ce que lui avait dit un des employés de la prison.

L'homme, un nommé Pierre, lui avait même glissé un jour : « Pas de problème, je t'emmènerai si tu le désires... Je connais des coins où on peut être tranquille entre gens de bonne compagnie ». Jean-Paul avait du mal à imaginer ce que l'autre entendait par « gens de bonne compagnie ». Il n'avait pas donné suite, n'étant pas convaincu à cette époque de l'intérêt d'une nourriture plus substantielle, mais les circonstances changeaient et il commençait à se persuader que les aliments devaient avoir un impact sur l'état physique et peut-être même sur l'état intellectuel et il sentait, depuis quelques mois, son corps vieillir à un rythme qui le préoccupait.

Mais, s'inquiétait-il, les propositions de Pierre ne cachaient-elles pas un traquenard ? Pouvait-on se fier à des gens qui vous proposaient spontanément de vous faire visiter des coins où on pouvait être tranquille ? N'était-ce pas un piège du Régime ?

Autour de la table, chacun paraissait n'être préoccupé que de ses pensées. Les enfants avaient le nez plongé dans leurs assiette et avalaient sans un mot.

Geneviève s'affairait dans la cuisine, puis revenait prendre place, tandis que son mari réfléchissait.

Elle apporta la pâte blanche sans croûte, peu cuite, qui servait de pain. C'était tout ce qu'on obtenait du magasin des fonctionnaires. Chacun en coupa un morceau et la mâchonna, l'esprit ailleurs.

Après le repas, elle alluma la télévision, ce qui parut contrarier les deux enfants. Pour montrer leur désaccord, ils prirent leur téléphone portable pour regarder les jeux qui tombaient avec la régularité d'une horloge.

- On a déjà eu un cours aujourd'hui et le Discours va répéter des choses qu'on a déjà entendues, clamèrent-ils.

Jean-Paul prit leur défense en expliquant à Geneviève qu'ils avaient raison et que, pour une fois, ils pourraient se passer du Discours.

- Le programme va commencer incessamment, répondit sa femme d'un ton sec.

- On pourrait s'en abstenir pour une fois, rétorqua Jean-Paul en se tournant vers elle.

- Quoi ? Mais tu veux rire... C'est impossible. Le Discours est une des choses les plus importantes dans notre Nouvelle Société.

- Mais on connaît par cœur ce qu'il vont dire, c'est presque toujours la même chose

- Je vois que Anna t'a perturbé...

- Qu'est-ce que ça a à voir avec Anna. Ne sois pas stupide.

- Ah bon, je suis stupide... Très bien mais toi, tu es dangereux mon bonhomme et quelqu'un de dangereux de nos jours, on ne peut pas se permettre de vivre avec lui.
- On parlait du Discours, je te rappelle.
- Justement, c'est dangereux de ne pas l'écouter, tu le sais.
- Et pourquoi ?
- Je te l'ai dit cent fois mais tu ne veux pas me croire. Ils savent qui écoute et qui n'écoute pas
- Et après ?
- C'est simple, il peut arriver des choses. J'en vois et j'en entends pas mal dans mon boulot.
- Et comment savent-ils cela ?

Il le savait, bien sûr, mais se sentait entraîné malgré lui dans cette discussion absurde car ses raisonnements l'énervaient et il voulait le lui faire sentir.

- Décidément, tu le fais exprès. Ça aussi, je te l'ai expliqué.

Elle ânonna comme si elle s'adressait à un petit enfant :
- Il y a sur chaque poste un système de visionnage qu'il est impossible de pirater. Ça s'allume et s'éteint automatiquement, tu le sais fort bien mais tu fais semblant de l'ignorer... Comme plein de choses d'ailleurs.
- On a l'impression que cela te fait plaisir, ce Discours.
- Ça ne me fait ni plaisir, ni le contraire mais c'est comme ça.
- Ah oui, c'est vrai et c'est imparable, c'est comme ça. Point barre... Mais les petits hommes gris qu'on soupçonne derrière

l'écran sont les êtres inquisiteurs et malfaisants qui se glissent dans nos vies...

Il n'eut pas le temps de finir car Geneviève le coupa.

- Qu'est-ce que ça veut dire ? Tes petits hommes gris. Tu en as déjà vus dans la rue ? C'est une rumeur qui court, propagée par des inconscients ou des personnes qui ne respectent pas les valeurs fondamentales. On n'a jamais aussi bien vécu, tu ne peux le nier. Tu ne vas pas regretter l'Ancienne Société quand même ?

- Tu n'as pas vu la route pour revenir de la prison. Elle est de pire en pire. Et le ciel rouge et strié de nuées anormales et cette chaleur permanente ?

- Les gaïaistes ont fait ce qu'il fallait pour ça et tu es toujours à voir les choses en noir.

Pour couper court à une discussion qui l'exaspérait, il appela ses enfants pour tenter de comprendre le sens de leurs occupations d'après dîner.

Sa femme lui tournait le dos et regardait l'écran encore vide. Il n'y avait qu'une chaîne de télévision, celle du Pouvoir. Autrefois, les citoyens perdaient trop de temps dans le choix des programmes sur une centaine de chaînes, ce qui les détournait des occupations utiles à la Nouvelle Société, telle avait été la justification fournie à l'époque pour éliminer la majorité des programmes.

Il laissa ses pensées dériver... Les initiales de la Nouvelle Société, cela ressemblait fort à celle du National-Socialisme...

En réalité, le fond des choses avait davantage de rapports avec ce qui s'était passé dans un empire, appelé l'URSS, écroulé cinquante ans auparavant.

Toute la journée, avant le Discours, la chaîne diffusait du sport.

Geneviève s'était assise face au poste et attendait patiemment. Sur l'écran apparut le générique bien connu avec un travelling lent vers une table qui semblait d'acajou, entre de brillantes flammes noires et rouges. Le drapeau de la Nouvelle Société flottait dans le coin gauche.

Les Administrateurs du Triumvir étaient installés impassibles à la table, strictement habillés de noir avec un col Mao. Derrière eux, se tenaient six très belles jeunes femmes dans une pose sexy, habillées de blouses échancrées et de jupes très courtes de six couleurs différentes. Dans le fond, une bande blanche sur laquelle on pouvait lire en lettres noires : « Démocratie et Vérité ». Après un court silence de rigueur, les Administrateurs commencèrent à parler.

- « Bonsoir Citoyennes et Citoyens, nos meilleurs vœux de bonheur et de santé dans notre magnifique Nouvelle Société. Nous souhaitons ce soir vous parler des stages de Formation de la Personnalité destinés à la Jeunesse dès l'âge de quatre ans », commença celui qui siégeait au centre.

La règle était que l'homme assis à gauche enchaînât, ce qu'il fit :

- « Ils sont fondamentaux pour fixer le caractère, parvenir au libre exercice de la pensée et former la pleine conscience des Citoyennes et des Citoyens. C'est pour cela qu'ils commencent tôt car c'est à ces âges que les esprits sont malléables et ouverts aux grandes idées telles que la Liberté ».

L'homme à droite prit la parole à son tour :
- « Les pensées déviantes sont un danger pour nos règles démocratiques. Les parents n'en ont pas conscience mais les experts le savent et les études l'ont montré. Une sage direction des jeunes par des spécialistes est la meilleure chose que l'on puisse souhaiter...»

Jean-Paul entendait les paroles comme dans un songe. Le thème avait déjà été traité quelques mois auparavant, il s'en rappelait. Était-ce le même enregistrement qu'ils repassaient ? Il n'en était pas certain.

- « Et c'est grâce à nos experts en comportement que nous sommes parvenus à cette Nouvelle Société presque parfaite où les devoirs et les pensées sont clairs, où les citoyennes et citoyens exercent leur faculté démocratique en pleine connaissance de cause...»

Les six filles exhibaient des sourires de circonstance, tout en applaudissant de temps à autre selon un scénario préétabli. Geneviève écoutait fascinée par l'écran bleuté de la télévision. Elle ne s'en lassait pas, tout était tellement logique et rigoureux !

- Racontez-moi un peu votre journée, demanda Jean-Paul en se tournant vers les enfants.

- On a eu trop d'ordinateur... Le maître est resté toute la journée à nous regarder sans rien dire, rétorqua la fille. Il fallait répondre à Millia...

- Et qui est Millia ? demanda-t-il distraitement.

- Papa, on te l'a déjà dit. C'est le robot qui nous corrige. Tu oublies tout...

- Désolé, c'est vrai, vous me l'aviez dit

- Millia a donné des questions et nous on répondait ; Si on répond bien, on a des points qu'on peut mettre sur notre compte, tu te rappelles ?

- Oui, bien sûr, le compte.... Les comptes gérés par Minerva.

Il se souvenait bien de leur mise en place. On avait créé ces comptes dix ans auparavant pour donner aux écoliers des points selon leurs réponses. Quand celles-ci étaient correctes et, à partir de mille points gagnés, ils pouvaient recevoir de l'argent.

Si les réponses n'étaient pas correctes, on leur affectait des points négatifs qui pouvaient restreindre leur accès à certaines activités sportives. Ils avaient droit, comme enfants d'un Directeur, à un conditionnement de type B. Le type A était réservé à l'élite, soit peu de monde et les types C et D aux autres catégories de la population.

- Et vous avez gagné des points ?

Cette fois, ce fut le fils qui répondit

- Ah, oui... Moi, j'en ai eu six et Lila, quatre seulement. J'ai compté que dans un an, j'aurais de l'argent si je continue à bien répondre.

Le Discours se termina sur la petite musique inquiétante que tout le monde connaissait.

Il était temps que chacun aille dans la salle de bains laver ses vêtements les plus
simples, les autres étant mis en sac et portés à la blanchisserie d'État dès que possible.

Ni Geneviève, ni Jean-Paul ne souhaitaient regarder l'émission polémique qui suivait le Discours. Son but était de faire s'affronter des gens choisis par Minerva. La machine les tirait au sort selon le critère d'incompétence. Elle sélectionnait volontairement les personnes les plus ignorantes du thème qu'elle choisissait de manière à provoquer des affrontements dont les spectateurs étaient friands.

Les affrontement, au début verbaux, se terminaient souvent par de véritables pugilats. À dix heures, tout s'arrêtait et la chaîne souhaitait une bonne nuit aux citoyens de la Nouvelle Société

CHAPITRE 2

La porte métallique se referma avec un léger grincement et les pas de la gardienne s'éloignèrent.

- On était deux, peinardes et, maintenant avec toi, on va être trois...

La voix était rauque, claquante comme un vieil étendard ballotté par un vent mauvais, la voix d'une fumeuse adonné à ce vice de longues années.

Anna frissonna. La femme qui lui faisait face portait un pantalon clair de style jogging et une chemise à carreaux. Ses lèvres grasses portaient des traces de maquillage estompé depuis un moment et sur les ongles longs, on discernait encore un peu de rouge.

Elle était massive, avec des jambes fortes, des épaules épaisses, le ventre légèrement proéminent. Des cheveux châtains courts encadraient un visage rond et gras ; les yeux noirs ne semblaient pas méchants mais inquisiteurs et méfiants. Il émanait d'elle une pesanteur et la lourdeur de ceux qui ont trop vu et trop vécu, ou assumé depuis leur naissance des charges excédant leurs forces.

L'autre femme était nettement plus menue, elle avait des cheveux noirs et longs tombant négligemment sur les épaules et le visage. L'air absent, les cernes sous les yeux, la poitrine creuse et la peau abîmée dénotaient une mauvaise santé.

Elle passait de temps en temps machinalement la main dans ses cheveux secs pour les écarter, sans un mot, perdue dans ses songes.

Il y avait quatre couchettes disposées deux par deux de chaque côté de la pièce
traversée à mi-hauteur par deux cordes où pendait du linge mouillé ; une fenêtre étroite ouvrait sur l'extérieur à près de deux mètres de hauteur. Au delà, un bout de ciel gris apparaissait entre les barreaux.

Dans un coin, une cloison en bois d'un peu plus d'un mètre de haut cachait avec difficulté une cuvette de WC ébréchée. Du mur pendait une pomme de douche
rouillée d'où l'eau gouttait avec une régularité désarmante sur un carré de faïence blanche.

Les murs d'un vert passé avaient cet aspect granuleux qu'on voyait dans tous les édifices de la ville. Quelques taches de moisi se révélaient dans les coins et les arêtes de la pièce ; des posters sans intérêt étaient accrochés un peu partout.

- Pourquoi t'es là ?, demanda la fumeuse, tandis que l'autre perchée sur une des couchettes supérieures regardait la scène d'un œil indifférent.

- C'est difficile à expliquer.

L'autre se mit à rire.

- T'entends ça, Gina ? On est trop bête peut-être ?
- C'est politique, en tout cas, ce n'est pas du Droit commun.

La fumeuse hocha la tête. En réalité, elle se fichait de la réponse. L'important était de parler.

- Moi, c'est Rita et elle Gina. Il y a des règles ici et il faudra que tu les suives. Si tu ne fous pas le bordel, ce sera cool… C'est quoi ton blaze ?
- Anna.
- On est trois à avoir un nom qui se termine par un « a ». C'est marrant…

La fille perchée sur la couchette était nettement plus jeune que Rita. Elle portait un piercing au niveau de la lèvre et des tatouages sur les bras. On distinguait aussi des marques bleutées sur l'avant-bras et au niveau du pli du coude.

Elle portait un jeans délavé et un tee-shirt gris à la propreté douteuse.

Anna la regardait en se disant que les aléa de l'existence étaient bien étranges. Rien dans sa vie passée ne laissait présager qu'un jour, elle se retrouverait dans la même cellule que Gina et Rita. C'était tout simplement inenvisageable, une conjonction improbable d'univers opposés. Elle avait chanté au Met de New York, au StaatsOper de Vienne et sur d'autres scènes prestigieuses et se retrouvait en prison avec une junkie à l'aune de ses quarante-huit ans.

Le silence fut rompu par Rita.

- Moi, j'ai tué mon père... avec un couteau... Il m'avait violée à l'âge de douze ans. Après, il a continué et je me suis barrée à quatorze piges après qu'il m'ait fait avorter le salaud... Ensuite, j'ai vécu de petites arnaques, un peu de drogue mais sans tomber comme Gina. Je me suis amourachée de types qui n'en valaient pas trop la peine. En fait, je crois que je recherchais un père de remplacement. C'est un psy qui me l'a dit quand j'étais trop mal... Ce mec voulait coucher avec moi, je suis sûre mais moi, c'était niet. On n'avait rien à se dire.

Un jour, je souffrais trop et je suis revenue pour faire la peau à mon vieux. On m'a mis quinze ans de placard. J'aurais dû le buter sur le moment à douze ans, au moins j'aurais eu les circonstances... Comment on dit ? Quand tu prends moins parce que tu as une excuse.
- Atténuantes, insinua Anna.
- C'est ça, ouais...Ma vie, c'est de la merde ; je suis dans cette turne depuis dix ans et on ne parle pas de me faire sortir. Pourtant, je me tiens à carreau... Saloperie de juges ! Tous des fils de putes. Et puis, tuer mon père, ça n'a rien résolu. Je me suis sentie mieux sur le moment mais ça n'a pas duré.

Rita racontait sa vie d'une voix morne comme si c'était le lot commun de l'humanité que de souffrir et vivre d'expédients.

Anna s'enhardit à poser une question : il fallait briser la glace, sortir petit à petit des discours glauques et tenter de rendre la vie supportable dans cette cellule.
- Et elle ? Que lui est-il arrivé ?

Gina leva la tête et parut reprendre pied dans la réalité.

- J'étais dans le trafic de dope mais à une assez grande échelle. J'ai été donnée par mon ex à qui les flics avaient promis une remise. Autrement, je squattais dans les souterrains.

Sa voix était plus douce que celle de Rita, mais atone et sans expression. Tout semblait fuir chez elle, le regard, la voix...

Anna frissonna de nouveau. Décidément, il n'y avait pas un monde, mais des mondes qui ne connaissaient pas, plus éloignés les uns des autres que des étoiles à des années-lumière.

- Je suis ici depuis deux ans et Rita, c'est un peu comme une grande sœur. Quand je suis arrivée, elle m'a aidée. Sans elle, je ne sais pas...

Sa voix se brisa..

- Je ne sais pas ce qui se serait passé... Il est difficile de se suicider en taule. Ils font tout ce qu'ils faut, ces bâtards pour l'empêcher. Personne ne m'a aidée sauf Rita, en tout cas, pas les merdes de médecin ou infirmière qui traînent dans le coin. Ils s'en foutent complètement. Pour avoir la paix et me sevrer, ils me filent des pilules tous les jours.

Anna eut un vertige : on tombait de plus en plus bas dans une réalité étrange à chaque narration des expériences subies par les deux prisonnières.

- C'est pas un problème si tu ne piges pas, reprit Rita... Moi, j'ai quarante-quatre ans et Gina, vingt-cinq. Et toi ?

- Bientôt quarante-huit ans dans dix jours... Fête d'anniversaire en prison.

Et elle partit d'un petit rire amer.

- Faut pas t'en faire. Moi, j'en ai neuf des anniversaires en prison, rétorqua Rita et Gina, ça doit faire deux. Et tu faisais quoi avant d'atterrir ici ?
- Cantatrice lyrique.
- Ça veut dire quoi ça ?
- Chanteuse si vous préférez, mais d'Opéra

Les deux femmes la regardèrent les yeux écarquillés. Elles n'avaient jamais vu de chanteuses d'Opéra ; leurs seules connaissances dans le domaine de la musique
devaient être les brailleuses de cabaret ou les sonos insupportable de boites de nuit noircies de fumée et empestées de relents d'alcool.

Les trois femmes furent interrompues par le grincement de la serrure et la porte s'ouvrit sur une gardienne qui portait du linge.

- C'est pour vous la nouvelle et ça sera décompté de vos avoirs. Il y a une paire de sous-vêtements, deux blouses et deux pantalons. Vous vous débrouillerez pour les conserver en bon état...

Anna s'approcha et se saisit du paquet. La porte se referma sans un mot supplémentaire.

- Ils ne t'ont pas fait trop attendre, c'est plutôt cool, commenta Rita... Des fois, il y en a qui attendent leur linge plusieurs jours....On en était où ?
- Chanteuse d'Opéra
- Tu veux dire, les mecs qui chantent avec des costumes comme autrefois ?
- Oui mais il y avait aussi des mises en scène moderne avec des costumes de ville.

Gina émit un petit rire et Rita toussa, reste de sa vie de fumeuse.
- Si on m'avait dit...

Et la phrase resta en suspens.

Anna profita d'une pause dans les échanges pour annoncer qu'elle était fatiguée et qu'elle allait s'asseoir.
- Je vais prendre celle-ci, dit-elle.
- Fais comme chez toi.

Elle s'assit sur le bord de la couchette et se tourna, le regard clair et tranquille, vers Rita et Gina qui continuaient à la fixer étonnées.
- Alors, tu as du en faire des belles pour débarquer ici parce qu'en fait, t'es une bourge et c'est tout.
- Vous vous trompez, il n'y a pas besoin d'en faire beaucoup justement.

Gina releva la tête et l'étonnement se peignit sur son visage. Elle prit la parole d'un ton neutre :

- Fais gaffe à la gardienne-chef ; c'est une peau de vache. Si tu lui donnes l'impression qu'elle est géniale, tout ira bien pour toi mais si elle te prend en grippe,
ça va durer un moment, crois-moi...
- Et les autres ? demanda Anna.
- Il y en a qu'une à peu près correcte, Martine, mais les autres ne valent pas la corde pour les pendre, en fait, elles veulent se faire bien voir par la chef et c'est ça le problème...

Ce fut la conclusion de la matinée car la cloche retentit, qui annonçait le déjeuner. Les gardiennes ouvrirent les portes les unes après les autres, appelèrent les prisonnières et les mirent en rang, au milieu de ricanements adressés aux gardiennes.

Au bout de la file, on s'échangeait des bourrades, conséquences d'inimitiés non résolues entre femmes. Les gardiennes intervinrent avec quelques paroles bien senties et quelques coups de baguette, ce qui calma la troupe.

Dans le réfectoire, le bruit était assourdissant. Rita et Gina avaient décidé de jouer le rôle de mentor envers Anna. Elles savaient que l'arrivée en prison était une dure épreuve. Elles savaient aussi que certaines taulardes n'avaient aucun scrupule à s'imposer vis à vis des nouvelles par l'intimidation et de jouer du chantage.

Pour des raisons purement égoïstes, elles décidèrent de protéger Anna. C'était en effet la meilleure méthode pour que leur nouvelle compagne ne plonge pas immédiatement dans la dépression en rendant leur vie en cellule insupportable.

Les trois femmes s'installèrent en bout de table, Gina face à Anna et Rita à ses côtés. Gina susurra à Anna que c'était la meilleure place pour bénéficier d'une ration correcte car c'était par là qu'arrivaient les plats.

Elles n'eurent pas longtemps à attendre car une roulotte parcourait déjà l'allée et une prisonnière faisait le service qui consistait à transvaser dans les assiettes le contenu d'une grande soupière.

- Ça vient encore de leurs p.... de magasins et ça pue, murmura Gina.

- C'est sûr qu'on ne va pas trop grossir ici, répondit celle qui lui faisait face. Dans un sens, c'est mieux.

Les trois femmes reçurent leur ration qui consistait en une sorte de purée mi-liquide, mi-solide, où flottaient des morceaux de viande et des haricots blancs.

- Les gardiennes n'aiment pas trop qu'on parle pendant le repas, murmura Rita à sa voisine.

Elle toussa.

- La prison a ça de bien que je ne fume plus depuis que je suis ici, mais j'ai des restes de bronchite chronique, annonça-t-elle, l'air enjoué. Avant, tu m'aurais vue... Une épave... À peine levée, une clope au bec avant même le café. C'est le toubib qui m'a aidée avec des médocs... Parce que les cigarettes, c'est interdit en prison.

Et elle changea de sujet :
- Là, ce que tu mâchonnes, c'est de la viande synthétique, tu connais ?
- Oui, quand même, j'ai vécu ailleurs que dans cette prison depuis la Guerre Civile, ironisa Anna... Et puis, je faisais le maximum pour l'éviter.
- Ici, ça ne va pas être possible.
Et elle ricana.
Leur voisine de table en profita pour s'immiscer dans la conversation :
- Je sais pas si ça aura du bon pour toi, la Nouvelle, mais si tu cherches à tout comprendre des décisions qu'on nous impose au sujet des bavardages et du bruit, un conseil : t'as pas fini de te gratter les neurones
- Oui, il y en a qui tapent avec leurs couverts pour cacher leurs conversations mais ça, les matonnes, elles s'en foutent. Ça fait encore plus de ramdam. Va comprendre....

Le repas se termina dans une sorte de brouillard mental et Anna ressentit un soulagement certain à quitter la table pour tenter de remettre de l'ordre dans ses idées.

Les femmes repartirent en file indienne et sortirent, escortées par les gardiennes, dans une cour intérieure carrée cernée de hauts murs couronnés de fils de fer barbelé.

Le ciel pâle s'était vêtu de quelques nuages. Une nuance de bleu plus marquée se notait dans un coin et il faisait une chaleur humide.

- C'est l'heure de la promenade. On fait le tour et après, on rentre, annonça Rita.

La promenade consistait à parcourir le périmètre de la cour qui faisait une trentaine de mètres de large et une centaine de mètres de long. Les femmes avançaient deux pas deux, parfois par groupe de trois en fonction des affinités. Anna marchait devant ses compagnes de cellule. Devant elle, une femme à l'allure bizarre avançait comme une somnambule. Son accoutrement surprenait car elle portait des vêtements rapiécés, dont un mauvais châle sur les épaules, une robe grise trouée et une chemise hors d'âge de propreté douteuse.
- Qui est-ce ?, chuchota Anna
- La mendiante.

Rita avait parlé tout bas pour éviter d'être entendue des gardiennes mais le parcours des femmes les avaient déjà menées vers le fond de la cour, là où personne ne s'était avisé de se poster. Les gardiennes se contentaient de surveiller de loin leur troupeau.
- Une mendiante ?
- On les ramasse et on les met ici.... Ça ne peut pas traîner dans les rues, tu ne savais pas ?

Anna songea qu'elle ne connaissait pas la société dans laquelle elle avait vécu.
- Non, je ne savais pas.... Mais les vêtements ne sont pas ceux qu'on nous donne quand on arrive.

- Eh non, ma belle. Elle n'avait rien, pas d'argent, alors le Directeur s'est arrangé, je ne préfère pas savoir comment ni pourquoi, pour lui trouver ces frusques qu'elle porte en permanence.
- Et que fait-elle ? A-t-elle des personnes à qui se confier ? Des amis ou des parents qui la visitent ?
- Personne... Mais pourquoi tu demandes ça ? Elle t'intéresse ? Je ne suis pas sûre que ce soit ton genre.

Et elle éclata d'un rire gras.
- Enfin, elle a bien un nom
- Je crois, oui, Rebecca ou quelque chose comme ça.

Puis Rita se tourna ostensiblement vers Gina pour entamer une vague discussion, mais surtout pour montrer à Anna que l'échange commençait à l'importuner.

La mendiante était non seulement vêtue de haillons, mais manifestait aussi un comportement bizarre. Elle était agitée de tics et marmonnait des mots sans suite où revenait les mots « Guerre, toujours... Guerre, toujours, encore.... ».

Anna baissa les yeux et comprit que non seulement, Rebecca vivait d'expédients avant son incarcération, mais qu'elle avait subi de violents traumatismes lors de la Guerre Civile. C'était la seule façon d'expliquer son comportement.

Y avait-il dans cette prison un médecin capable d'alléger sa peine ? Un psychiatre prêt à entreprendre une thérapie ?

Elle eut envie de redemander à Gina et Rita si la prison disposait de tels moyens mais elle se retint en constatant que les deux femmes étaient plongées dans une discussion dont il eût été malséant de les distraire.

L'après-midi se passa dans une sorte de torpeur. A l'heure du repas du soir, Anna annonça à ses compagnes de cellule qu'elle était trop fatiguée et qu'elle allait se coucher instantanément.

CHAPITRE 3

Le lendemain, Jean-Paul se réveilla vers sept heures et demi. Geneviève était déjà debout affairée à une tâche mystérieuse. Il se leva et se dirigea vers la salle de bains. Machinalement, il regarda son A.D. L'appareil ressentit l'intérêt que lui portait son maître et annonça :
- Bonne journée, Jean-Paul. Prenez soin de vous en ce jour ensoleillé. J'ai le plaisir de vous annoncer que vos paramètres physiologiques sont assez bons ce matin.

« Toujours la même annonce du matin,... Appareil imbécile... Ils pourraient changer de temps en temps », pensa-t-il.

À neuf heures du matin, installé dans son bureau, Jean-Paul buvait machinalement un café de machine. Il était pensif et il avala d'un geste machinal une pilule d'acuité intellectuelle. Il supposait qu'il en aurait besoin pour les six heures à venir.

Il se tâtait, ne sachant pas si son intuition était la bonne, puis soudain, il se décida. Autant se jeter à l'eau tout de suite.
- Faites venir la prisonnière Anna, celle qui est arrivée hier, demanda-t-il par téléphone à la gardienne en chef, puis il raccrocha sèchement : sur le moment, en décrochant le combiné, il avait agi par impulsion et sans pouvoir justifier de

façon rationnelle sa décision. Anna et son dossier l'intriguaient, il voulait la voir car les réponses de l'Administration à ses questions restaient insuffisantes.

Il y avait peut-être un mystère auquel il fallait, pour le bien de l'établissement et le sien propre, apporter une réponse.

Dix minutes plus tard, une gardienne frappait à la porte et, sur la réponse positive de son directeur, fit entrer Anna dans le bureau. Celle-ci s'avança, l'air pâle et fatigué, donnant l'impression d'avoir très peu dormi au cours de cette première nuit.

La gardienne restait plantée devant la porte sans se décider à quitter la place. Jean-Paul en ressentit un peu d'exaspération et lui fit signe de sortir et de refermer la porte.

- Oui, je suis sûr...Ne vous en faites pas. S'il le faut, je vous appellerai, crut-il bon de préciser pour rassurer la gardienne. Croyez-vous que je courre un danger ? Sincèrement ?

La gardienne sortit à pas lents, en prenant son temps pour montrer son désaccord avec ce qu'elle pensait être une entorse au règlement.

- Asseyez-vous.

Jean-Paul avait essayé d'employer le ton le plus amène possible car la prisonnière l'impressionnait. Il s'était un peu intéressé à sa carrière dans le passé et l'incarcération d'une personnalité d'un autre monde que celui au sein duquel il vivait lui paraissait une aberration.

- Merci, répondit Anna.

Jean-Paul avait ouvert le dossier qui reposait sur le bureau devant lui. Il faisait semblant de le consulter mais c'était une apparence car il le connaissait presque par cœur. Il voulait se préparer mentalement et retarder le moment inévitable où il lui faudrait lever les yeux pour affronter la femme qui lui faisait face. En fait, elle n'avait pas beaucoup changé physiquement par rapport à cette date de 2022.

- Est-ce que tout va bien ? Vous donnez l'impression d'avoir mal dormi....

Anna ne répondit pas.

- Je veux dire... Votre arrivée et votre installation. Si vous avez des requêtes, je suis prêt à vous écouter.

Anna esquissa un sourire et répondit :

- On peut dire que, compte-tenu des circonstances, ça va.

La voix avait gardé sa superbe, ample et veloutée à la fois mais le ton était neutre.

- Je ne comprends pas pourquoi vous êtes ici. Je vous le dis franchement.... Votre personnalité si connue autrefois !! On m'a informé il y a quelques jours de votre arrivée mais je n'ai rien dans ce dossier que vous voyez là. N'y sont pas mentionnés les faits qui expliqueraient votre présence en ces murs. Quand j'ai tenté de comprendre, on m'a fait entendre qu'il était préférable que je cesse de poser des questions.

De plus, et chose très curieuse : vous n'avez pas droit à recevoir de courrier, ni de visites et la durée de votre peine n'est pas définie. Je n'y comprends rien et c'est la première fois que je suis confronté à un pareil cas.

Il releva la tête et son regard exprimait une muette interrogation, comme une prière face à cette situation insolite qui le rendait nerveux, faute de la maîtriser dans tous les détails.

- C'est le Triumvir qui a décidé de m'incarcérer. Je gênais... J'avais pris position sur diverses interdictions promulguées au cours des dernières années et j'étais bien une des seules personnes à le faire. Vous savez que les scènes lyriques ont fermé, que les théâtres et les cinémas n'existent plus depuis une décennie et que ce processus de destruction a duré environ trois ans... La musique classique est interdite et vous savez que peinture et sculpture existent, mais sont interdits si vous n'êtes pas adoubés, De toute façon je n'appelle pas cela de la peinture ou de la sculpture !! C'en est même très loin.

La littérature, même d'amusement, en fait surtout d'amusement a disparu. L'humour est puni d'emprisonnement, vous ne l'ignorez pas, et les seuls écrits qui subsistent sont les notes du Triumvir et quelques romans édifiants pondus par des pisse-copies robotisés.

Le talent ne sert à rien, seule la fréquentation des Formations de la Personnalité compte et seulement si vous pouvez justifier dix ans de pratique assidue et de bonne réponses aux robots...

Vous savez aussi que les stades ont été agrandis presque en même temps que ces mesures, après l'arrivée du Triumvir, que la pratique sportive est obligatoire, sauf problèmes de santé sérieux. On a ouvert aussi vers la même époque les fermes et les centres d'approvisionnement d'État pour empêcher les initiatives de production alimentaires individuelles.

Et puis, je n'écoutais pas le Discours. Tout ceci a fini par se savoir...

Au début, on m'a assignée à résidence quelques années, avec un système de surveillance des mouvements, puis est venu un procès il y a quelques mois et je suis ici. Je crois savoir qu'un artiste que je connaissais est enfermé aussi dans une autre prison pour des raisons similaires...Il ne faut pas qu'on puisse se rencontrer, c'est pour cela qu'ils l'ont mis ailleurs.

Elle se tut et croisa les bras dans une attitude de résignation muette.

- *Porgi, Amore...qualche ristoro.* Vous rappelez-vous ?
- C'est bien loin tout cela, s'il vous plaît, ne me tourmentez pas... Il est bien évident que je m'en souviens....Comment l'oublier ? Mais la mise en scène ne m'avait pas plu.

Mozart dans ces circonstances, c'était risible.

- Pouviez-vous l'éviter ? De chanter, je veux dire dans cette mise en scène ?
- Très compliqué avec les engagements que j'avais. On planifiait sur des mois à cette époque. C'était très difficile de rompre un contrat et le courageux qui l'aurait fait encourait des risques graves pour le futur de sa carrière. Bien sûr,

aujourd'hui.... ça laisse rêveur tout ça, car malgré ces mises en scène délirantes, c'était une belle époque !

Il vit une larme perler au coin de l'œil d'Anna, et le temps s'arrêta... Elle leva les yeux et regarda ailleurs. Il ne savait que dire ou que faire mais Anna reprit vite le contrôle de ses émotions.

- J'étais dans la salle il y a dix-huit ans à Vienne, reprit-il. C'était... Comment dire ? magique, votre voix et celle des autres, car pour le reste, vous avez raison. De toute façon, c'est un souvenir qui reste gravé en moi... Et vous apparaissez dans cette prison, comme à l'époque, presque inchangée.

- Nous ne pouvons pas revenir en ces temps, Monsieur.

- Quand votre dossier m'a été transmis et que j'ai compris qu'on vous affectait ici, un frisson m'a saisi, d'abord d'incompréhension, puis de peur. Une personnalité comme la vôtre incarcérée sans que rien ne transpire... C'était un coup de tonnerre, un blasphème, pratiquement...

- N'utilisez pas, Monsieur le Directeur, de terme religieux, dit-elle avec un sourire amer. Cela pourrait vous nuire. Oh, pas de mon fait, vous vous en doutez mais les choses désagréables surviennent plus vite que ce que l'on peut anticiper, de vos collègues, pourquoi pas... De votre famille même peut-être.

- Croyez que je souhaite faire tout...

À cet instant, éclata un grand vacarme à l'extérieur, des cris et des coups portés sur les portes métalliques, puis des pas précipités, martelant les caillebotis.

Anna et Jean-Paul se tournèrent vers la porte, indécis.

La gardienne-chef entra brutalement et s'adressa à Jean-Paul.

- Monsieur le Directeur, celle du 34 à été surprise avec un rasoir qu'elle s'est refusée à confier au personnel. On est donc entré de force pour lui prendre et les cris ont excité ses voisines qui se sont mises à taper sur tout ce qu'elles trouvaient. Vous savez comment ça se passe ?

- Et sait-on d'où vient ce rasoir ?

- Aucune idée... À part ça, le docteur Martin a été appelé.

- Vous avez bien fait mais il faut évidemment une enquête et savoir comment le rasoir est entré dans la prison.

Les cris s'étaient transformés en hurlements, on traînait la prisonnière vers l'infirmerie. Le docteur Martin avait ordonné l'injection d'un calmant et la décision s'exécutait manu militari.

Le martèlement des portes dura quelques minutes puis les femmes se lassèrent et, peu à peu, le calme revint.

- Je voulais vous dire que je souhaite faire tout ce qui est mon pouvoir pour vous rendre la vie, non pas agréable, mais du moins supportable. Vous n'avez rien de commun avec les autres prisonnières.

- Pourquoi voulez-vous faire cela ? Pourquoi un traitement de faveur ? Qu'espérez-vous de moi ?

- Pensez ce que vous voulez. Il n'y a pas de piège ou de motif caché... Disons que j'avais un grand respect pour votre talent.

- Vous pouvez peut-être faire quelque chose, non pour moi, mais pour celle qu'elles appellent la mendiante, ou Rebecca, je crois.

- Ah, je vois. On vous a déjà parlé d'elle. Mais c'est une pauvre créature qui est mieux dedans que dehors. D'ailleurs, je dis des bêtises car il lui est interdit d'être dehors comme à tous ceux ou celles de son espèce. Vous savez bien que dans notre Nouvelle Société parfaite, il ne peut y avoir vagabondage, mendicité ou fainéantise.

- Les vêtements qu'elle porte ne sont pas dignes et puis, elle est malade. Avez-vous, à part celui que vous appelez Martin, un médecin capable de lui apporter du réconfort ? Avez-vous un psychiatre ?

- Non, nous n'avons pas de psychiatre. Les budgets ne le permettent pas, mais Martin sait beaucoup de choses et son infirmière aussi. Ils peuvent tenter quelque chose.

- Pourquoi ne l'ont-ils pas fait avant ? Ils n'avaient rien remarqué ?

- Je ne sais pas... Croyez-moi. Mais en y pensant bien, vous avez raison. Moi aussi, j'aurais pu agir... On est tous un peu coupables. On laisse faire et on ferme les yeux, indépendamment de notre volonté parfois.

En énonçant ces phrases, il sentait la portée de son mensonge mais c'était pour lui la seule manière de se dédouaner de son inertie, voire de son désintérêt pour Rebecca, la prisonnière. Et cette femme, Anna, nouvelle venue qui mettait directement le doigt sur cette absence d'humanité. Il en fut légèrement irrité mais, tout compte fait, il ne pouvait lui en vouloir car elle avait raison.

- Je vais m'en occuper, je vous le promets. Quelque chose d'autre ?

- Non, rien pour le moment. Peut-être que des idées me viendront en découvrant ce qui m'entoure.

- Comme vous voulez, mais sachez que ma porte vous reste ouverte. Demandez seulement à la gardienne-chef que vous souhaitez me voir. Je lui passerai le mot.

- Merci.

Il appela et la gardienne apparut presque instantanément. Était-il possible, se demanda-t-il, qu'elle eût écouté derrière la porte ?

- Reconduisez Anna... Et il se mordit les lèvres... La prisonnière, je veux dire. Merci

Rita et Gina avaient vue sortir Anna escortée par une gardienne mais n'avaient pas cherché à en savoir le motif.

La porte s'ouvrit en grinçant comme de coutume. Anna entra dans la cellule d'où elle était restée absente près d'une heure. Les deux autres étaient plongées dans une partie de carte mais levèrent la tête.

Anna s'assit sur le bord de la couchette et soupira. Les questions d'ordre pratique se bousculaient dans sa tête et elle ne pouvait les poser qu'à ses compagnes de cellule.

- Puis-je vous déranger ?
- Pas de problème... On joue mais bon, c'est pour passer le temps.
- On lave soi-même son linge dans la douche, je suppose ?
- Tu as tout deviné. On se déshabille dans les toilettes ou ce qui en sert, et on lave les fringues sur le carrelage, Il y a le gros savon qui sert à tout. Après, on accroche les habits sur ces fils en travers. Il y a toujours des pinces.
- Et les activités ? À part la promenade ?
- Rien, ma belle... Que dalle. Faut s'habituer, conclut-elle philosophiquement en hochant les épaules.

CHAPITRE 4

Anna était étendue sur la couchette et lisait. Elle avait pu emporter un livre dans un sac et, par hasard ou par chance, la femme qui l'avait inspecté au greffe n'y avait jeté qu'un regard distrait et l'ouvrage n'avait pas été détecté. Rita et Gina continuaient leur partie de carte, indifférentes à ce qui pouvait se passer dans la cellule.

Un cri éclata, puis des imprécations... Anna entendit courir... Certainement, les gardiennes qui se hâtaient vers on ne sait quel autre drame humain.

Elle perçût des pleurs, puis des échanges de mots dont elle ne comprit pas le sens. On raisonnait quelqu'un. Les pleurs s'estompèrent puis les cris reprirent un peu moins fort. Elle entendit le mot : « s...».

Anna se leva, incapable de continuer sa lecture, et se dirigea vers la porte. Elle ne savait même pas pourquoi elle faisait cela. Il lui était impossible de sortir et de prêter assistance car la porte était bel et bien fermée.

Elle posa son front sur le métal froid et ressentit une sensation de calme. Au bout d'une minute, le léger lancinement qui la tenaillait s'estompa.

- Si tu te lèves chaque fois que ça crie, t'as pas fini d'avoir mal aux jambes, s'exclama Gina. Faut laisser faire. Ça se termine toujours, soit tout seul, soit à l'infirmerie à coup de piqûres.

Rita gloussa :

- Elle a raison... Tu ne peux pas te mêler de tout. Vous, les bourges, vous avez l'impression que le Monde tourne autour de vous mais c'est faux...Vous vous gourez parce que vous vous la pétez, mais ici, tu ne peux rien faire.... Ça fait un bail qu'on a compris ça, nous les prolos.

Anna ne se sentit pas la force de répondre. Elle savait que ses deux codétenues avaient rationnellement raison, même si leurs positions étaient discutables d'un point humain.

Puis le bruit diminua et les choses semblèrent rentrer dans l'ordre jusqu'à la prochaine fois.

À cet instant, la clé s'inséra dans le pêne et la porte s'ouvrit avec le grincement rituel. Le profil massif d'une des gardiennes s'encadra dans le chambranle de la porte.

- La brune, votre pilule à prendre tout de suite

Et la femme tendait à Gina une pilule blanche et un verre d'eau.

Gina tendit la main et avala l'assistance chimique qui, peut-être, lui permettrait de se libérer des restes d'addiction qui erraient encore dans son cerveau.

Le gardienne reprit le verre et se tourna alors vers Rita.

- Et vous la blonde, au parloir, lança-t-elle rageusement.

- Moi, demanda Rita, en se touchant du doigt la poitrine ? J'ai un nom et même un prénom.
- Oui et arrêtez de faire l'idiote...
- Ça serait bien de mettre de l'huile sur cette foutue porte. Ça porte sur les nerfs.
- On y pensera mais ce n'est pas votre problème

Rita se leva, jeta ses cartes, déçue de devoir sortir car son jeu était bon.
- Qui me demande au parloir ?
- Votre fille.

Rita esquissa un sourire et fit, en sortant de la cellule, un petit signe de la main à Anna et Gina.
- Je vous raconterai... Deux mois déjà.

Et son regard se perdit dans le vague.

Anna et Gina se regardèrent
- T'as des visites prévues ?, demanda celle-ci
- Cela m'est interdit, ainsi que le courrier

Gina ouvrit de grands yeux, et soudain sembla moins amorphe.
- C'est possible, ça ?
- Très possible, la preuve.
- Première fois que j'entends un truc pareil.
- Peut-être, Gina, parce que c'est la première fois que tu es en cellule avec quelqu'un qu'on enferme pour raisons politiques

Gina fit la moue et haussa les sourcils. Ses yeux reprirent de la couleur et Anna nota qu'avec un peu de soin, elle aurait pu

être une belle fille. Dommage... La vie ne faisait pas de cadeaux à ceux qui glissaient, jeunes, sur la mauvaise pente.
- Politique, politique, qu'est-ce que ça veut dire ? N'empêche, c'est dégueulasse, reprit Gina.
- Politique, c'est quelque chose d'avant. Tu es trop jeune pour connaître...

Anna se tut tandis que Gina méditait l'information reçue de cette femme qu'elle ne connaissait pas encore, mais qui commençait à l'impressionner. Elle avait vu nombre de prisonnières dans sa courte vie, mais aucune ne ressemblait à Anna.

Interdiction de visite et de courrier, mais qui étaient les bâtards qui prenaient ce genre de décision ?, se demanda-t-elle.
- Et ta peine, c'est combien ?
- On ne sait pas.
- Tu déconnes ?
. Pas du tout. Apparemment, les délits politiques sont traités de cette manière. On me l'avait dit mais je ne l'avais pas cru.

Gina resta la bouche ouverte, abasourdie par ce qu'elle venait d'entendre.
- Combien de temps dure une visite ? demanda Anna pour change de conversation.
- C'est variable selon l'humeur de celle qui t'accompagne. Une demi-heure à une heure... Faut faire avec. Deux mois, elle a dit ? Merde....

Puis le silence retomba entre les deux femmes. Même à l'extérieur de la pièce, il était tout à coup total, ce qui était surprenant dans cet établissement où il y avait régulièrement du bruit, voire du vacarme, des pas saccadés, des portes qu'on ouvrait ou fermait, des clés grinçantes, des cris sauvages et des pleurs, des coups parfois.

Anna avait repris son livre mais ne se sentait plus l'envie de lire. Elle observa Gina et se décida à lui poser la question qui lui brûlait les lèvres depuis un petit moment.

- Gina, cela t'intéresserait-il de chanter ? Je veux dire, de travailler le chant avec moi... sérieusement

Pour la deuxième fois en peu de temps, Gina ouvrit de grands yeux

- Chanter ? Tu veux rire ? Et où, comment, quoi ?

Et elle éclata de rire.

- Je suis sérieuse. Tout le monde peut chanter, même toi, même Rita et peut-être

même la mendiante. C'est juste une question d'envie, de motivation, un engagement qu'on se fait à soi-même. Cela permet de se retrouver, de baisser le niveau de stress, de redonner du rythme à la vie, à ta vie...

- Mais, je ne saurais pas... J'ai jamais fait ça, avec ma voix cassée par la vie que j'ai menée jusqu'ici. Je m'en rends bien compte... Allez, et puis, je ne sais pas si ça me plairait.

- On ne peut dire qu'une chose déplaît que lorsqu'on l'a essayée, non pas une fois, mais trois fois, énonça sentencieusement Anna. Des gens qui me disaient ce que tu viens de dire, j'en ai connus.... Le chant est une école, c'est vrai mais contrairement à l'école des enfants, les adultes s'y sous-estiment toujours. Pourquoi ? Je ne sais pas, mais ils se sous-estiment, c'est sûr.

- C'est trop nouveau, une proposition comme ça.. Je ne sais pas ou je n'ose pas... Et puis, je crois que j'aurais la honte si les autres le savaient. Rita par exemple.

-       Crois-tu que je n'ai pas eu le trac quand j'entrais sur scène à la Scala ou ailleurs ? Crois-tu que c'était facile tous les soirs, dans une ville étrangère où je résidais le temps de la programmation dans un hôtel impersonnel ?

Il m'arrivait d'être fatiguée, de ne pas avoir envie, de préférer me coucher avec un livre... Mais j'y allais quand même car il le fallait et pas uniquement à cause des contrats.

Après deux minutes, le trac s'évanouissait et la magie opérait... Je regardais le chef dès mon entrée et je savais exactement quel genre de spectacle on allait donner. Je pouvais presque prévoir le nombre de rappels.

- C'est un truc de bourges... Moi des fois, j'avais même pas les tunes pour aller voir du shit-rock. Imagine...

- Et ça te rendait malheureuse de ne pas assister à ton... shit-rock, comme tu dis. D'abord, qu'est-ce que c'est exactement ? C'est à peine si j'en ai entendu parler.

- J'étais accro. C'est comme du hard rock d'autrefois, je ne sais pas si tu sais, celui des vieux d'il y a soixante ans, ou un peu plus ?... Je ne sais pas... De toute façon, j'étais pas née.

Et elle gloussa.
- Et alors ?
- Les mecs ou les nanas car il y en a, imitaient ça. Je veux dire le hard, mais en tapant n'importe comment sur leurs guitares ou leurs batteries, désaccordés, qu'ils disaient... C'était la nouvelle mode... Bof, maintenant, c'est aussi interdit. Minerva a décidé que ça empêchait les enfants de profiter des stages de Formation de la Personnalité.
- Ah, oui, Minerva... Tu ne m'as pas répondu. Est-ce que le fait de ne pouvoir assister à tes.... Heu, concerts, te rendait malheureuse ?
- Sur le coup, oui mais je me faisais une fixette et j'oubliais tout.

Les pas résonnèrent dans le couloir, la clé grinça et Rita reparut, un sourire forcé aux lèvres que démentait le pli amer de la bouche.
- On a bien parlé ma fille et moi,... avec l'autre qui nous espionnait, comme d'habitude, dit Rita
- Tu t'en fous, répondit Gina, l'important est que tu aies vu ta fille. Quelles sont les nouvelles ?
- Elle n'est pas heureuse. Minerva lui a refusé l'enfant qu'elle avait demandé, il y a déjà trois mois. Ça fait long... Son mec, il

est sur les nerfs parce qu'il voulait un petit ou une petite mais qu'est-ce que vous voulez ? C'est la vie... Elle a passé une partie du temps à pleurer sur mon épaule et je ne savais pas quoi faire pour la consoler.

Anna se permit de s'immiscer dans la discussion.
- Et du point de vue de ses activités, que fait-elle ?
- Rien et son mec non plus, ils ont droit à la rente mensuelle. Mais tu survis juste en payant ton loyer et la bouffe des magasins d'État. Avec un enfant, ils auraient eu une rallonge et peut-être même le droit de s'installer dans un truc un peu plus grand. Leur vie, c'est un peu de fumette gratuite, celle des magasins et les jeux... Ça ne me plaît pas trop.
- T'en fais pas, Rita... Tu ne peux rien faire. C'est la vie comme tu dis. Je me rappelle que ma mère disait, quand j'étais petite à dix ans, que les choses allaient arriver comme ça, les magasins de fonctionnaires et les trucs d'État, la disparition de la propriété privée, des voitures et les machines partout.

Elle disait aussi que la nourriture des magasins d'État serait systématiquement additionnée de molécules chimiques, des calmants pour que les gens se tiennent tranquilles. Mais elle était un peu timbrée, en tout cas, elle avait passé du temps sans des hôpitaux psychiatriques pour des troubles bipolaires comme ils disaient. Ses amies lui disaient qu'elle délirait, que c'était impossible parce que les gens ne voudraient jamais...

Gina fut interrompue par la cloche qui annonçait le dîner. Les trois femmes se mirent en rang devant la porte. Celle-ci s'ouvrit en grinçant.

- L'huile, bordel..., murmura Rita
- Silence, gueula la gardienne en brandissant sa trique. Et avancez... en silence. Prenez exemple sur la nouvelle. On ne l'entend pas et c'est très bien comme ça.

Les femmes sortirent et prirent place dans la file qui stationnait devant la porte et le rituel se poursuivit à la cellule suivante.

Dix minutes plus tard, les prisonnières prirent place dans le réfectoire, aux mêmes places que le midi. Il semblait qu'une fois les habitudes prises, il était difficile de s'en défaire. C'était comme un article de loi invisible mais bien respecté que les femmes s'asseyaient toujours au même endroit.

- À quelle saloperie va-t-on avoir droit ? demanda Gina à voix basse
- C'est la beauté de la chose, ma chérie, de ne pas savoir. Les surprises, c'est super, reprit Rita en riant grassement. Et elle toussa.

En entendant le rire qui dépassait le niveau sonore permis, une gardienne se tourna vers elle mais ne leur adressa qu'un regard méfiant sans intervenir.

Anna se sentait vidée et sans forces après cette deuxième journée d'incarcération. Elle songeait avec désespoir que ce n'était que le début d'un séjour dont personne ne connaissait la durée.

La roulotte arriva et les femmes furent servies d'une sorte de soupe épaisse où flottaient quelques morceaux de pain. Ça sentait les pois cassés et le lard.

Rita commenta à voix basse :

- Il y a des pois cassés et du lard. faux évidemment... Hum, mais quand même pour une fois qu'on a de l'arôme de lard. Ça me fait penser à ma grand-mère, elle faisait une soupe comme celle-ci avec les pois cassés de son jardin, mais elle ne mettait pas de poudre chimique dans ses soupes.
- Qu'est-ce que tu veux dire ? s'enquit Anna.
- Ils mettent des trucs pour être tranquilles, pour que les filles soient relativement calmes... Mais une seule fois par jour, soit le midi, soit le soir. Ils ne sont pas de vrais monstres... Faut pas nous abrutir.

Et elle se mit à rire, cette fois sans que la toux la prenne.

Anna se dit qu'elle avait beaucoup à apprendre de l'univers où elle était tombée.

- Et comment le sais-tu ?
- J'en connais une qui travaille aux cuisines. Pourquoi mentirait-elle ? Et peut-être que celle qui est chargée de mettre la poudre y va mollo car, tu as remarqué que ce n'est pas toujours très calme, non ?

Gina, qui avait écouté les échanges d'une oreille distraite, sourit par approbation, ce qui lui conférait un charme secret dissimulé par des années de manque de soin.

Anna pensa de nouveau que sa compagne de cellule pourrait être jolie si elle voulait s'en donner la peine. Il y avait un travail à faire avec ces filles, elle en était de plus en plus persuadée.

- Au fait, coupa Gina en s'adressant à voix très basse à Rita, devine ce que m'a proposé Anna... Ah non, impossible. Tu ne peux pas deviner....Ah, Ah....

CHAPITRE 5

Jean-Paul, était assis à son bureau et se morfondait en cet après-midi, s'étirant en un ennui insupportable accentué par la chaleur qui régnait dans la pièce. Il regardait
l'horloge, puis son A.D pour passer le temps. Il avait encore à souffrir jusqu'à six heures dans la moiteur de l'après-midi.

Aucun des dossiers n'était urgent et d'ailleurs, il ne sentait pas motivé pour les consulter. Demain serait un autre jour.

Le bureau, il ne l'aimait pas. Sa froideur impersonnelle, le mobilier de médiocre qualité et la peinture craquelée le déprimaient. Cela faisait des années qu'il y avait creusé son trou, mais il ne s'y habituait pas.

Il y avait d'un côté une fenêtre étroite donnant sur une rue extérieure sans charme.

Le ciel était voilé, d'un gris de pollution qui accentuait l'impression de chaleur de la pièce. Pas de climatisation, évidemment... Les Gaïaistes étaient passés par là.

Les murs neutres ne bénéficiaient d'aucune note intime ; cela aurait été jugé de mauvaise politique par l'inspecteur qui venait deux fois par an. Pas de gravure, pas de photos.

Dans un coin, une armoire où s'entassaient des classeurs dont certains plein de poussières et hors d'âge ou plus précisément, datant de l'ouverture de la prison soixante ans auparavant. Il aurait bien pris une pilule onirique mais résista à la tentation.

Il défit sa cravate, symbole des gens comme lui qui appartenaient à la tranche supérieure de la Nouvelle Société. Il bénéficiait de certains avantages, comme le véhicule personnel et le carburant ; il en bénéficiait car Minerva donnait à chacun, aux moyens de chiffres réajustés chaque année, la place qui lui était attribué.

Le compte personnel avec les points positifs ou négatifs alimentait ce réajustement au moyen d'algorithmes sophistiqués.

Il baya et plaça ses mains derrière la nuque en étirant les coudes vers l'arrière. Ce soir, il rentrerait chez lui comme tous les soirs, il y verrait Geneviève qui voudrait écouter le Discours et ses enfants qui raconteraient qu'un robot faisait les cours.

Sa vie le fatiguait... Sa femme et lui ne s'entendaient pas vraiment mais la pudibonderie de la Nouvelle Société ne favorisait pas les divorces. Geneviève avait changé depuis l'époque où il l'avait connue. Autrefois, elle était gaie et peu conformiste. Quelle chimie secrète l'avait transformée en une femme austère et admirative de la Nouvelle Société ? Son travail CheckNews ?

La vie procurait à Jean-Paul peu de satisfactions. Il avait beau chercher ; elle était terne et sans intérêt. Comme c'était curieux, les changements survenus en quinze ans n'avaient pas suscité d'opposition, ni de critique !!

Il se rappelait son enfance avec ses parents lorsqu'ils allaient à la campagne chercher des produits frais. Ses parents fréquentaient des fournisseurs qui élevaient des poules, des cochons ou des canards et il était facile de se fournir en produits de qualité. Il se souvenait des rôtis de porc, des cuisses de canard juteuses.... Depuis combien de temps n'en avait-il pas dégustés ? Depuis trop longtemps, pensa-t-il.

Il pensa que ces gens devaient être morts ou alors, qu'on les avait mis à la rente avec des jeux dans une location d'État sordide.

Petit à petit, une idée s'incrustait en lui, floue au début, puis de plus en plus précise. Oh bien entendu, elle n'était pas sans risque mais après tout...

Il lui fallait voir l'employé qui lui avait parlé des personnes qui, secrètement, continuaient une vie différente.

Il sortit de son bureau et se dirigea vers le bureau de Pierre. Pierre s'occupait de la comptabilité, chose curieuse car les filles de Minerva auraient pu le faire mieux ou plus vite. L'Administration avait décidé, pour une raison obscure, que ce n'était pas la peine de lui ôter cette tâche et de la confier aux machines.

Il frappa à la porte du bureau de Pierre et, sur l'invitation de celui-ci, entra.

- Bonjour Pierre. Ça va ?

- Ça va, ça va, Jean-Paul... Mais son air semblait contredire ses paroles
- Tu es tracassé. Est-ce que je me trompe ?
- Oh après tout, autant te le dire... Dans six mois, on me met à la casse et c'est une machine qui fera mon travail. De toute façon, tu l'aurais bien su à un moment ou l'autre.
- Certes, mais je suis le chef de cet établissement et personne ne m'a averti ou demandé mon avis, répondit Jean-Paul d'un ton acerbe.
- Minerva sait mieux ce qui est bien pour la prison, enfin c'est ce qu'ils m'ont dit.

Pierre esquissa un sourire énigmatique en disant ces mots.
- Quelle m..., à quoi est-ce que je sers ?
- Bonne question. Dans un an, deux ans, peut-être que Minerva aura développé l'application pour diriger une prison, énonça Pierre d'un ton amer.
- Et dans six mois... Que feras-tu ?
- Je n'y ai pas encore réfléchi mais j'aurai une retraite et non la rente. Ça ne sera pas la fortune mais je pense pouvoir partir avec ma femme vers les montagnes et que nous y soyons un peu tranquilles.
- Ça tombe bien que me parles des montagnes car c'est pour cela que je suis venu te
voir. Tu as évoqué à mots couverts, il y a quelque temps, l'existence de gens que tu connaissais, des gens qui vivaient un peu cachés, à l'écart.

- C'est vrai, des vieux irrécupérables.... Cela fait un bail que je ne les ai pas vus.
- Tu pourrais m'y conduire ?
- T'y conduire ? Mais t'es fou ! Et pour quelle raison ?
- Tu m'avais proposé un jour de m'y mener.
- Un jour avant peut-être, maintenant c'est différent. Et pourquoi veux-tu y aller ?
- J'aimerais voir si ces gens peuvent me vendre des produits naturels comme ceux que nous avions dans notre jeunesse.
- Ah, Ah, je vois... De la nostalgie, répondit Pierre d'un air rêveur.
- Appelle ça comme tu veux, alors ? Accompagne-moi.
- Ah non, trop dangereux, à six mois de partir. Je risque une perte de points et donc, une baisse de ma pension déjà pas très épaisse d'après ce que j'ai cru comprendre.
- Tu pétoches mais je ne te jette pas la pierre, s'exclama Jean-Paul avec un petit rire. Si j'étais dans ta position, je ferais de même. Alors, comment y va-t-on ?
- Relativement facile. Je vais t'indique un de ceux que je connais le mieux.

Et Pierre lui dessina un plan précis, un plan de comptable, avec des noms et des lieux-dits.... Il y avait soixante-dix kilomètres à parcourir, avec un trajet facile dont la moitié se situait au milieu des faibles ondulations de terrain qui cernaient la ville. Il fallait ensuite attaquer des pentes accidentées au milieu des sapins et des mélèzes. En tout, se dit Jean-Paul une heure et quart environ.

C'était une zone qu'il avait connue un peu autrefois mais où il n'était jamais retourné depuis plus de douze ans. Avait-elle changé ? se demanda-t-il.

Il remercia Pierre, sortit de son bureau et repartit l'air concentré et déterminé le long des couloirs mal éclairés par les ampoules nues. Il respirait mieux car une légère entorse à la rigidité de la Nouvelle Société venait pimenter son existence.

À six heures, il quittait son repère, non sans avoir pris soin de laisser son A.D sur le bureau. Il ne voulait être ni joignable, ni pistable. Il savait qu'en cas de contact sans réponse de sa part, il encourrait une amende et une perte de points mais il n'en avait cure, la nostalgie était la plus forte.

Tout se mélangeait dans sa tête, les canards et le StaatsOper, les traits d'Anna et le lard fermier.

Il sortit de son bureau qu'il ferma à clé, puis descendit les marches en caillebotis. Une gardienne lui ouvrit la première porte qui menait au greffe, puis une seconde porte. Il termina seul devant le portail principal qui donnait sur le monde extérieur. Il s'agissait d'une barrière métallique imposante de couleur verte qui lui sembla soudain une amie fidèle. Elle séparait le dedans et le dehors, la zone des drames humains qui n'intéressait personne et le Monde de la Folie et du Contrôle.

Il vit Martine qui sortait comme lui, sa tâche terminée. Elle se trouvait à cinquante mètres de lui et se dirigeait à pied le long de l'avenue principale. Beaucoup de cyclistes encombraient les pistes latérales et d'autres gens à pied avançaient aussi comme des automates dans la même direction. Beaucoup étaient mal habillés et tous semblaient accablés.

Il monta en voiture et démarra. La chaleur sur le parking était étouffante mais il n'en avait cure, car là où il se dirigeait, il ferait nettement plus frais.

Arrivé à la hauteur de la gardienne, il baissa la vite et l'appela. Elle tourna la tête.

- Montez, je vous dépose

Martine traversa la rue et monta dans le véhicule

- Merci Monsieur le Directeur, Avec cette chaleur, je me sentais sans forces pour rentrer.

- Et puis, les transports en commun !! Vous auriez attendu une heure un bus bondé. Vous me direz où je vous dépose.

Elle lui indiqua le carrefour où elle souhaitait descendre. De l'endroit en question, il ne lui resterait plus que cinq cent mètres pour rejoindre l'immeuble miteux où elle vivait avec son fils.

- Comment va votre fils ?, questionna-t-il

- Oh, ce n'est pas glorieux... Il n'a pas de diplômes et est presque analphabète... Il vit de la rente comme tant et tant, vous savez.

- Oui, je sais, la rente... Et ses occupations ?

- Rien de glorieux.... La virtualité avec les magasins d'État, les pilules de temps en temps et les jeux.
- Et son âge ?
- Vingt-deux ans

Il se souvint qu'elle venait d'avoir quarante-neuf ans. Ainsi, pensa-t-il, il vivaient tous les deux dans un deux pièces vétuste dont les murs portaient sans doute des impacts de balle. Qu'était leur vie ? Leurs discussions ? Il devait y avoir une barrière entre ces deux êtres, une barrière terrible de non dits, de secrets dissimulés. Martine était encore une femme éduquée dans l'Ancienne Société, tandis que le fils...

Et puis, la notion de rentier avait complètement changé. Naguère, il s'agissait de personnes aisées, au point que rentier et bourgeois étaient presque des synonymes.

Aujourd'hui, le rentier était un sous-homme qui survivait à peine dans un environnement inhumain.

Un fou traversa la rue sans regarder, près de se faire renverser par une bicyclette. Le cycliste pila... Le fou s'échappa dans la foule en marmonnant des imprécations que personne ne pouvait comprendre.

Jean-Paul chassa les réflexions qui lui étaient venues en tête à la vue de l'aliéné, et essaya d'oublier les rues sinistres de la ville pour se concentrer sur le paysage qui l'attendait. Il ferma les yeux une seconde pour tenter de faire revenir des images... mais en vain.

Au carrefour indiqué, Martine lui fit signe qu'elle descendait là. Il s'arrêta ; elle ouvrit la portière.
- Merci encore, Monsieur le Directeur. À demain.
- À demain
Il vit qu'elle lui faisait un signe de la main en s'éloignant.

Au sortir de la ville, dans des faubourgs pouilleux, il vit une sorte de procession qui progressait le long d'un parc dont les arbres tristes n'exhibaient que des couleurs d'un vert terne. Des gens, peut-être une centaine, avançaient en psalmodiant et en tenant des pancartes à la main et des cierges. Certains avaient aussi, fichées dans les cheveux, des fleurs rachitiques cueillies on ne savait où.

Ils portaient des vêtements d'une extrême diversité, tous caractérisés par une grande ampleur. Quelques-uns avaient des toges s'arrêtant à mi-mollets et des pantalons flottants, d'autres arboraient des pétales dans les cheveux et des chemises blanches ouvertes sur le cou. Les couleurs dominantes étaient le blanc, le beige et le vert. Presque tous portaient des sandales en carton sans chaussettes et la plupart portaient des colliers ou des clochettes qui tintaient au rythme de la marche.

Jean-Paul ne distinguait pas les paroles mais, en s'approchant, elles devinrent plus distinctes et il comprit qu'il s'agissait d'une cérémonie Gaïa, de cette religion, le Gaïaisme, née dix ans auparavant d'un illuminé connu sous le nom de l'Atténuateur.

Jean-Paul avait déjà vu leurs processions deux ou trois fois en quelques années et avait enfoui le souvenir de leurs cérémonies au fin fond de son cerveau.

Le Gaïaisme avait remplacé la Nouvelle Religion en vogue jusqu'à la Guerre Civile. L'Atténuateur, ancien prêtre de la Nouvelle Religion des dévots fanatiques et des rosières incultes, l'avait fondée après avoir réalisé un voyage au centre de la Terre où Gaïa l'avait initié à ses secrets.

À cette occasion, elle lui avait montré les forces telluriques dont elle était la maîtresse et qu'elle n'hésiterait pas à employer contre les hommes qui l'avaient agressée. Elle lui avait ordonné de fonder un nouveau culte pour tenter de réparer le mal que les hommes lui avaient fait.

Gaïa avait pleuré, devant lui, ses enfants disparus par la pollution, l'avidité et les crimes. Sa chair se hérissait à chaque nouvelle invention et, si elle manifestait parfois sa colère par des catastrophes naturelles, c'était plus de désespoir que par esprit de vengeance.

Elle lui avait attribué le nom d'Atténuateur, destiné à le définir comme l'être qui atténuerait les péchés de ses semblables jusqu'au moment où il rejoindrait purifié, une fois sa tâche accomplie, le sein de sa mère Gaïa.

Une fois remonté à la surface, l'Atténuateur avait commencé sa mission ; il avait prêché dans les villes et ses débuts furent facilités par nombre d'aides financières venant de milieux puissants.

Parmi les tables de la nouvelle Loi, figurait l'élimination des religions traditionnelles, celles avec lesquelles les hommes avaient vécu des millénaires, le versement d'un dixième des revenus à la nouvelle Église et l'engagement pour chaque adepte de compter le tort que ses actions journalières pouvaient causer à Gaïa.

Il existait à cet égard un barème de contrition, très précis, établi par l'Atténuateur pour compenser les crimes des hommes.

Les adeptes du Gaïaisme augmentaient régulièrement en nombre selon le rapport des autorités qui y voyaient un bon moyen d'occuper beaucoup de titulaires de la rente minimale.

Le Gaïaisme avait acquis une grande importance politique. Il avait réussi à obtenir l'interdiction des animaux d'élevage, de la plupart des automobiles, des appareils électro-ménagers, dont les réfrigérateurs, les fers à repasser et les lave-linge. Pour cette raison, les gens achetaient chaque jour leurs aliments périssables dans les magasins d'État ou les magasins de fonctionnaires.

On ne pouvait garder de nourriture chez soi plus d'un jour car cela avait été décrété malsain par Minerva. On envoyait les vêtements à laver dans des structures d'État.

Seules les télévision étaient autorisées car elles constituaient le moyen d'écouter le Discours.

Le Gaïaisme voyait fleurir ses temples, il avait son clergé, sa hiérarchie et ses textes indiscutables et indiscutés, tous de l'Atténuateur. Le mouvement était trop récent pour avoir suscité des hérésies, mais on entendait dire que des dissensions commençaient à naître au sein des classes les plus élevées du culte.

Jean-Paul dut ralentir comme les quelques rares véhicules : il fallait laisser passer la procession qui était prioritaire.

Pardonne-nous nos offenses
Et accepte notre repentir, Oh Gaïa
Que le mal que nous t'avons fait
retombe sur nous et nos enfants
jusqu'à la septième génération
Il faudra bien des offrandes
Pour calmer ton courroux
Et nous savons bien, pauvres pêcheurs
Que nous ne sommes pas dignes de ton Pardon
Mais ta magnanimité est infinie
Que ta volonté soit faite !

L'Atténuateur avait écrit paroles et musique de cette prière qui semblait à Jean-Pierre un mélange de musique extrême-orientale et pop, enfin ce qu'on appelait pop dans son enfance.

Jean-Paul n'avait jamais été attiré par ces pratiques, mais sa femme avait une fois évoqué son intérêt. Après réflexion, elle avait conclu que ce n'était peut-être pas compatible avec son travail de vérificatrice des informations.

Jean-Paul nota que les processionnaires avançaient les yeux fixés au sol, dans une attitude contrite qui semblait sincère. Adopter cette démarche était une volonté de l'Atténuateur, inverse de tous les autres cultes qui jusqu'alors incitaient plutôt à regarder vers le Ciel. L'Atténuateur avait décrété un jour que l'Enfer était en haut et le Paradis en bas.

La procession quitta les abords du parc et prit une rue étroite du faubourg. Jean-Paul et les autres véhicules purent enfin accélérer.

Il n'y avait pas d'interdiction formelle d'aller dans les zones rurales, Il n'y avait pas non plus de barrière, ou de contrôles pour empêcher la population de s'y rendre mais la conditionnement, mené pendant des années, avait amené les gens à ne pas en éprouver le besoin et, même à ressentir un malaise à la simple évocation de cette possibilité. La faible proportion de personnes qui vivaient dans ces zones ne mettaient pas en péril le Régime et celui-ci avait renoncé à les mettre au pas suite aux calculs coûts-bénéfices de Minerva. Il s'était établi une sorte de statu-quo entre une société traditionnelle et la Nouvelle Société.

En revanche, les frontières extérieures étaient très étroitement surveillées par des patrouilles armées et des miradors. Une double ceinture métallique de huit mètres de haut entourait tout le pays et les sorties du territoire n'étaient accordées qu'à de rares privilégiés, pour de courtes durées après mûr examen de leur dossier.

Il commença à attaquer les premières pentes vers six heures et demie. La procession ne l'avait que peu retardé. La route montait régulièrement et les courbes suivaient les caprices de la montage. La route était en assez mauvais état comme toutes celles qu'il pratiquait. En ville, l'absence de maintenance, ici, les conditions plus rudes expliquaient les dégradations.

Il roulait entre de beaux sapins éparpillés sur des prairies grasses d'une couleur verte accentuée par l'ombre fraîche. De temps en temps, apparaissaient entre les arbres quelques sommets bleutés, sur lesquels couraient quelques petits nuages. La chaleur restait forte mais l'air semblait plus sec.

Il respira car l'atmosphère était plus agréable que celle de son bureau. Pourquoi donc n'était-il jamais revenu dans ces parages ?, se demanda-t-il sans trouver de réponse satisfaisante... Mais si, bien sûr, se dit-il soudain, avec l'A.D, c'était compliqué.

Pierre lui avait dit qu'il fallait tourner à gauche, juste à la sortie du village qu'il commençait à apercevoir. Il était déjà à sept cent mètres d'altitude et la température ne baissait pas significativement ; en revanche, l'oppression ressentie dans la ville s'était estompée. Il traversa lentement le village qui ne comptait pas plus d'une centaine d'âmes, village perdu, oublié de l'Administration comme d'autres dans ces parages.

Presque personne dehors, un commerce fermé, un bar avec une poutre en travers de la porte d'entrée, quelques ruines, vestiges de la Guerre, voici ce qu'il perçut. Il restait une église ancienne, presque en ruines, une partie du toit partie sous les coups des intempéries ou d'une bombe.

Il y avait aussi une scierie un peu plus loin sans signes d'activité. La cheminée ne fumait pas et tout semblait mort, abandonné.

Il tourna à gauche comme l'indiquait le papier fourni par Pierre. La route était cette fois plus étroite et en moins bon état. Les trous dans la chaussées l'obligèrent à concentrer son attention sur la conduite. Par endroits, des plaques de bitume avaient sauté, révélant une sous-couche de gravier fin. Il était évident que très peu de véhicules passaient par là.

Il déboucha sur un plateau où les arbres avaient laissé place à de grands herbes et quelques buissons. Une clôture fermait un chemin sur sa droite. Ça devait être là. Pierre lui avait dit « sur le plateau, à droite par le chemin ». Au fond, quelques ondulations d'un vert sombre barraient l'horizon.

Il vit trois vaches qui paissaient indifférentes à son arrivée, des vaches comme avant, tâchetées de blanc et de noir. Il était sept heures dix maintenant mais le soleil restait relativement haut dans le ciel. La voiture s'approcha en cahotant d'une sorte de grange, fermée de panneaux de bois et couverte de tôle ondulée. A côté, se trouvait une petite maison en pierres massives et au toit d'ardoises d'où sortait une légère fumée.

Il gara la voiture devant la maison et descendit. Tout était tranquille.

Il sentit l'odeur du bois. On brûlait des bûches apparemment à l'intérieur mais il ne faisait pas froid. Oh bien sûr, songea-t-il, c'est pour la cuisine... Ici, ils font toujours la cuisine dans un four à bois et, de toute manière, il n'y a rien d'autre. Et le bois, ce n'est pas ce qui manquait dans le coin, conclut-il.

Les planches de la grange étaient légèrement disjointes. Il s'approcha en tentant d'éviter au maximum la boue résiduelle entre les touffes d'herbe. L'intérieur était sombre et il ne distingua rien.

Il se retourna et vit un homme assez âgé qui l'observait. L'individu avait dû sortir de la maison sans faire de bruit. Il portait une chemise à carreaux sous un vieux gilet de laine, un pantalon de velours côtelé et des bottes en caoutchouc. Il avait la figure burinée de ceux qui vivent à l'air une grande partie de l'année et plissait les yeux devant ce spectacle peu courant d'un citadin en visite.

Jean-Paul s'approcha en regardant où il posait les pieds. Cela faisait très longtemps qu'il n'avait pas vu de bouses de vaches.
- Je viens de la part de Pierre.
- Pierre ? Ah, oui, je vois.

La voix était rocailleuse et portait la marque de ceux qui parlent peu. L'homme restait là, muet sans s'enquérir de ce que cherchait son visiteur. Pierre lui avait expliqué que, dans ces montagnes, les gens étaient assez renfermés et se méfiaient beaucoup des visiteurs.

Maintes fois, on avait cherché à les tromper et ils en gardaient un souvenir cuisant et une rancune qu'une génération ne pouvait éteindre. Leur vie, dix ans auparavant, avait été très dure ; il avait fallu qu'ils portent assistance à des hordes de citadins désespérés et peu de gens leur en avaient su gré.

- Je... Enfin, Pierre m'a dit que vous pourriez me vendre quelques produits... Ce que vous avez, je ne suis pas difficile.
- Ah, ça ne vous suffit pas les magasins des fonctionnaires et les autres ? demanda l'homme d'un ton rogue
- Je n'en suis pas adepte, voyez-vous, répondit Jean-Paul. Je voudrais essayer autre chose.
- Pourtant, vous avez l'air en bonne santé... Il y a tout ce qu'il faut là-dedans, d'après ce qu'on dit, des aliments sélectionnés, aseptisés,... Tout pour une bonne croissance et une bonne santé, ricana l'homme.

Jean-Paul se dit qu'il fallait briser le cercle de la méfiance, et acheter ou partir, mais vite ; il ne pouvait s'éterniser en ces lieux, loin de son A.D.

- Comment vous appelez-vous ?

C'était une manière comme une autre pour rompre la glace et adoucir l'homme.

- Je ne sais pas si ça vous intéresse.
- Je ne viens pas avec de mauvaises intentions, vous savez. Si vous connaissez Pierre, vous savez qu'il ne m'aurait pas env...

- C'est bon coupa l'homme. Je m'appelle Martin... J'ai des carottes, un chou vert et un morceau de carré de porc à vous vendre mais pas plus. Il y a de la demande, savez-vous et vous n'êtes pas le seul.

Jean-Paul fut surpris mais n'en laissa rien paraître. De la demande, cela voulait dire que d'autres faisaient comme lui, ce marché noir, sans que cela fût connu.

Après tout, pourquoi pas ? conclut-il. Il y avait bien des choses qui se passaient en secret et, moins on en parlait et mieux cela valait.

- Première qualité, cela va sans dire, crut bon de préciser, l'homme

- J'en suis absolument persuadé, rétorqua Jean-Paul, je suis simplement un peu triste d'avoir roulé plus d'une heure pour si peu mais vous faites comme vous l'entendez. Ceci dit, si à l'avenir, nous décidons de faire affaire et que je revienne, il faudrait que ce fût pour des achats plus importants.

- On doit pouvoir s'arranger. À l'avance, faut me prévenir

- Et comment ?

- Passez par Pierre, comme aujourd'hui.

L'homme se dirigea vers la grange et enclencha dans le pêne une clé énorme. Un des battants du portail s'ouvrit en grinçant.

Jean-Paul pensa que, décidément, tout grinçait dans cette société, les portes des cellules de sa prison aussi.

Il entra sans inviter Jean-Paul à le suivre, mais ressortit trente secondes après, en présentant les produits annoncés

- Première qualité, mais je vous l'ai déjà dit... Regardez ce chou, luisant, gras à souhait. Et ce porc, avez-vous la couleur de la viande, sa texture... Vous ne connaissez pas ça, Hein ?

Jean-Paul dut reconnaître qu'effectivement, cela faisait très longtemps qu'il n'avait pas vu des aliments pareils, qui venaient de la terre ou d'un animal, tributaire lui aussi de la terre, dont le rôle dans le monde avait été celui de transformateur inconscient.

L'homme annonça un prix qui fit sursauter Jean-Paul. C'était cher, plus que ce qu'il avait pensé, mais la rareté faisait le prix.

L'homme dut se rendre compte de la réaction de son client car il ajouta :

- Vous savez, ce ne sont pas les clients qui manquent, plutôt la surface pour avoir plus de choses à produire et à vendre et aussi, le climat...

- Non, non... C'est bon. Je les prends

L'homme lui remit les produits, récupéra l'argent et rentra dans la maison en grommelant un « Au revoir, peut-être ».

Jean-Paul resta une demi-minute à regarder le paysage, les ombres s'allongeaient et il était temps de partir. Il n'avait aucune envie que Geneviève lui posât des questions et menât une enquête pour savoir pourquoi il rentrait plus tard que d'habitude.

Il lui expliquerait et elle se calmerait sans doute une fois qu'elle aurait goûté un plat de porc avec du chou et des carottes comme autrefois.

« Ce ne sont pas les clients qui manquent », songea-t-il. Qu'est-ce que cela voulait dire ? Qu'il n'était pas le seul à chercher d'autres produits ? Alors, qui étaient les autres et où se cachaient-ils ?

CHAPITRE 6

Après le repas du soir, il n'y avait pas grand chose à faire dans la cellule que les femmes regagnaient avant huit heures.

Anna se rassit sur le lit et reprit le livre abandonné au cours de l'après-midi. Les deux autres se perchèrent sur leurs couchettes, mais très vite Gina annonça qu'elle voulait prendre une douche et aller aux toilettes.

- Dépêche-toi, ma chérie, ricana Rita. Il faut que j'y aille aussi.

Anna avait lavé la veille le linge avec lequel elle était entrée en prison. Elle portait maintenant une des blouses et un pantalon de tissu léger.

Ses vêtements encore humides pendaient sur les cordes. Ça séchait mal en dépit de la chaleur dans la pièce.

Gina termina, puis Rita s'engouffra derrière la cloison. Gina se séchait les cheveux avec une serviette. Elle se tourna vers Anna

- Qu'est-ce que tu penses du Discours ? L'écouter, c'est se marrer, non ?... On pourrait allumer la télévision.

- Gina, ce Discours, c'est terrible, s'immisça Anna... surtout le nombre de gens qui restent devant tous les soirs à écouter un texte proféré par le Triumvir, mais écrit dans le journée par Minerva. Tu es sérieuse ?

- Je disais : on va se marrer. Justement, le jeu, c'est de compter le nombre de mensonges. Bizarre que tu n'aies pas capté.

- Excuse-moi... Je suis fatiguée

Pour couvrir le bruit de la douche, Gina cria :

- Rita, le Discours.. Ça te branche ?
- Ah oui, bonne idée.

Et elle partit d'un rire saccadé qui se termina en toux.

Anna voulait aussi se laver mais elle ne voulait pas brusquer Rita, ni faire quoi que ce soit qui aurait perturbé l'équilibre émotionnel fragile qu'elles commençaient à créer. Si ces Discours les amusaient, alors...

Rita sortit de la douche et s'adressa à Anna

- À toi... On attend ou on allume de suite ? demanda-t-elle
- Ne m'attendez pas. Allumez.

Rita et Gina gloussèrent d'avance à l'idée de compter les mensonges que le Triumvir allait proférer. La question qui les taraudait était de savoir si le record serait battu.

Anna entra dans la douche, saisit la serviette et le morceau de savon grossier qui se trouvait là.

Gina et Rita allumèrent le poste et le générique s'afficha presque instantanément sur l'écran avec le travelling lent vers la table, illuminée de flammes noires et rouges.

Elles avaient failli manquer le début. Elles ricanèrent de plaisir anticipé. Les Administrateurs du Triumvir étaient installés derrière la table, impassibles. Les six jeunes femmes étaient debout derrière eux, prêtes à applaudir.

— « Bonsoir Citoyennes et Citoyens, nos meilleurs vœux sincères de bonheur et de santé dans notre magnifique Nouvelle Société. Nous souhaitons ce soir vous parler de nos réussites dans les luttes contre les déviances. Les déviances, quelles soient physiques, comme les vols, dégradations, assassinats, ou psychiques, comme les mauvaises pensées, les critiques ou le refus de porter sur soi son A.D sont en complète régression.. ».

Rita poussa un petit cri de plaisir.

- Ce qu'il ne faut pas entendre. Deux points, Gina pour celle-la, non ?

- Oui, mais si tu notes trop bien tout de suite, comment vas-tu faire si ça monte en gamme ?

- « Nous pensons que cela est dû au Formations du Comportement, En effet, la jeunesse a une influence positive sur les parents nés en d'autres temps. La nécessité d'enfermer n'est plus de saison. Les sorties de prison sont en constante augmentation et plus personne n'y rentre... ».

- Manque de chance, on en connaît une qui est rentrée avant hier, ricana Gina

- « Pour couper court à des rumeurs d'insatisfaits permanents, il n'y a pas, je répète, il n'y a pas de prisonniers pour raisons d'opinion, pas de prisonniers politiques, comme certains tentent de le faire croire. Heureusement, notre Agence de vérification des informations fonctionne bien...»

Rita et Gina se tordaient

- T'entends ça, Anna cria la première ? T'es pas une prisonnière politique. C'est le Triumvir qui le dit, alors.

Anna, finissait sa douche et n'avait pas entendu le Discours. À la remarque de Rita, elle haussa les épaules, se sécha et remit les vêtements propres en songeant qu'il faudrait laver ce qui lui restait de sale à la première heure. Elle rejoignit ses compagnes et s'assit sur le lit, en évitant de regarder la télévision.

- On t'avait dit que c'était drôle. Tu n'apprécies pas ? s'enquit Rita.

- Les prisonniers politiques invisibles, oui... Très drôle en effet.

- Faut bien rire un peu. Tu est trop sérieuse.

La télévision continuait à débiter le Discours, mais Rita et Gina se satisfirent de ce qu'elles avaient entendu, ou elles pensèrent que Anna avait raison. En tout cas, elles éteignirent le poste et Rita conclut l'histoire du Discours en disant :

- Ils savent qu'on s'est déconnectées mais que peuvent-ils faire de plus ? On est déjà en taule.

Anna les remercia d'un sourire triste Elle avait repris son livre mais les lignes ne s'imprimaient pas dans son esprit. Il s'agissait d'une biographie de Brahms, ancienne mais encore en bon état.

Pendant qu'Anna était plongée dans l'ouvrage, les deux autres regardaient au plafond ou se limaient les ongles.

Il ne faisait nul doute que si l'ouvrage avait été sorti de son sac à son arrivée dans l'établissement, c'était la confiscation assurée et, peut-être, un séjour en cachot d'une semaine. Qui était la gardienne négligemment complice ? Car Anna en était presque certaine, la femme avait vu le livre.

Rita et Gina avaient plus d'expérience qu'elle. Elle décida de leur demander leur avis sur le bien fondé de garder un tel ouvrage dans une cellule.

- Il est sur la liste noire, leur dit-elle, du moins, je crois.

Les deux femmes la regardèrent avec un peu de méfiance.

- Tu veux dire, un bouquin interdit ? demanda Rita
- Oui, la liste de ceux qui sont interdits est beaucoup plus longue que celle de ceux qui sont autorisés, reprit Anna... Vous le savez. Et ceux qui sont autorisés ont moins de quinze ans.
- On n'est pas vraiment au courant, répondit Gina. Les livres, c'est pas trop notre truc, Hein Rita ?
- Oh, moi, je lisais un peu quand j'étais gamine, des aventures et des romans à l'eau de rose, comme on disait. Ma mère me laissait faire, tandis que mon père s'en foutait.

Après, j'ai décroché et comme je n'ai pas fait d'études, je n'ai plus eu l'occasion de me colleter avec des livres

- Moi pareil, affirma Gina... Ma vie. Bof... Vaut mieux pas en parler

- Je sais que vos vies furent difficiles, mais aviez-vous entendu parler des autodafés ?
- On te dit qu'on écoutait du shit-rock. Les nouvelles, on savait rien ou presque. Enfin si, j'avais bien entendu dire que le Triumvir avait fait un Discours sur les bouquins mais du Diable si je sais de quoi il s'agissait.
- Justement, il s'agit de cela, reprit Anna. Les autodafés étaient des cérémonies au cours desquelles on brûlait les livres en incitant la population à assister au spectacle. Ce livre est dangereux si on le trouve ici. Il traite de musique classique.
- C'est possible, mais t'en fais pas. Il y a une cachette parfaite qu'on a faite avec Gina.

Le mur derrière la couchette est un peu pourri et en grattant, on a découvert un petit trou, comme si des rats s'étaient nichés là...
- Quelle horreur, s'écria Anna
- Ah oui, quelle horreur, mais ça fait un moment qu'on ne les a plus vus, Hein Gina ? demanda-t-elle en clignant de l'œil vers sa comparse.

Gina ricana.
- Vrai de vrai, il y a bien deux mois...
- Tu planques ton bouquin dedans et on rebouche demain avec la pâte qu'ils nous servent en guise de pain. Ni vu, ni connu
- Vous avez raison, c'est le mieux à faire.

Elles n'eurent pas l'occasion de continuer leur discussion car une gardienne faisait la ronde et tapait sur chaque porte en hurlant :
- Extinction des feux dans cinq minutes.

C'était une annonce qu'il fallait respecter. À défaut d'obtempérer, les gardiennes pouvaient pénétrer et fouiller la cellule de fond en comble, juste pour le plaisir et ça pouvait durer une heure.

Jean-Paul passa à son bureau pour récupérer son A.D avant de rentrer. Il ne pouvait pas se permettre un contrôle sans porter cet appareil. Il arriva chez lui beaucoup plus tard que de coutume, mais avant le couvre-feu et s'étonna que Geneviève ne fût pas là. Il s'adressa aux enfants pour connaître la raison du retard de leur mère mais aucun des deux ne put lui donner d'explications. Elle avait, de toute façon, un passe pour circuler après le couvre-feu.

Il conclut du retard providentiel que c'était peut-être mieux ; il allait pouvoir faire mijoter sa viande et les légumes rapportés de la montagne.
- Ne vous en faites pas, regardez plutôt ce que j'ai dans ce sac.

Et il sortit le porc, le chou et les carottes qu'il posa sur la table.
- C'est dégueulasse, s'écria la fille.
- Tu veux dire que ça vient de la terre mais c'est mauvais, reprit la fille. On a eu Millia qui nous expliqué que les seuls

aliments acceptables et bons pour la santé étaient ceux des magasins de fonctionnaires et des magasins d'État... Elle nous a dit qu'autrefois, avant la Guerre, les gens mangeaient des trucs comme ça et mouraient tous empoisonnés à trente ans et leurs enfants avaient tous des tares...
- C'est quoi en fait, s'enquit le garçon
- Moi, je sais parce que j'en ai vus quand j'étais plus jeune. Des légumes qui sortent de terre et de la viande de cochon élevé comme il faut et c'est pour cela que je les ai achetés.

Pour les deux enfants, c'était du chinois.
- Je pense que ta Millia exagère.
- Millia est fille de Minerva. Elle ne peut se tromper ou nous tromper.
- Je vais préparer le repas avec et je mangerai comme vous. Vous croyez que j'ai envie de m'empoisonner ?

L'argument parut recevable aux enfants. Ils décidèrent de clore la discussion et de retourner à leur devoirs.

Lorsque Geneviève rentra tard, il flottait dans l'appartement une odeur particulièrement appétissante.
- Qu'est-ce que ça sent ? demanda-t-elle depuis l'entrée
- Un plat spécial, répondit son mari. Une surprise.
- Ah, une surprise...
- Au fait, où étais-tu ? Je croyais rentrer après toi et c'est le contraire qui se produit.

- On a eu un retard avec des vérifications de données. Une fille de Minerva avait donné des mauvaises informations et il s'en est fallu de peu que le Discours dérape.
- Tiens, je croyais que les filles de Minerva ne se trompaient jamais, conclut Jean-Paul avec un rictus ironique en se tournant vers sa fille.
- En fait, reprit sa femme, pour être précise, on a eu deux problèmes. Un rapport accusant le Triumvir d'avoir des relations avec les meubles ambulants – c'est ainsi qu'on appelle les filles en arrière plan lors du Discours – est arrivé à l'Agence. On ne sait pas d'où il est venu, ni comment. En tout cas, il a fallu qu'on le détruise et qu'on s'assure qu'aucune copie ne fuiterait. Notre hiérarchie pense qu'il y a des hackers mais personne ne sait où ils sont et qui ils sont.

Jean-Paul eut une moue dubitative. Geneviève n'avait pas prévu de se disculper de son retard, aussi l'odeur de cuisine lui fournit-elle une occasion de changer de conversation.
- Et ce plat qui cuit, c'est quoi ?
- Des produits comme autrefois... que j'ai pu me procurer.

Sa femme ouvrit de grands yeux.
- Mais comment ?... Comment ?
- Ce n'est pas ton affaire, tu goûteras et tu me diras si j'ai eu raison.

Geneviève avait à peu près son âge, aussi avait-elle vécu à l'époque des ventes sur les marchés avec de petits producteurs.

Elle n'avait pas eu le goût déformé comme les enfants qui n'avaient rien connu d'autre.

- Je suis passé au magasin de fonctionnaires... Tant pis, ça sera pour demain,

Jean-Paul était sûr qu'elle ne pourrait nier la qualité du plat, même si sa crainte des petits hommes gris la conduirait probablement à mitiger son appréciation. Sa crainte et sa pleutrerie naturelle qui la faisaient toujours abonder dans les fadaises du Discours ou de Minerva...

Une fois installés autour de la table, Jean-Paul les servit avec une ferveur religieuse. Chacun avait le nez dans l'assiette, attendant une catastrophe qui tardait à venir.

- Alors, qu'est-ce que vous en dites ? demanda-t-il au bout d'un moment.

Geneviève dut reconnaître que cela faisait longtemps qu'elle n'avait pas mangé quelque chose avec autant de goût.

Les enfants chipotaient du bout de la fourchette. Ils avaient avalé un petit morceau de viande et de carottes. L'odeur du chou surtout, semblait les rebuter.

Le garçon décida de se lancer.

- On ne peut pas dire que c'est mauvais. C'est même pas mal, mais c'est trop fort... T'es sûr qu'on ne risque rien ?
- Sûr et hyper sûr.

La fille, en entendant l'échange, sembla rassurée et continua à manger. Elle était trop orgueilleuse pour avouer à son père qu'il avait eu raison.

- Mais, tu ne m'as pas dit comment tu avais eu ces produits, demanda Geneviève à son mari.
- Secret pour le moment. Je ne peux pas tout dire et j'ai promis.

Elle parut s'en continuer non sans faire remarquer : « si tu n'as pas confiance en ta femme ».

Les plats étaient presque finis. Il restait un fond de sauce et Jean-Paul se dit qu'il était bête de le perdre. Il se leva et rapporta la pâte insipide et farineuse qui faisait office de pain. Chacun sauça son assiette et mastiqua la pâte

La fille commenta l'opération en disant que ça donnait du goût à la pâte.

Jean-Paul pensa qu'il faudrait demander à l'homme des montagnes s'il avait des pains comme autrefois et aussi lui demander comment le contacter directement si les échanges devaient s'établir sur une base plus large.

Il était temps de laver les plats. Soudain, Jean-Paul annonça qu'ils avaient manqué le Discours. Geneviève releva la tête, à moitié déçue

- Tant pis, ce sera pour une autre fois, conclut-elle

Jean-Paul se demanda si sa réaction aurait été autre sans le plat qu'il avait préparé. Par exemple, la veille au soir, il n'avait pas été possible de la décramponner de la télévision.

Il eut l'impression que cela pouvait être de bon augure pour la suite. Et si le réveil mental ou simplement l'éloignement de la contrainte qu'exerçait le Discours passait par la nourriture et un vrai repas pris en commun ? Après tout, c'était une hypothèse comme une autre qui méritait d'être vérifiée.

Jean-Paul regarda par la fenêtre. Le ciel était noir et la ville plongée dans les ténèbres à cause du couvre-feu. Tout ne dormait pas cependant car un véhicule de police stationnait en bas de l'immeuble, une lumière rouge clignotant sur le toit. C'était une petite machine autonome à trois roues équipée pour la surveillance essentiellement nocturne qui était capable de détecter les émissions de chaleur du corps humain et de filmer à 360 degrés, au moyen de caméras à haute résolution tout événement non prévu.

L'appareil pouvait ainsi alerter des troupes d'intervention, parfois hommes, parfois humanoïdes, en vue d'interpeller les individus qui se seraient trouvés indûment à l'extérieur en dehors des heures autorisées.

Le choix d'envoyer des hommes en contrôle dépendait de l'analyse du danger faite par les systèmes automatiques. Au delà d'un certain seuil de risque, on envoyait les humanoïdes.

Soudain, la lumière s'éteignit. Sa femme et ses enfants étaient encore autour de la table. Ils levèrent la tête surpris.

- Encore une coupure de courant, et sans prévenir en plus, s'écria Jean-Paul.

Il alluma la lampe de son A.D et suggéra que chacun aille se coucher. Les enfants n'auraient un A.D qu'à la majorité et Geneviève dut chercher le sien qu'elle avait laissé dans la cuisine.

Ils se dirigèrent vers les chambres dans cet appartement de 70 m^2 au total. Ils disposaient de trois lieux de sommeil et c'était encore un privilège, même pour un Directeur de prison.

En plein milieu de la nuit, Jean-Paul et Geneviève furent réveillés par des bruits en provenance du local des toilettes. Apparemment, les enfants vomissaient leur repas.
Ils se levèrent et tâtonnèrent vers le local, mais la lumière était revenue et leur permit de se guider.
Les deux enfants était pâles. Entre deux hoquets, la fille expliqua :
- C'est ton plat, gémit-elle... J'ai mal au ventre.
Elle avait l'air plus atteinte que son frère qui commençait à récupérer et qui, à une question de sa mère, affirma qu'il se sentait mieux.
Il flottait dans le local une odeur âcre que le tirage de la chasse d'eau n'avait pas fait disparaître.
La fille continuait à avoir de petits hoquets tout en haletant, puis tout à coup, se pencha vers la cuvette et vomit de la bile. Il ne sortait plus rien de son repas. C'étaient les derniers soubresauts d'un estomac en perdition.
- C'est à cause de toi, cria Geneviève à l'adresse de Jean-Paul... Avec tes idées débiles de les faire manger autre chose que ce que je ramène et qui est parfaitement sain. Sans bactéries toxiques.

Jean-Paul se trouvait légèrement décontenancé. Il n'avait pas imaginé un tel résultat
- Je suis désolé. Je ne pouvais pas prévoir.
- Mais si, tu pouvais prévoir mais tu as voulu faire le malin..
- Écoute. Ni toi, ni moi ne sommes malades. Alors, pourquoi ?
- Autrefois, on mangeait autrement. Peut-être que nous sommes immunisés, reprit-elle avec un ton radouci. Mais eux, ils n'ont mangé que les produits des magasins de fonctionnaires... En tout cas tes inventions, c'est terminé. C'était la première et la dernière fois.
- Je m'en garderai bien, en tout cas pour vous... Pour moi, je compte bien de temps en temps retourner acheter de vrais produits.

Elle fit la moue mais ne répondit pas.

Les spasmes se calmèrent et, dix minutes plus tard, tous étaient recouchés.

Un terrible orage éclata qui les garda éveillés une heure entière pendant laquelle ils entendirent coups de tonnerre et pluie brutale tomber en cataracte d'un ciel en courroux. Le vent faisait trembler les fenêtres et ses gémissements semblaient ceux d'esprits, fils de Gaïa, irrités contre les hommes qui ne rendaient pas les hommages qui leur étaient dus.

CHAPITRE 7

Au réveil, Anna se sentait mieux reposée. Rita et Gina étaient déjà debout, affairées à on ne sait quel trafic.
- Ah, tu as bien dormi, on dirait, affirma Rita. Pas comme la nuit d'avant où tu n'arrêtait pas de bouger et de marmonner des mots sans suite. Il est sept heures... Pas à dire, repos non stop c'est idéal pour récupérer.
- Oui, ça va mieux, répondit Anna. Au fait, vous vous rappelez que je vous ai fait une proposition, enfin, j'avais fait une proposition à Gina et elle te l'a répercutée en ricanant, mais ça n'est pas grave qu'elle ricane, je veux dire... Alors ?

Les deux femmes se regardèrent, mi-gênées, mi-moqueuses. Manifestement, chacune attendait que l'autre prenne la parole, enfin Rita se lança ;
- En fait, c'est pour le chant ? Moi, je ne dis pas non car tout est bon pour sortir de temps en temps de cette piaule infecte, mais il n'est pas dit que le Directeur soit d'accord.
- Ne vous en faites pas, quand je l'ai vu hier, il semblait vouloir me faire des faveurs, pour des raisons qu'il serait trop long d'expliquer..

- Il est amoureux de toi ou quoi ? demanda Rita avec un sourire goguenard aux lèvres. Gina et moi, on n'a pas l'honneur de le connaître cet homme... Alors, comment est-il ?
- Est-ce que vous pouvez être sérieuses deux minutes ? Je peux demander à le voir pour lui proposer d'organiser des séances de chant pour vous et, ensuite d'autres se joindront à nous. C'est lui qui m'a proposé de solliciter une entrevue si j'en ressentais le besoin.
- Ça me branche, conclut Rita.
- D'accord pour moi aussi alors, annonça Gina... Seule, j'aurais dit non, mais comme Rita est partante.
- Parfait.... Dès qu'une gardienne passe, je lui demande à voir le Directeur
- Mais non, c'est pas comme ça qu'on fait, tu tapes sur la porte et tu cries. T'inquiète pas, elles vont rappliquer.

Anna esquissa un sourire.
- Ce n'est pas dans mon tempérament, dit-elle

Rita, en entendant ces mots de timidité, s'approcha à pas pressés de la porte et commença à tambouriner en criant : « Il y a quelqu'un ? ».

Très vite, une gardienne se précipita en gueulant.
- Vous la blonde, vous arrêtez immédiatement.
- Ce n'est pas pour moi, mais pour ma copine. Explique-lui, Anna.
- Je voudrais voir le Directeur... S'il vous plaît.

- Ça ne se fait pas aussi facilement. Qu'est-ce que vous croyez ?
- Hier, il m'a dit que je pouvais demander à le voir si j'en ressentais le besoin.
- Je vais me renseigner.
- Merci, répondit Anna.

La gardienne partie, Rita dit froidement à Anna :
- T'as tort de leur dire merci. Ça ne sert à rien.
- Je pense que si, répondit Anna. C'est toujours utile.
- Bof... Elles nous crient dessus et nous, on les méprise, c'est comme cela que ça marche. C'est la Loi ici.
- Et c'est peut-être une des raisons du malheur qui règne en ces murs, dit Anna.

Gina avait écouté intensément la discussion entre les deux femmes et semblait découvrir, du fond de cette cellule, des horizons nouveaux.

C'était une des premières fois que son regard reprenait vie. Elle en profita pour écarter les mèches pendantes qui cachaient la moitié de son visage.

- Anna, aurais-tu une pince ou quelque chose qui y ressemble ? Je voudrais attacher mes cheveux. J'en ai marre qu'ils pendent tout le temps. Ça fait souillon.

Anna eut un petit sourire intérieur. La remarque de Gina la confortait dans la pensée que tout être avait une part de lumière mais qu'il fallait trouver l'interrupteur.

- Je n'ai pas de pinces mais j'ai un élastique qui fera l'affaire. En fait, je l'ai toujours gardé sur moi car il m'a porté chance en début de carrière...Et puis, pour prendre l'avion, c'était pratique, ça ne sonnait pas au détecteur de métaux.

Jean-Paul partit tôt le matin de son appartement, sans avoir embrassé femme et enfants. Il descendit jusqu'au parking, ouvrit la porte de la voiture et démarra.

Il faisait sombre et des traînées d'un brun rougeâtre s'effilochaient au loin sur un ciel presque noir. Il faisait chaud et humide.

Les restes de l'orage étaient bien visibles avec quelques branches au sol, des flaques d'eau noire, comme des marécages transportés de contrées inhospitalières jusqu'au cœur d'une cité.

Il emprunta l'avenue qu'il n'aimait pas, éclaboussant au passage les trottoirs et les statues qui parsemaient le trajet.

Au bout de l'avenue, il devait emprunter une rue étroite et c'est là qu'il distingua dans la pénombre une troupe hétéroclite de cinq individus vêtus d'oripeaux, poussant de petits chariots métalliques. Ces êtres indistincts rasaient la muraille et c'était la raison pour laquelle on les discernait mal.

Jean-Paul eut l'impression qu'il y avait deux femmes et trois hommes. Ils ne faisaient pas de bruit, n'échangeaient pas de parole mais, au moment où Jean-Paul engagea sa voiture dans la rue, ils disparurent comme par enchantement dans une sorte de trou au pied d'un des murs. Jean-Paul était à vingt mètres, mais il avait beau scruter, il ne voyait pas de porte, seulement une sorte de plaque de métal d'usage indéterminé.

L'avaient-ils soulevée pour s'y engouffrer ? Si c'était le cas, cela dénotait une habileté peu commune car l'opération avait été extrêmement rapide.

Il comprit qu'il s'agissait d'une troupe des êtres qui hantaient les souterrains où ils s'étaient établis au moment de la Guerre Civile. Puis, avaient suivi des asociaux incapables de s'adapter aux règles de la Nouvelle Société, des miséreux ou des personnes désireuses d'échapper à l'emprise de Minerva.

Ces troupes souterraines constituaient un mélange très hétéroclite de gens éduqués et de marginaux.

Au fil des années, l'habitude de cette vie dissimulée leur avait permis d'échapper aux contrôles qui s'exerçaient au dehors. Beaucoup de légendes circulaient à leur sujet mais aucune n'était véritablement corroborée.

Les forces gouvernementales n'investissaient pas ces tunnels dont on disait qu'ils s'étendaient sur des dizaines de kilomètres et où, selon certaines légendes, ceux qui s'y aventuraient ne remontaient jamais à la surface. C'était un statu quo accepté de part et d'autre.

En ce monde de la Nouvelle Société, survivait en bas une société étrange où régnaient des lois inconnues.

C'était la première fois que Jean-Paul voyait ainsi à l'air libre des représentants de ces taupes humaines. Il ne savait pas qu'il leur arrivait de remonter à la surface clandestinement pour de petits larcins ou des ravitaillements pourtant indispensables.

Pourtant, c'était évident. Comment auraient-ils vécu autrement ?

Tout à ses réflexions, il ne vit pas tout de suite le véhicule noir électrique à trois roues qui se trouvait devant lui. Le soleil émergeait tout juste du ras de l'horizon. Un homme en noir, dont le casque et l'équipement brillaient s'approcha pour lui demander son A.D et vérifier la raison de sa présence si tôt. C'était un être humain et non un humanoïde, ce qui rassura Jean-Paul, car avec les humains, on pouvait éventuellement se faire comprendre.

Bien évidemment, le véhicule avait détecté la troupe des taupes humaines et venait les intercepter mais ils avaient disparu.

Jean-Paul donna son A.D sur lequel l'être en noir passa un système de détection connecté à Minerva. En une seconde, la réponse arriva et l'être en noir s'écarta respectueusement. Son client du moment était quelqu'un de relative importance, en tant que Directeur d'un centre pénitentiaire.

Jean-Paul démarra en soupirant. Ces contrôles n'avaient pas de finalité définie. Étaient-ils censés améliorer la sécurité ? Pas vraiment, car certains quartiers étaient de véritables coupe-gorges en dépit des annonces du Triumvir qui faisait parfois de la sécurité le thème du Discours.

Les contrôles étaient-ils destinés à améliorer la vie quotidienne ? La réponse était également négative car la vie des personnes était traversée d'embûches diverses et variées.

Il arriva au centre pénitentiaire et se gara.

Une journée intense l'attendait, il en était certain. Il s'installa à son bureau, alluma l'ordinateur, révisa quelques feuilles éparses et brancha une cafetière de façon à s'éclaircir l'esprit qui, chaque matin, voguait pendant deux heures dans un léger brouillard.

Il était neuf heures quand la gardienne-chef frappa à la porte pour lui annoncer que la prisonnière Anna désirait lui parler.

Il n'avait osé espérer ce moment car, deux jours auparavant, il avait senti Anna distante mais manifestement, le passé et la condition de cette femme la poussaient à solliciter quelque faveur.

Il pouvait lui accorder quelque chose, mais de faible ampleur, afin d'une part d'éviter une fuite vers l'extérieur qui aurait pu mener à une enquête, et d'autre part, éviter les jalousies des autres prisonnières.

- Faites-la venir, ordonna Jean-Paul.

CHAPITRE 8

Les personnes les plus lucides avaient perçu depuis longtemps le changement de civilisation qui était en train de s'opérer. Ce ne furent au début que des signaux faibles, des petites touches d'étrangeté qui indiquaient qu'une modification anthropologique était en cours.

Des minorités revendiquaient des droits supérieurs à ceux du reste de la population sous prétexte de victimisation structurelle et les obtenaient souvent. Les media popularisaient des expressions nouvelles que la population reprenait sans réfléchir ou empruntaient d'anciens termes pour en changer le sens. Les victimes de crimes devenaient des coupables et les coupables devenaient des victimes.

On commença à critiquer l'exigence et à encenser la médiocrité. L'égalité à tous prix devint le mot d'ordre, encouragée par une élite qui méprisait la population et s'octroyait les plus grands privilèges.

Ce mouvement né dans le plus puissant pays du Monde, les États Unis, s'étendit à la sphère occidentale de la planète. Les universités et les media y furent les moteurs les plus efficaces pour réaliser une ingénierie sociale à grande échelle.

Parmi les événements qui marquèrent un tournant, la réélection aux États Unis en 2024 d'un président âgé de quatre-vingt deux ans et dont la tête s'égarait parfois fut la démonstration que les politiques ne dirigeaient plus rien. Après des décennies de suspicion, il devint clair que les véritables décisions étaient prises uniquement par des pouvoirs économiques et financiers.

Mais ces pouvoirs, aussi puissants fussent-ils, ne dirigeaient pas la sphère culturelle. Ils avaient besoin d'un écran de fumée assuré par des idiots utiles persuadés que l'Histoire commençait avec eux.

Dans de telles conditions et dans un vieux pays d'une vieille civilisation, des dévots fanatiques et de jeunes rosières incultes imposèrent petit à petit leurs lubies dans les cercles de pouvoir. Sans jamais exercer réellement de fonctions politiques, ils rongèrent les bases de la Société et pervertirent les esprits, lancèrent des anathèmes,
décrétèrent des oukases d'intolérance qui sapèrent les règles de la vie commune de ce qu'on n'appelait pas encore l'Ancienne Société.

Ils imposèrent un apparent puritanisme de mœurs, tant corporel, qu'intellectuel. La sexualité ne pouvait, à leurs yeux, que passer par l'univers virtuel dans lequel les fantasmes les plus fous étaient non seulement permis, mais encouragés.

L'érotisme fut banni, la pédophilie et la pornographie encouragées. En revanche, dans la vie réelle, dans l'espace physique, des barrières invisibles mais infranchissables furent érigées. Par diverses manipulations mentales, les individus furent séparés en petites monades individuelles, prétendument indépendantes.

On apprit aux gens à se haïr ; on enseigna aux femmes et aux hommes l'adoption de comportements stéréotypés et l'emploi d'un vocabulaire soigneusement calibré. Toute déviance était dénoncée et pouvait conduire à la mort sociale.

Les nouveaux Calvin posèrent les bases intellectuelles de l'acceptation personnelle de culpabilité par ceux qui, jusqu'alors, vivaient selon des règles ancestrales.

Ils triturèrent le langage pour en faire une arme, inversèrent le sens des mots, en inventèrent d'autres et montèrent des tribunaux médiatiques en vue de réduire au silence leurs opposants.

Lorsque cela s'avérait insuffisant, ils mettaient en œuvre des actions en Justice et réussissaient la plupart du temps à faire condamner leurs contradicteurs.

Toutes les bases construites et acceptées pendant des siècles, telles que la Famille, la Nation, l'École et la Culture furent méticuleusement mises à bas.

Ils octroyèrent aux animaux le statut de personnes morales et, conséquence logique, leur donnèrent des droits mineurs tout d'abord, puis de plus en plus affirmés. Après le droit à l'héritage, ils firent pression pour que soit légalisé leur mariage avec les humains. Quelques vieilles folles riches profitèrent de cette nouvelle loi pour épouser leur chihuahua ou leur berger allemand.

L'animal n'ayant pas la capacité de répondre « Oui » à la phrase rituelle du maire, des escrocs se déclarèrent traducteurs de diverses langues animales, expliquant qu'ils savaient déchiffrer les intentions de ces êtres vivants et sensibles. Les religieux crurent bon de s'opposer à ce genre d'union et déclarèrent qu'en aucun cas, ils ne les permettraient dans leurs lieux de culte.

Mais les choses changeaient très vite, de la même manière que le magma sort en permanence des dorsales océaniques et repousse les vieux socles marins.

Les dogmes d'un jour n'étaient plus ceux du lendemain et les nouveaux convertis naïfs ne suivaient jamais le bon rythme de l'évolution des rites et des liturgies. Ils devaient régulièrement reconnaître leurs erreurs car il est connu que les révolutions dévorent leurs enfants.

Des séances publiques de contrition furent donc organisées au cours desquelles les accusés s'agenouillaient et reconnaissaient leurs fautes. Il se voyaient accorder dans certains cas la mansuétude des nouveaux Savonarole. Dans le cas contraire, ils perdaient leurs moyens de subsistance et leurs familles. Les raisons des décisions des juges restaient le plus souvent obscures.

Les parias avaient alors le choix entre devenir vagabonds en ville et finir derrière les barreaux ou dans les souterrains, ou encore s'enfuir dans les montagnes y partager le pain des réfractaires.

Lorsqu'ils choisissaient l'exil intérieur, le désir de rompre avec leur passé les amenait à renier leurs anciens engagements, plus par esprit de vengeance que par conviction profonde.

Très souvent, la radicalité des nouveaux convertis les conduisaient à adorer ce qu'ils brûlaient la veille et à brûler ce qu'ils avaient adoré. Leurs hôtes des zones reculées se méfiaient de revirements aussi brutaux et les soumettaient à des épreuves sévères afin d'éviter la pénétration d'idéologies qu'ils considéraient délétères. Parmi ces épreuves, figurait la nécessité de produire soi-même sa nourriture.

Très vite, les dévots fanatiques et les rosières incultes élaborèrent une sorte de clergé où se débattaient les nouveaux dogmes. Une hiérarchie se mit en place, non sans querelles internes que l'on cachait à la masse des convertis. Des textes furent écrits, commentés puis approuvés ou détestés selon l'équilibre des pouvoirs internes.

Cela dura un temps et finalement, les nouveaux Savonarole se mirent d'accord sur un corpus de croyances auxquelles les adeptes devaient adhérer aveuglément. Ils appelèrent cette doxa Nouvelle Religion. Petit à petit, celle-ci supplanta les cultes traditionnels vieux parfois de trois mille ans et se répandit comme une traînée de poudre en affectant pratiquement toute la population.

Certaines personnes, qui ignoraient au départ cette Nouvelle Religion, croyaient ses polémiques réservées aux membres en interne. Elles s'en préoccupaient donc fort peu, mais, avec le temps, finirent par comprendre les dangers induits par ces folies.

Elles se dégagèrent peu à peu de la Communauté, choisissant d'éviter les prises de parole publiques, puis se résignèrent ou partirent vers d'autres contrées, ou dans les zones rurales, laissant le champ libre à la nouvelle prêtrise.

Mais la plupart des habitants du pays, par indifférence, lâcheté ou inconsciente faiblesse, laissèrent faire, pensant que fautes de jeunesse passent et que la remise dans le chemin de la Raison n'était qu'une affaire de temps.

La Nouvelle Religion décréta que la Science était subjective et avait la même valeur que toute opinion. Elle détruisit la presque totalité des livres et des œuvres musicales du passé et elle en réécrivit d'autres.

Elle ferma les écoles, encouragea l'éducation numérique, sapa la famille, vilipenda les lieux de rencontre et s'attaqua à toutes les institutions qui pouvaient contrecarrer les textes fondateurs de la Nouvelle Religion.

Les avis les plus divergents se donnèrent libre cours sur tous les thèmes possibles. Il devint tendance d'affirmer des théories en se vantant de n'avoir pas travaillé les sujets correspondants. La paresse devint une vertu et le travail, une tare héritée du passé.

Les quelques rétifs à ces méthodes furent moqués et conspués. On leur ferma l'accès aux salles de cours lorsqu'ils étaient professeurs et on leur interdit de tenir des conférences.

Le crédit accordé au progrès technique s'effondra dans la population tandis que, dans les coulisses, s'élaboraient des programmes numériques menés par les plus brillants cerveaux.

Les maîtres avaient bien compris que les crises et les délires ne durent qu'un temps et ne sont qu'un prélude aux changements de société. Ils tissaient donc patiemment leur toile en attendant le moment d'intervenir.

Des créateurs de programmes informatiques et d'algorithmes très puissants étaient formés dans des instituts où régnaient d'opaques secrets. Leur localisation n'était connue que d'une poignée de personnes et leurs employées astreints à la plus grande discrétion sur leur activités.

Parallèlement, ils finançaient des recherches sur les interfaces homme-machine, les puces neurologiques et la manipulation génétique pour créer des êtres hybrides. Tous ces travaux étaient menés au nom du Bien, en vue de soigner des maladies qu'on ne savait pas traiter.

Quelques années de ce régime eurent raison de tout ce qui faisait l'Ancienne Société qui fut mise d'autant plus vite à bas que le développement effréné des techniques et des machines avait perturbé les habitudes, augmenté le chômage et l'analphabétisme, entraîné la paresse et diminué les potentialités cognitives de la majeure partie des citoyens.

Vers 2028, les bases d'une vie commune étant sapées, la Guerre Civile éclata entre deux Communautés, l'une installée depuis des siècles dans le pays et l'autre plus récemment, accueillie avec ferveur par les Gouvernements successifs, ou aidée par des puissances financières ou culturelles dont l'action se situait au-dessus des États.

Le premier incident concerna un banal contrôle de police qui se conclut par la mort d'un délinquant refusant d'obtempérer. L'individu était connu des services de Police et conduisait sans papiers une voiture volée une heure auparavant.

Cet incident passa presque inaperçu du Gouvernement. Après tout, ce n'était ni le premier, ni le dernier d'une longue série, se disaient les responsables politiques.

Contrairement aux fois précédentes qui avaient déclenché des émeutes longues et coûteuses, l'incident portait en germe le bouleversement complet qu'allait connaître la Société mais cela, personne ne le pressentait encore.

Un feu de forêt commence toujours par la combustion d'une première brindille et c'est dans les instants initiaux que l'action est possible pour l'éteindre avec facilité.

Tout le monde ignora la brindille qu'était cet incident. En peu de temps, les braises se propagèrent, grâce aux moyens de communication instantanée, autorisée par les réseaux sociaux et à la permissivité engendrée par le laxisme généralisé.

D'autres foyers s'allumèrent, d'abord isolés géographiquement, puis liés entre eux et une toile d'araignée de rébellions commença à recouvrir le pays.

Le Gouvernement considéra les choses avec bienveillance, car il pensait que tout rentrerait dans l'ordre rapidement : il était conforté dans cette absence de décision par les opinions et débats de sociologues affirmant que les modèles mathématiques établis par quelques obscurs crétins démontraient que la meilleure méthode était d'éviter la provocation.

Des bandes armées commencèrent à circuler ouvertement, attaquant des commerces, violant les filles, tuant des passants et brûlant des équipements publics.

Tout y passait, rien n'était respecté et les lieux des anciens cultes religieux ou laïcs étaient saccagés par les nouveaux sauvages. Certains politiciens inconscients, dans une attitude de posture personnelle, attisèrent les flammes et encouragèrent les crimes.

Les habitants prirent peur et une chape de plomb commença à peser sur le pays, mais les exactions initiales ne firent qu'attiser le goût de butins plus conséquents et l'insurrection devint vite hors de contrôle.

Deux villes annoncèrent leur sécession une fois que les principaux postes de décision eurent été occupées par des membres de la seconde Communauté à la suite d'élections parfaitement légales. L'annonce fut accueillie avec ferveur par les habitants et des bâtiments publics de ces villes furent saccagés, les bibliothèques et les théâtres brûlés. D'anciens trafiquants devenaient politiciens, attirés par des gains financiers moins dangereux que dans leur vie précédente.

Le nouveau Pouvoir créa un drapeau spécifique, instaura des milices urbaines et permit à chacune de ses ouailles de s'en prendre aux quelques habitants de la première Communauté qui vivaient toujours au sein de ces villes, persuadés de la bonté naturelle de l'être humain.

Tueries et pillages s'enchaînèrent sans réactions gouvernementales, hors la logorrhée de phrases grandiloquentes demandant le calme et le respect des lois et des valeurs de la République.

C'est alors que nombre de militaires et de policiers désobéirent aux ordres de pacification venus d'en haut et commencèrent à distribuer des armes à la première Communauté. Ils organisèrent des séances de formation à leur maniement et se placèrent à la tête de milices. Des chefs apparurent, parfois de manière inattendue ; c'étaient parfois des gens simples dont rien n'aurait pu laisser deviner l'étoffe de héros dont ils étaient constitués, mais c'était toujours des personnes qui n'avaient rien à perdre, jamais une bourgeoisie installée et peureuse.

Des chars d'assaut sortirent des casernes et des manœuvres furent organisées au cours desquelles les équipages de ces engins, tous volontaires, furent entraînés à marche forcée.

Lorsqu'il parut que la troupe était prête, des représailles furent lancées envers des membres de la seconde Communauté, dont beaucoup étaient cependant innocents. Il s'agissait de reprendre les villes séditieuses.

Le reste des membres de l'Armée et des forces de l'ordre continua à obéir au Gouvernement qui tenta des actions d'apaisement entre les deux Communautés. À cet effet, les troupes régulières intervenaient lorsqu'elles pressentaient qu'un affrontement allait avoir lieu car elles disposaient d'espions dans les deux camps.

Ces actions échouèrent et ne durèrent pas. Rapidement, tout se délita, avec le renforcement des deux camps radicalement ennemis.

Lorsqu'il devint patent que les forces de la Première Communauté prenaient l'avantage, des aides à destination de la seconde Communauté vinrent de l'extérieur. Alors, le Gouvernement décida, par suivisme imbécile, de la soutenir également en secret par l'envoi d'armes légères.

Les attaques se succédaient avec des succès dans un sens ou un autre, parsemés de massacres et d'exactions diverses où chaque camp surenchérissait dans la violence et les pillages. C'étaient au début des guérilla urbaines, voire des attaques de villes, mais en aucun cas, des batailles dans de grandes plaines comme au siècle précédent.

Les villes où de nombreux représentants de la seconde Communauté étaient présents furent encerclées et bombardées par la première Communauté, alimentée en chars d'assaut et canons par les militaires. Les troupes gouvernementales n'osaient les affronter directement mais parachutèrent des armes aux assiégés.

La seconde Communauté encouragée par ces aides assiégea à son tour des places occupées majoritairement par ses adversaires.

Des zones entières étaient contrôlées par les uns ou les autres selon les hasards des combats. Des provinces passaient d'un camp à l'autre en fonction d'affrontements enragés. Seuls quelques endroits éloignés ou difficiles d'accès, comme les parties montagneuses, furent épargnés et beaucoup de gens s'y réfugièrent.

Le conflit qui, au début, s'apparentait à une guérilla désordonnée devint, avec les mois, un affrontement organisé avec des stratégies et des logiques claires.

Les troupes de la Première Communauté attaquèrent aussi des postes du Gouvernement, en particulier des ministères, et réussirent plusieurs fois à mettre la main sur des politiciens qu'ils exécutèrent après jugement sommaire pour leur trahison.

Une frange importante de la population était neutre et survivait comme elle pouvait. Cachée dans des caves souvent, car des bombardements se produisaient de manière imprévisible, elle était ravitaillée par les structures d'État qui subsistaient encore.

Lorsque des accalmies se dessinaient, ces gens sortaient et tentaient de reprendre un semblant de la vie d'avant. Quant aux exilés isolés au loin, ils vivaient sur le pays avec l'aide des fermiers.

Jean-Paul et sa famille faisaient partie de ceux qui restèrent, survivant mieux que d'autres, grâce au statut de fonctionnaire qu'il avait acquis en tout début de carrière.

Leur vie fut dure avec deux enfants en très bas âge. Ils durent en permanence surveiller leurs gestes et leurs déplacements. Deux militaires avaient été affectés à leur protection et vivaient avec eux.

Geneviève se lamentait ; elle passait ses journées à regretter le temps d'avant. Jean-Paul se disait qu'ils n'avaient rien fait, comme beaucoup d'autres, pour éviter le pire.

Il comprenait intuitivement que la civilisation était en train de s'effondrer et que la Culture serait remisée dans le catalogue des choses pernicieuses, probablement interdite ou sévèrement contrôlée dans le monde qui s'annonçait.

Il garda quelques livres dans une cachette, ceux qui lui paraissaient les plus pertinents pour que son âme survive. Il avait toujours beaucoup aimé la littérature et la musique classique.

Anna connut le début de la Guerre depuis son appartement de la capitale. Elle eut les mêmes réflexions que Jean-Paul sur les dangers qui menaçaient la culture et, en conséquence, les mêmes conclusions. Elle garda quelques livres, dont celui d'Hannah Arendt « *Les origines du Totalitarisme* » et des partitions de musique.

À l'annonce de la mort de son mari et de sa belle-sœur tombés parmi les premières victimes en 2028, elle prit la décision de s'exiler avec son frère.

Ils réussirent à passer dans un pays étranger après avoir marché pendant de longues nuits pour atteindre une frontière enterrée dans des montagnes éloignées.

Ils évitaient de progresser de jour, se cachant dans des granges ou des hangars abandonnés, craignant à chaque instant l'irruption d'une patrouille ennemie.

Dans ces abris de fortune, ils tentaient de se reposer pour affronter la marche qui les attendait une fois le soleil couché.

Ils franchirent la frontière au lever du soleil et découvrirent le pays étranger en descendant une pente boisée au milieu de rochers hostiles. Là, s'étendait au loin et plus bas, une vaste plaine parcourue d'un moutonnement de collines. Leur cœur battit plus vite et le courage leur revint pour affronter une vie nouvelle.

Ils arrivèrent dans la première cité importante, exténués avec les vêtements en lambeaux et les chaussures détruites, lacérées par les ronces et les rochers.

Des militaires les arrêtèrent et les conduisirent à une caserne pour vérifier leur identité puis les remirent à une structure d'accueil. Ces hébergements, en nombre réduit, étaient débordés par le nombre de gens à secourir. Des files énormes s'étendaient au soleil pendant des heures pour recevoir un peu de nourriture ou de soins. Il y avait surtout des vieillards, des femmes et des enfants démunis de tout.

Anna et son frère furent traités à part. Ils reçurent rapidement des papiers provisoires car le statut de la cantatrice, connue au delà des frontières, facilita les démarches.

Néanmoins, une fois les premières épreuves surmontées et une fois installés dans le petit logement qu'on leur avait octroyé, ils vécurent difficilement. Anna assura leur subsistance en donnant des leçons de musique et quelques concerts.

De temps en temps, ils se tenaient au courant de ce qui se passait dans leur Patrie d'origine. Souvent découragés par l'évolution de la situation, ils restaient prostrés en
silence des heures entières. Malgré le manque de motivation, Anna s'obligeait à pratiquer chaque jour pour ne pas perdre sa voix. Elle avait eu la précaution d'emporter des partitions, parmi les plus fameuses de ses succès passés.

Deux ans avaient passé, deux ans d'une cruelle Guerre Civile où les deux Communautés étaient exsangues. Les ruines nombreuses, les cadavres exposés dans les rues et les services publics déficients, c'était tout ce qui restait de l'ancien Monde.

Une terrible épidémie se déclencha au sein des populations affaiblies. Un virus échappé d'un laboratoire militaire se répandit partout, amenant avec lui la peur et le désordre. L'espérance de vie, pour ceux qui étaient touchés, ne dépassait pas vingt pour cent. La combinaison de conditions sanitaires défaillantes et de la malnutrition fit que plus d'un être sur dix de la masse humaine, qui constituait autrefois le pays, passa de vie à trépas en quelques mois.

Les nouvelles qui parvenaient à Anna et à son frère étaient si alarmantes qu'ils décidèrent de ne pas quitter leur pays d'accueil.

Petit à petit, le virus muta et perdit de sa force. Huit mois après le déclenchement de l'épidémie, les personnes atteintes ne mouraient plus. Seules la fièvre et des douleurs variées pouvaient alors les affecter.

Tout ayant une fin, Anna et son frère considérèrent un jour qu'il était possible de revenir car les troubles s'étaient calmés et l'épidémie avait pris fin.

Le pays où ils arrivèrent avait radicalement changé. À situation exceptionnelle, solutions exceptionnelles, les règles qui avaient cours jusque là avaient été balayées, les lois qui régissaient les relations, abolies et la Nouvelle Société avait été établie sous le règne d'oligarques peu connus de la population.

Ces êtres aux sombres desseins sortirent de l'anonymat dès qu'ils eurent estimé que l'heure était venue pour eux de prendre les rênes du Pouvoir.

Les oligarques avaient compris pendant le conflit qu'il fallait tout raser et tout refaire. Néanmoins, les erreurs qui s'étaient produites de nombreuses fois dans l'Histoire, à la chute de l'Empire Romain et lors de l'effondrement des anciennes monarchies, ne devaient pas se répéter et, pour cela, ils disposaient d'une arme imparable avec l'ère de la machine supposée indifférente aux affects et seule capable de réguler la société, par un accès aux bases de données quasiment illimitées.

Ils savaient que le contrôle du contenu des données permettrait le contrôle du Monde.

La confidentialité des travaux menés dans les instituts secrets d'avant la Guerre était telle que les réussites de l'Intelligence Artificielle et des robots furent brutales et surprenantes pour beaucoup. Elles furent dévoilées et appliquées à la population en l'espace de seulement quelques années.

Les oligarques disposaient de moyens financiers considérables et du contrôle de nombreuses sociétés industrielles et commerciales. Certains d'entre eux provenaient du monde des media qu'ils avaient tenu d'une main de fer idéologique dans les années précédant la Guerre.

Leur machine principale, appelée Minerva, fut mise au point par une grande société privée pendant la dernière année de

Guerre Civile. Cette société, A.I Robot connaissait les tendances qui allaient modeler le futur et elle développa Minerva en un temps record, grâce à d'énormes moyens financiers. À l'inverse des Intelligences Artificielles des années précédentes dont la mission était de fournir une réponse probabiliste, la société entraîna la machine à donner des directives précises par l'examen de millions de bases de données. A.I Robot imposa le terme d'Algorithmocratie qui remplaça la terme d'Algocratie usité auparavant.

Le trust Intelbot auquel elle appartenait construisit en outre divers matériels de surveillance dont des véhicules électriques autonomes à trois roues et des policiers humanoïdes en contact permanent avec Minerva. Il inventa et popularisa les A.D, ces appareils qui permettaient de savoir en permanence où étaient les gens, ce qu'ils faisaient et quels étaient leurs paramètres physiologiques. Il élabora en urgence nombre d'algorithmes pour Minerva et les divers systèmes qui s'avéreraient indispensables sous peu.

A.I Robot bénéficia en outre du monopole de la location de Minerva au Gouvernement qui restait à désigner. Ce monopole était censé durer quatre-vingt dix neuf ans et être, soit aboli, soit reconduit selon les résultats de la machine dans la conduite des affaires.

Le nom de Minerva ne fut pas choisi au hasard. Un ingénieur qui avait des lettres, chose devenue rare, le proposa par allusion à la déesse grecque de la Sagesse et de la Guerre. La déesse de la Sagesse ne pouvait en effet, ni se tromper, ni tromper les humains et sa connaissance de la guerre était censée empêcher celle-ci.

En revanche, les oligarques abandonnèrent nombre de recherches en biotechnologie et bionique. Les espoirs insensés nés au début du XXIème siècle ne s'étaient pas concrétisés. Les puces implantées dans le cerveau par une start-up dès 2028 provoquèrent des cancers et des délires névrotiques inguérissables. Pour cette raison et face à une levée de bouclier inattendue de la part d'un peuple amorphe, les programmes de ce type furent stoppés.

Les manipulations du génome aboutirent aussi à des catastrophes. Les tentatives de création d'hybrides échouaient régulièrement, soit par la mort instantanée de l'être créé, soit par l'apparition de cancers foudroyants qui aboutissaient au même résultat en quelques semaines.

Des expériences menées en 2016 par des japonais avaient montré qu'on pouvait faire pousser des organes humains sur des corps d'animaux. Ils fabriquèrent ainsi un rat en soutenant, au nom du Bien, que cette technologie permettrait de reconstituer des organes manquants, soit par amputation, soit par accident. Tous les essais pratiqués sur les humains à la suite de cette découverte se terminèrent par des fiasco.

Dans le domaine des recherches sur l'immortalité, les gens riches qui avaient commencé le traitement pouvaient devenir, non immortels, mais amortels. On leur promettait par contrat une existence d'au moins mille ans, avec l'espérance vers l'an 2500 d'une véritable immortalité.

À ce stade, ils pouvaient mourir, mais uniquement d'accidents. Aussi avaient-ils développé de telles psychoses qu'ils ne vivaient plus et restaient terrés dans leurs châteaux. À la longue, sous la chape de l'angoisse, ils devenaient fous. Ceux qui avaient voulu les imiter et qui avaient les finances pour le faire renoncèrent à leurs projets et cassèrent les contrats qu'ils avaient signés avec les sociétés de Biotech.

Les oligarques décidèrent en conséquence de réorienter leurs efforts. De nombreuses sociétés biotechnologiques firent faillite. Nombre d'employés et de chercheurs furent licenciés. Seuls les forces de l'ordre bénéficièrent d'une assistance bionique par exosquelette, directement connecté au cerveau, pour décupler leurs forces et contrôler des individus dangereux.

L'interface cerveau-membres artificiels s'avéra dans ce cas extrêmement efficace. Bien entendu, le membre artificiel avait moins de variété de fonctionnement, mais ce qu'il faisait, il le réalisait avec une grande efficacité.

Dans le domaine des biotechnologies, seule fut conservée la possibilité d'améliorer la qualité génétique de ses descendants mais cette technologie fut réservée à une toute petite fraction soigneusement choisie de la population

Le développement de nouvelles molécules chimiques permit la commercialisation des quatre types de pilules auxquelles les gens avaient droit en fonction de leur place dans la Nouvelle

Société, les pilules oniriques, les pilules de redescente, les pilules d'acuité intellectuelle, réservées à certains et les pilules anti-stress.

Une des premières fonctions de Minerva fut la définition d'un nouvel style de gouvernement juste, incorruptible, compatissant, et respectueux de Gaïa, en un mot parfait. Les algorithmes d'Intelbot avaient été conçus dans ce but et la première chose qu'on demanda à Minerva de réaliser fut la rédaction d'une Constitution.

C'est ainsi que cette Constitution institua, entre autres choses, la formation d'un Triumvir. La machine se réserva le droit de choisir les trois membres de ce nouveau Pouvoir dans la liste obligeamment fournie par les Trusts et les oligarques et elle y plaça automatiquement l'Atténuateur, chef du Gaïaïsme. Après avoir examiné des dizaines de milliers de textes philosophiques, Minerva conclut que la Liberté et l'Égalité étaient incompatibles. La Liberté conduisait à de dures stratifications de la Société car les êtres humains connaissaient des bonheurs divers dans la conduite et la réussite de leurs affaires et l'Égalité imposée à tous contraignait la Liberté des plus entreprenants.

En conséquence, Liberté et Égalité furent considérées comme des facteurs d'instabilité et abolies.

Minerva choisit d'annuler le système d'élections que beaucoup considéraient à bout de souffle. En effet, avant la Guerre Civile, les abstentions avaient atteint des niveaux records et des scandales éclataient régulièrement au sujet des manipulations de vote.

La machine étudia plusieurs penseurs politiques du passé et en conclut qu'il était injuste que la voix d'un analphabète ait le même poids que la voix d'une personne très éduquée. Minerva décida en conséquence qu'il fallait remplacer ce système par un autre, objectif, infalsifiable, scientifique et pérenne, sans élections.

La population l'accepta car très nombreux étaient ceux qui pensaient que les élections ne servaient à rien.

Minerva forgea des critères de jugement des actions du Triumvir afin de rejeter, au bout de six mois, le membre qui ne remplirait pas son rôle.

Elle fouilla dans les innombrable bases de données à sa disposition pour décréter que la souffrance, le sang et la mort appartenaient à l'ancien temps. Elle s'appuya, pour ce faire, sur quantité de citations de penseurs, philosophes et théologiens des siècles antérieurs.

L'ancienne monnaie s'étant effondrée pendant la Guerre, Minerva en créa une nouvelle. Pour une raison inconnue, elle autorisa les espèces papier en sus du numérique.

Les mœurs furent étroitement surveillées. L'expérience précédant la Guerre Civile avait servi de leçon. On garda la condamnation de l'érotisme et on refusa désormais à la pornographie des réseaux les facilités qu'elle avait connues quelques années auparavant. La population habituée à la virtualité accepta car personne n'avait le courage de s'opposer à Minerva et au Triumvir sur ce sujet somme toute futile.

Dans un but humanitaire, résultat des recherches de Minerva dans les rubriques philosophiques et éthiques des bases de données, on créa des mouroirs où les gens pauvres ou fatigués de la vie pouvaient se faire injecter gratuitement un passeport vers l'Au-delà. L'incinération était systématique et à la charge du Régime.

Minerva décida la création d'un Ministère de l'élimination du Vice, dont une des subdivisions était l'Agence où travaillait Geneviève. Éliminer le Vice impliquait de déterminer où était la Vérité et où était l'Erreur. Les livres qui avaient survécu aux saccages des années précédentes furent éliminés.

Suite aux actions continues et résolues du Gaïaisme pour protéger la Terre, Minerva s'octroya le monopole de décider qui pouvait avoir des enfants et combien.

Les règles qui présidaient à cette sélection n'étaient pas claires. Parfois, des individus en marge avaient droit à deux enfants et des couples adaptés à la Nouvelle Société, aucun. La moyenne s'établissait à un enfant par couple et ne dépendait pas clairement des comptes de points négatifs et positifs.

Les véhicules personnels furent interdits pour la majeure partie de la population, ainsi que la plupart des appareils électriques domestiques. La décroissance de la population et de la consommation énergétique furent telles que le déploiement accéléré d'énergies renouvelables et de centrales à charbon s'avéra suffisant pour satisfaire aux besoins. Les Gaïaistes avaient obtenu quelques années auparavant l'arrêt définitif des centrales nucléaires. Gaïa pleurait le sang de ses entrailles, prétendaient-ils, quand l'homme fouaillait le sol pour en extraire l'uranium, la pierre damnée.

Minerva décida que chacun devait souscrire au Gaïaisme, ce qui était contrôlé par les A.D qui détectaient les entrées dans les lieux de culte.

Devant l'effondrement économique dû à la Guerre et à l'épidémie, Minerva créa la rente pour tous ceux qui n'entraient pas dans le cercle des travailleurs, c'est à dire la majorité de la population.

Rapidement, les problèmes sociaux devinrent tels que les aides chimiques devinrent indispensables pour que la Nouvelle Société existât. On imposa les gélules, chacun dans des flacons de couleur bien identifiable. Les pilules les plus répandues étaient les anti-stress, octroyant dans les vingt minutes de leur ingestion un grand calme qui pouvait durer quelques heures. Ensuite venaient les pilules oniriques qui permettaient de vivre des expériences agréables dans des mondes virtuels toujours nouveaux, créés par les cerveaux humains. Automatiquement associées à celles-ci, il y avait les pilules de redescente qui permettaient de supporter le retour à la réalité.

Dans les premiers temps, Minerva et le Triumvir s'étaient alarmés du nombre de suicides qui suivaient l'ingestion des pilules oniriques lorsque les aides à la redescente n'existaient pas. Enfin, utilisées seulement par la petite fraction de la population qui y avait droit, il y avait les pilules d'augmentation cérébrale qui conféraient six heures d'acuité intellectuelle.

Dans cet emballement des choses, quelques personnes se demandèrent si la machine était véritablement autonome et si ses décisions n'étaient pas constamment orientées, jour après jour par des spécialistes au service du vrai Pouvoir.

Ils pensaient que le Triumvir et Minerva interagissaient de manière cachée et que les
oligarques déléguaient à Minerva un certain nombre de tâches et se réservaient les décisions les plus conséquentes. Mais les preuves manquaient et ceux qui étaient les plus actifs et qui avaient tenté d'obtenir des réponses à ces questions furent envoyés dans des camps de rééducation pour des durées indéterminées.

Minerva créa aussi le système des annonces de compassion qui incitaient chacun à oublier le passé, et à rentrer au pays, s'ils étaient exilés. Une fête fut instaurée pour célébrer chaque année l'anniversaire de la naissance de la machine.

Minerva prit des mesures sécuritaires pour éviter que les troubles se reproduisent. On injecta des puces de contrôle encore plus efficaces que les AD dans la cheville des membres des deux communautés qui avaient pris part à la Guerre. On les avertit qu'ils seraient épiés plus particulièrement vingt-quatre heures sur vingt-quatre, leur vie durant. On décréta officiellement les anciennes religions incompatibles avec la Nouvelle Société qui se construisait et on les interdit au bénéfice du Gaïaisme.

Les ministres du Culte des trois religions du Livre furent défroqués et rendus à la vie civile. Les réfractaires finirent en prison ou, pour les plus chanceux, dans les zones rurales abandonnées.

Les véhicules électriques autonomes de surveillance commencèrent leurs actions ; ils étaient équipés de capteurs de température et de mouvement pour repérer toute manœuvre suspecte. Au bout de quelques mois, ils firent partie du paysage et tout le monde s'y habitua.

La surveillance qui concernait au début les fauteurs de trouble devint bientôt générale mais les gens s'y habituèrent. Un couvre-feu permanent fut institué chaque nuit à neuf heures et demie. Il n'y avait de toute façon plus de raison de sortir, faute de bars, restaurants, théâtres ou cinémas.

Les A.D furent instaurés pour tout le monde à partir de dix-huit ans, ainsi que les comptes des points positifs et négatifs. Ils permettaient beaucoup de choses car ils offraient la facilité à une population abêtie et abasourdie par la rapidité des évolutions. Ils possédaient une fonction qui mesurait en temps réel un certain nombre de paramètres physiologiques et émettaient en conséquence des recommandations nutritionnelles qui, par hasard, correspondaient toujours aux produits industriels des usines et des magasins d'État. Ils incitaient également à la pratique du sport dès qu'ils repéraient un quelconque déséquilibre.

Ils détectaient les niveaux de stress des personnes qui les portaient et recommandaient instantanément l'augmentation des doses de pilules de relaxation. Si la personne était à court, les drogues arrivaient ainsi en moins de deux jours avec des injonctions précises sur les heures de prise.

En réalité, mais peu de gens le comprirent, le véritable but des A.D était le contrôle vingt-quatre heures sur vingt-quatre de la population.

Graduellement, les améliorations techniques firent que Minerva commença à travailler en réseau, phagocytant d'autres machines et parvenant même à envoyer, à des robots qu'elle contrôlait, des ordres de fabrication d'éléments qui lui manquaient.

Elle acquit en peu de temps un pouvoir considérable : elle sut, soit tuer les machines qui ne la servaient pas au moyen de déconnections informatiques qu'elle déclenchait à distance, soit les agréger à son réseau. Tous les systèmes reliés à Minerva furent appelées les filles de Minerva par la population.

Le contrôle par ce réseau des combattants de la Guerre Civile et de la population était presque total. Néanmoins, les plus combatifs refusèrent cette tutelle et un certain nombre d'entre eux s'enfuirent dans les zones rurales ou se réfugièrent dans les souterrains pour y rejoindre les déclassés et les asociaux.

Un monde à plusieurs vitesses s'était formé, encore plus radicalement que dans les âges précédents car il pouvait fonctionner avec très peu de travailleurs. Le monde d'en Haut avec les machines et ceux qui acceptaient les règles, le monde d'en Bas avec les fuyards, les déclassés en rupture et les zones rurales, essentiellement montagnardes.

Le monde d'en Haut n'était pas du tout homogène, il y avait ceux qui travaillaient, soit moins de vingt pour cent de la population, plus ou moins pauvres et plus ou moins protégés par l'ordre établi, et les autres, dont une bonne partie était analphabète, qui survivaient de la rente mais n'avaient pas le courage ou l'envie de rejoindre le monde d'en Bas. Ils vivaient dans la virtualité entre programmes de divertissement et pilules du bien-être et s'en satisfaisaient.

Anna et son frère virent leur permis de séjour se terminer et leur appartement réquisitionné pour d'autres usages. Ils furent priés de rentrer car l'apaisement de leur pays fut reconnu par les autorités. À leur arrivée, ils constatèrent avec effroi les transformations radicales de la société et se demandèrent s'ils pourraient s'y adapter. Tout était nouveau et incompréhensible.

CHAPITRE 9

Jean-Paul se leva lorsque Anna entra à dix heures dans son bureau. Il lui fit signe de s'asseoir en lui désignant un siège.

Elle s'assit et posa les mains à plat sur ses genoux, releva la tête, le dos droit et regarda fermement, mais sans insistance exagérée, l'homme qui lui faisait face.

Jean-Paul s'éclaircit la voix et lui demanda la raison de cet entretien.

- Vous vous souvenez que vous m'aviez dit que je pouvais m'adresser à vous en cas de besoin ?
- Certes
- Eh bien, voilà... J'ai pensé... Ne le prenez pas mal, mais puisque vous aimez la musique, j'ai pensé qu'il serait possible de créer une structure dans la prison pour occuper les prisonnières, celles qui le souhaitent. Cela pourrait passer par des cours de chant et, ensuite, la formation d'une chorale... Oh bien entendu, il n'est pas question d'organiser des concerts. Nous savons comment ça se passe dehors.

Jean-Paul hocha la tête, ce qu'elle prit pour un assentiment, elle continua :

- La musique adoucit les mœurs, comme on disait autrefois et je pense que cela améliorerait le climat ici, que les femmes seraient plus apaisées et le travail des gardiennes facilité.

Elle soupira légèrement, heureuse d'avoir terminé sa demande.

Des cris et des gémissements se firent entendre, atténués par l'épaisseur des murs. Il n'était pas possible, depuis le bureau, de deviner la nature du problème.

Anna et Jean-Paul se figèrent et tournèrent la tête dans la direction d'où provenait le bruit. Il s'attendaient à voir une gardienne entrer pour expliquer ce qui se passait mais personne ne se manifesta et petit à petit, le tumulte s'apaisa comme une vague qui reflue lentement.

Cette interruption renforçait l'argumentation d'Anna. Trop de femmes étaient sur les nerfs et il était nécessaire d'inventer quelque chose de nouveau.

Jean-Paul se gratta le menton sans dire un mot. Il fixa Anna et finit par dire :

- Ce que vous me demandez est compliqué, oh bien sûr, je voudrais vous aider mais j'ai peur que cela fuite à l'extérieur où cette action serait très mal vue.

- Ce qu'on vient d'entendre confirme ce que je viens de vous dire

- Je comprends. Laissez-moi y réfléchir et je vous donnerai une réponse rapidement.

Il sonna et une gardienne entra dans le bureau à qui Jean-Paul demanda de raccompagner Anna en cellule.

Revenue auprès de Rita et Gina, celles-ci s'enquirent des résultats de la requête. Anna était un peu triste de ne pas avoir pu convaincre le Directeur sur le champ mais elle gardait l'espoir car il n'avait pas repoussé la proposition.
- Alors, il est comment ? Demanda Gina
- Comme un Directeur de prison. Inquiet de sa fonction et des conséquences de ses décisions.
- Je voulais dire physiquement
- Je n'y ai pas fait très attention, répondit Anna.
- On s'en fiche, affirma Rita. Ce qui compte, c'est qu'il accepte la proposition d'Anna.
- Gardons espoir. S'il n'avait pas voulu, il me l'aurait dit, conclut Anna,

Anna qui voulait réfléchir, se coucha et reprit son livre. Les deux autres comprirent qu'elle désirait être seule et respectèrent son souhait.

À midi, la cloche qui annonçait le repas retentit. Rita et Gina se levèrent d'un bond.
- Debout, Anna... C'est l'heure.

Anna serait bien restée allongée, elle n'avait pas très faim mais elle craignait de décevoir ses compagnes de cellule en refusant de les accompagner.

Elle se leva avec raideur et s'approcha de la porte. Les deux autres étaient déjà devant, attendant l'ouverture.

Les clés cliquetèrent et la porte s'ouvrit sur le visage renfrogné de la gardienne.

« Tiens, une autre, se dit Anna. Avaient-ils peur que les gardiennes nouent quelques liens avec les prisonnières pour les changer ainsi ? »

Les femmes se mirent en file comme à l'accoutumée. Le hasard fit que Gina, Rita et Anna se trouvèrent juste derrière la mendiante.

Celle-ci était prostrée, la tête baissée sur la poitrine mais ne marmonnait pas sa rengaine habituelle. Elle semblait seulement absente, hors du temps et de l'espace, perdue dans des rêves intérieurs indéchiffrables.

Anna l'examinait et se demandait s'il serait possible de la soustraire partiellement à sa condition par le chant. Se pourrait-il, songea-t-elle, que le pouvoir de la Musique fût capable de percer cette carapace et de redonner à la pauvresse un semblant de dignité ?

Les femmes arrivèrent au réfectoire. Le bruit était assourdissant mais les gardiennes semblaient n'en avoir cure. Anna et ses compagnes de cellule s'assirent au bout de table. Anna observa que la mendiante occupait une place qui n'était pas d'ordinaire la sienne. Elle avait changé ses habitudes et se trouvait vers le milieu de la table sans que ses voisines parussent s'intéresser à elle ou même remarquer sa présence.

Anna continuait à la regarder de temps en temps avec attention et nota que la mendiante faisait de même. Subrepticement, le mendiante glissait un œil vers Anna durant une seconde puis replongeait dans son assiette.

Anna se disait qu'une observation minutieuse lui permettrait peut-être de comprendre partiellement la psychologie de la mendiante. Puis son attention fut détournée car les plats arrivèrent.

- Tu avais l'air fascinée par la mendiante, lui dit Rita. Je t'ai regardée pendant cinq minutes et ça m'a étonnée.

- Oui, je me demande si on peut la sortir de son état par le chant, répondit Anna

- Tu rigoles ? s'esclaffa Rita

Et Gina se mit à rire tout en tendant son assiette à la femme qui assurait le service

- On dirait pas, mais t'as le sens de l'humour... Pour une bourge !

Anna se fit servir à son tour. Elle réfléchissait et réservait sa réponse. Il fallait trouver les mots justes pour les convaincre que beaucoup de choses étaient possibles. Le tout était d'y croire.

Les trois femmes entamèrent leur repas qui consistait, cette fois, en une sorte de poisson pané accompagné d'une purée dont il était difficile de déterminer la composition.

- Je pense, reprit Anna que vous vous trompez. La musique va au delà des mots et au delà des maux. Elle peut plus que le langage, beaucoup plus...
- De là à la faire chanter en cadence...
- On ne risque rien à essayer.

La conversation se poursuivit dans le brouhaha des fourchettes et des cuillères.

Anna se persuada que la tâche de sortir la mendiante de son état lui incombait. Elle seule pouvait le faire car personne d'autre ne s'en préoccupait, si ce n'était pour en faire un objet de dérision.

Rien n'était simple pourtant. Anna comprenait la position du Directeur qui savait fort bien qu'à l'extérieur, la musique classique était interdite. Pourrait-il courir le risque d'abonder dans son sens à l'intérieur des murs clos ?

Le repas se termina et les femmes sortirent pour le rite de la promenade. Elles passèrent dans la cour et commencèrent leur circuit sous le regard impassible des gardiennes.

Anna continuait à réfléchir à la meilleure façon d'aborder Rebecca si le Directeur donnait son feu vert, mais aucune idée géniale ne lui vint à l'esprit. Au bout d'une heure, les femmes regagnèrent leurs cellules.

Anna et ses compagnes s'allongèrent sur leurs couches, Gina regardait le plafond cherchant peut-être à y lire ce que l'avenir lui réservait. Rita mirait ses ongles avec une moue d'insatisfaction en soupirant. Elle aurait manifestement souhaité disposer de quelques outils pour en améliorer l'apparence, mais ce n'était évidemment pas possible.

Quant à Anna, elle avait laissé le livre sur Brahms et laissait ses pensées vaguer au hasard. Elle commençait à sentir le poids de la routine, en dépit de sa très récente incarcération. Ses compagnes de cellule, au vu de leurs visages, ni tristes, ni heureux, ne semblaient pas autant souffrir de leur état.

L'après-midi se passa dans une sorte de brouillard. Vers la fin de l'après-midi, elle se remit à lire, tandis que les deux autres jouaient aux cartes.

Quel ennui !! Les jours allaient s'écouler ainsi, sans couleur, sans saveur pendant combien de temps, combien de mois ou d'années ? Anna ne se sentait pas la force de supporter cette contrainte longtemps, mais que faire entre ces murs ?

Le soir arriva et elle dissimula le livre dans la cachette que lui avaient indiquée Gina et Rita. Elle boucha le trou avec la pâte humide gardée à cet effet.

Puis ce fut la cérémonie du dîner avec ses habitudes, la file dans le couloir, le bruit au réfectoire et les plaisanteries grasses.

La nourriture, une soupe épaisse de couleur marron, dont il était difficile de définir la nature, fut servie et chacune des femmes mangea presque en silence.

La voisine de Rita la poussa du coude et lui demanda :
- Il y a combien à ton avis de poudre d'insectes cette fois ?

- Je ne sais pas... Faudrait que je demande à ma copine des cuisines. Plus ou moins ?

Anna entendit la conversation et se rappela que la plupart des nourritures préparées dans les ateliers industriels comportaient une majorité de protéines d'insectes. Elle avait, jusque là, pu choisir ses aliments mais en prison elle n'avait que deux options, soit faire taire sa réticence, soit mourir de faim.

La nuit vint, puis le couvre-feu et chacune rejoignit sa couche espérant y trouver un sommeil réparateur.

Anna resta longtemps dans le noir, sans pouvoir trouver le repos. Les idées et les désirs se bousculaient dans sa tête. Elle s'agitait, cherchant une meilleure place et ne la trouvant pas. Il fallait qu'elle réussisse quelque chose au cours de son séjour, quelque chose dont elle serait fière, mais surtout quelque chose pour retrouver sa dignité.

Puis elle sombra dans le sommeil. Elle reprit conscience pour apercevoir le Directeur qui l'attendait à l'orée d'un petit bois. Il souriait malicieusement et semblait lui indiquer de le rejoindre. Il portait un habit noir et un nœud papillon et maniait une baguette en cadence, comme un chef d'orchestre. Deux lapins étaient accroupis et regardaient l'homme d'un air étonné. Aucun son ne sortait de cette scène absurde, aucun oiseau ne chantait, seules les feuilles des arbres battaient la mesure mais sans qu'un souffle d'air n'agitât leur ramure.

Puis le vent se leva d'un coup et souffla si fort que le Directeur vacilla sur ses jambes et eut de la difficulté à maintenir le rythme de cette musique muette.

Le vent cessa aussi brusquement qu'il était né et de nouveau, c'était le calme absolu dans cette scène étrange, puis brutalement, éclata un tintamarre de métaux qui s'entrechoquaient.

Soudain, Anna ouvrit les yeux, elle vit les murs de la cellule et entendit Rita qui ronflait légèrement. Dehors, on percevait les bruits métalliques qui l'avaient réveillée.

Elle se passa la main sur le front et soupira. Cette vision n'était qu'un rêve bizarre, dont elle se demanda la signification, sans trouver de réponse satisfaisante.

Après le petit déjeuner, une gardienne ouvrit la porte et, sans dire un mot, pointa le doigt vers Anna et lui fit signe de la suivre. Rita et Gina regardèrent la scène et semblèrent interloquées qu'aucune parole n'eût été échangée.

Anna suivit la gardienne et constata qu'on l'amenait chez le Directeur. Elle se dit que c'était bon signe et fut persuadée qu'il allait donner suite à sa requête.

Tout en marchant, elle serra les poings et la mâchoire d'impuissance concentrée. Elle marmonna : « Mon Dieu, faites que... ». La gardienne se retourna et lui fit signe de se taire.

Elles arrivèrent devant la porte du bureau et Anna entra.

- Bonjour, Anna, dit Jean-Paul

- Bonjour Monsieur,
- Je vous ai fait venir car j'ai réfléchi à votre proposition.

« Nous y voilà », se dit Anna

- En fait l'idée est impossible à réaliser ; elle va à l'encontre de tous les principes de la Nouvelle Société... Si on l'apprenait, je paierais le prix fort.

Il fit une pause pour marquer sa décision.

- Ceci dit, c'est pour cette raison que je veux vous donner une chance. J'accepte l'idée... Il y a une salle au rez de chaussée où pourrait se tenir cette activité.
- Vous êtes sérieux, Monsieur ?
- On ne peut plus sérieux. J'ai connu l'Ancienne Société et je connais bien les effets de la musique sur l'esprit. J'ai cinquante ans, vous savez, ce n'est pas si vieux et, en même temps, ça l'est énormément...

Anna se sentait désorientée. Il lui semblait que le Directeur se confiait trop, alors qu'elle n'était, somme toute, qu'une inconnue pour lui. Qu'il l'ait vue sur scène était une chose, mais il ne savait rien de sa vie et elle ignorait totalement la sienne.

- Je vous remercie... Quand pourrions-nous commencer ?
- Je pense que demain matin, ce serait bien. Nous devons aménager la salle mais c'est l'affaire d'une demi-heure et je confierai la tâche à Martine. Avez-vous des prisonnières intéressées ?

Anna était de plus en plus étonnée. Il appelait une des gardiennes par son prénom devant une étrangère.

Comme s'il avait lu dans son âme, il reprit d'un ton résigné :
- J'ai une totale confiance en elle. C'est peut-être la seule.

Anna se sentit perplexe d'être entraînée dans des confessions presque intimes. Elle voyait bien qu'il dépassait de loin le rôle qui lui était assigné par la Nouvelle Société.

Dans quel but ? Souffrait-il dans sa vie personnelle ? Avait-il un besoin irrépressible de s'épancher ?

Une idée folle lui traversa l'esprit : « Voudrait-il participer aux classes de chant ? ».

Elle s'enhardit :
- J'ai l'intention d'inciter la mendiante... Je veux dire Rebecca, à participer.

Jean-Paul haussa les sourcils, manifestement étonné. Décidément, Anna était dans cette prison pour le surprendre chaque jour un peu plus.
- Pourquoi pas ?, répondit-il. Pourquoi pas ?

Anna leva les yeux et vit que Jean-Paul la regardait avec perplexité.
- Je ne comprends pas complètement vos motifs mais votre proposition mérite un coup de pouce.

Il pressa le bouton de la sonnette du bureau. En moins de dix secondes, une gardienne se présenta
- Monsieur le Directeur ?
- Bonjour. Veuillez faire venir Martine s'il vous plaît.

- Tout de suite, Monsieur le Directeur.

L'obséquiosité de la femme était palpable. Avait-elle l'intention de percer le léger mystère que constituaient les visites d'Anna chez le Directeur et d'en faire des gorges chaudes auprès de ses collègues ?

Jean-Paul n'eut pas le temps de poursuivre ses réflexions car Martine entrait dans le bureau.

- Vous m'avez fait demander, Monsieur le Directeur ?
- Oui, c'est une affaire originale et délicate. Voyez-vous, Anna a un projet... Un projet que j'approuve car il pourrait améliorer la vie de toutes ici, les prisonnières, les gardiennes et aussi la mienne. Vous allez être surprise mais elle se propose d'organiser des cours de chant pour les prisonnières... Et je trouve que c'est une bonne idée.

Martine ouvrit grand la bouche et resta trois secondes paralysée.

- Il faudrait donc remettre en état, mais c'est une chose rapide et aisée. La salle du bas, vous savez, celle qui est à côté de l'escalier qui mène vers mon bureau, la salle qui servait aux archives au moment de la construction de la prison... Et je préfère que ce soit vous qui vous en chargiez.
- Je vois. Et quand ces cours commencent-ils ?
- Si tout est prêt, demain... Anna a déjà intéressé ses compagnes de cellule ; elles seront donc trois et peut-être plus bientôt.
- Je m'en occupe.

Martine sortit après avoir salué Anna et Jean-Paul

- Il n'y a plus qu'à attendre, Anna... Vous permettez que je vous appelle ainsi au moins en privé ?

Elle eut un sourire. Depuis combien de temps un homme n'avait-il pas prononcé son nom ? Depuis trop longtemps, se dit-elle avec amertume.

- Oui, Monsieur.

Elle craignit une seconde qu'il ne lui demandât de l'appeler par son prénom mais il ne le fit pas. Elle en sentit un bref soulagement.

- Il y a un autre problème, Monsieur.
- Dites, si je peux faire quelque chose.
- Je ne pourrai pas les faire travailler sérieusement sans partitions. Auriez-vous la possibilité de passer à mon ancien domicile, là où vit encore mon frère ? Mes partitions sont bien cachées ; elles ont échappé à la fouille lors de mon arrestation, je le sais.
- Je peux ce soir mais comment dois-je me présenter ?
- Frappez et on vous ouvrira..., comme il est dit. Plus sérieusement, il sera là ce soir. Avec ce que nous avons vécu, mon frère est détaché de tout et n'a plus peur de rien. Il vous ouvrira... Je vais vous donner l'adresse.
- Très bien. Si tout se déroule comme prévu, j'aurai les partitions demain matin et je vous les remettrai quand Martine nous aura donné le feu vert.

- Merci beaucoup de ce que vous faites, Monsieur. Je sais que ce n'est pas facile et que vous risquez des ennuis.
- Ne vous en faites pas, Anna. Au revoir et à demain.
- À demain.

Elle ressortit légèrement rêveuse du bureau car la discussion avait pris un tour inattendu. Cet homme était surprenant, c'était le moins qu'on pouvait conclure, pensa-t-elle.

Escortée par une gardienne, elle regagna la cellule.
- Alors, encore une fois... Mais il ne peut plus de passer de toi, crut bon de commenter Rita.

Anna se sentait libérée d'un poids. Elle sourit à Rita.
- Il accepte, dit-elle simplement.
- Il accepte ? Ça veut dire qu'on commence bientôt ?
- Demain matin si la salle est prête.

CHAPITRE 10

Le lendemain matin, les trois femmes se réveillèrent presque en même temps, puis firent leur toilette à tour de rôle.

Rita et Gina lavèrent et essorèrent quelques affaires qu'elle mirent à sécher. Rita était réservée, ce qui était inhabituel et semblait plongée dans une rêverie intérieure.

Anna se demanda si la perspective de la première leçon de chant tracassait sa compagne de cellule. C'était possible après tout... Quant à Gina, elle ne semblait pas s'en préoccuper. C'était pour la jeune femme un jeu comme un autre.

Anna pour sa part, sentait l'excitation monter en elle. Redonner des leçons... Elle pensa avec nostalgie aux Master Class de New York.

Si Martine avait bien fait son travail, elles allaient pouvoir disposer de la salle dans la matinée et elle pourrait enfin donner quelque chose à d'autres dont la vie avait été plus difficile.

Des pas dans le couloir, puis une clé qui grince dans le pêne. La porte s'ouvrit sur une gardienne qui apportait un plateau où trônaient trois tasses de café, quelques biscottes et de la confiture. Elle posa le plateau sur la petite table et se retira sans un mot.

Anna et ses compagnes de cellule s'assirent et entamèrent leur petit déjeuner. Les biscottes étaient passées, ramollies par un trop long séjour dans une armoire humide, le café était amer et la confiture, un ersatz composé principalement de substances chimiques mais les trois femmes n'en avaient cure. Elles attendaient avec impatience qu'on vînt les chercher.
- A quelle heure à ton avis, Anna ? demanda Gina
- Je ne sais pas... Vraiment. Il faut attendre.

Elles terminèrent leurs préparatifs et attendirent, sur le qui vive, tentant de capter le moindre son, depuis les plus petits bruits de pas jusqu'aux pleurs étouffés au loin, mais leur espoir était toujours déçu.

Enfin, vers onze heures, la porte s'ouvrit de nouveau et la même gardienne, toujours aussi taciturne, leur fit signe de la suivre.

Elles suivirent le couloir, descendirent les escaliers en caillebotis et atteignirent le rez de chaussée. Là, un peu plus loin, devant une double porte, se tenait la gardienne-chef, rigide et sévère.
- Voilà, c'est ici. La chef va s'occuper de vous, dit leur accompagnatrice.

La gardienne-chef ouvrit la double porte et annonça :
- Cette salle est mise à votre disposition par le Directeur. Dans sa grande bonté, il a décidé de vous permettre d'exercer votre activité mais je vous préviens : il faut que ce soit dans le calme, qu'il n'y ait aucun dérangement dans la pièce et que vous

remettiez tout en état à la fin. Vous avez droit à une heure deux fois par semaine.

Et elle termina en maugréant :
- Si ce n'était que de moi, je n'aurais jamais autorisé cette folie,

Anna, Rita et Gina pénétrèrent lentement dans la pièce. C'était pour Anna la promesse d'un nouveau départ et pour les deux autres, la découverte d'un monde inconnu.

Anna pensa soudain à son mari assassiné douze ans ans plus tôt et une larme perla à sa paupière, qu'elle essuya rapidement avec sa manche. Les souvenirs étaient revenus, puissants, ravivés par les circonstances, car de nouveau la musique, reprenant place dans sa vie, faisait renaître les souvenirs enfouis.

- Merci, Madame, merci beaucoup. Ne vous inquiétez pas, nous ne créerons pas de désordre, s'exclama Anna.

La gardienne-chef tordit la bouche de mécontentement et sortit.

- Il ne nous manque que les partitions, soupira Anna, peu importe... On va commencer par des exercices de vocalise. À propos, je suppose que vous ne lisez pas la musique.
- Rien du tout, annonça fièrement Rita.
- Moi, pas davantage.
- On va commencer les vocalises, mais avant, voyons les notes en gamme de Do.

Et Anna commença sa leçon avec patience. Elle n'avait pas de crayon ou de papier pour dessiner une partition sommaire. Il y avait un tableau mais pas de quoi écrire dessus.

Rita se rappelait les noms des notes, mais Gina n'en avait aucune idée. En un quart d'heure, les deux femmes apprirent les notes de la gamme de Do et les tons et demi-tons qu'elle recelait.

A cet instant, on frappa à la porte et Jean-Paul entra.

- J'ai pu trouver ce que vous m'aviez demandé, dit-il. Votre frère m'a reçu hier soir et m'a remis ces partitions. Il se porte assez bien, ce qu'il m'a chargé de vous dire. Il voulait avoir de vos nouvelles et je lui ai dit que votre situation était... Comment dire ? Bref, que je tentais de rendre votre emprisonnement moins douloureux.

Rita et Gina restèrent bouche bée. Le Directeur de la prison se déplaçait pour Anna et il lui apportait quelque chose qui venait du dehors. Ce n'était pas possible, se dirent-elles. Pourquoi cet empressement ? Était-il amoureux d'Anna ?

L'hypothèse leur parut extravagante mais elles sentirent de manière inconsciente
qu'un tel sentiment, s'il était avéré, pourrait aussi leur être favorable.

- Il m'a donné des partitions de Mozart, plusieurs et du Bach aussi... Des cantates surtout. Enfin, regardez. Tout est là...

Anna s'approcha et s'empara de la liasse. En plus des musiciens cités par Jean-Paul, elle vit aussi des œuvres de Haendel et des musiques baroques plus anciennes. Deux Requiem également.

Complètement impossibles, ces Requiem, songea-t-elle. Il nous faut des choses simples qu'on puisse chanter à trois. Elle fouilla encore et mit de côté les partitions qui lui parurent les plus adaptées pour débuter. Pour la suite, elle verrait plus tard.

- Je ne sais comment vous remercier, Monsieur le Directeur. J'aurais aussi besoin de papier et d'un crayon. Est-ce que ce serait possible ?

Jean-Paul sourit :

- Oui, Martine vous apportera ça et disons que cette salle et ces leçons, c'est une petite contribution pour atténuer le dommage de ce que je considère comme une injustice, voire une infamie.

Rita et Gina ne pouvaient détacher leurs yeux du couple qui échangeait ces propos. La discussion leur passait au-dessus de la tête, mais elles se rendaient bien compte qu'elles assistaient à une scène absolument étrange et inédite dans l'enceinte de l'établissement où elles purgeaient leur peine.

Jean-Paul sortit non sans les avoir prévenues que la gardienne viendrait les chercher à midi moins dix de façon à ne pas perturber l'horaire du déjeuner.

- Commençons, dit Anna... Les vocalises. Vous répétez la même note que moi.

Gina et Rita parvinrent au bout de deux ou trois tentatives à reproduire un Do que Anna jugea assez correct, puis Anna monta d'un ton et leur demanda de faire de même.

Anna décida de leur faire chanter le début d'un court morceau facile de Mozart, le *Luci Care*, elle leur expliqua comment lire la partition en chantant la note telle qu'elle était écrite sur le papier.

À midi moins dix, comme prévu, une gardienne se présenta et leur fit signe de la suivre.

- Ça va être l'heure du repas. Vous devez regagner vos places à l'étage de votre cellule.

En sortant de la pièce, Anna, Rita et Gina eurent la surprise de voir devant la porte la mendiante et trois gardiennes plantées immobiles.

- Elle ne se sentait pas bien, crut bon de préciser celle qui les avait accompagnées. Mes collègues l'emmènent à l'infirmerie.

Devant l'étonnement des trois femmes, elle poursuivit :

- On s'est arrêté cinq minutes pour écouter ; c'était pas mal.

Même la mendiante s'était redressée et avait quitté son état habituel de torpeur pour adopter une attitude plus conforme à celle d'un être humain.

Anna perçut toute la scène en un instant et elle se tourna vers ses compagnes de cellule avec un petit sourire de satisfaction au coin des lèvres.

Elles arrivèrent au premier étage presque au moment de l'appel du déjeuner. Une file de femmes s'était déjà formée, qui se tenaient en rang le long du mur. Elle regardèrent les trois arrivantes monter avec un mélange de circonspection et d'animosité.

Les bruits courent très vite en prison et Rita se pencha vers Anna pour lui chuchoter :

- Je suis sûre qu'elles sont au courant que quelque chose se trame. La seul réaction qu'elles ont pour le moment est d'évaluer si c'est bon pour elles ou non.

Un murmure accompagna Anna, Rita et Gina lorsqu'elles se mirent dans les rangs. Une femme maigre entre deux âges susurra :

- Alors, les chanteuses, on s'amuse ?
- Silence, cria la gardienne chef. Et direction le réfectoire.

Les femmes se mirent en marche mais les commentaires émis à voix basse continuèrent sans que les gardiennes fissent quoi que ce fût pour les empêcher.

À table, les regards en coin et les messes basses remplacèrent les bruits habituels, puis soudain, une femme un peu boulotte, assise à une autre table, se leva vivement ; elle s'approcha d'Anna et lui glissa très vite à l'oreille avant de se rasseoir :

- Ça m'intéresserait aussi. Mon nom est Véra.

Par chance, aucune gardienne ne vit le mouvement qui pouvait être puni de trois jours de cachot.

Anna se retourna et sourit à la femme en hochant à peine la tête en signe d'assentiment.

- Nous avons peut-être une postulante, dit-elle à Gina... Vous verrez, dans une semaine, nous serons cinq ou six. Ce qui les motive, c'est la curiosité et aussi, l'ennui.

Alors qu'elles repartaient vers les cellules après la promenade rituelle, un début de rixe éclata entre deux femmes. L'une d'elles avait saisi l'autre par les cheveux et l'accablait d'injures. Promptement, deux gardiennes s'interposèrent en faisant usage de leurs bâtons pour ramener le calme.

Une des femmes cracha en direction de sa rivale en lui promettant le pire pour les jours à venir.

- C'est encore l'ancienne pute, murmura Rita à l'oreille d'Anna... Vanessa. Une vraie teigne.

De retour dans la cellule, Anna appela la gardienne et lui demanda si elle pouvait transmettre un message au Directeur. La gardienne fit la grimace mais elle avait compris dès le matin qu'un fil ténu et incompréhensible semblait unir cette prisonnière et le Directeur et qu'il serait de bon ton d'accéder à ses demandes.

- Allez-lui dire s'il vous plaît qu'une certaine Véra souhaiterait participer aux leçons. Ceci dit, je ne connais pas sa cellule.
- Je vais voir ce que je peux faire

Anna retourna sur sa couche et s'assit. Ses plans se déroulaient comme elle le souhaitait. L'ambiance changerait bientôt, elle en était persuadée.

L'après-midi s'écoula monotone comme toujours. Anna lisait le livre qu'elle avait récupéré dans sa cachette. Elle repensa à son mari et vit dans une sorte de halo son visage flotter au-dessus d'elle. Une larme perla au coin de l'œil qu'elle essuya lentement. Rita faisait la sieste ou ce qui y ressemblait et Gina faisait une réussite.

À cinq heures, Jean-Paul décida de faire une nouvelle visite à Pierre. Il ne voulait pas traiter avec lui par téléphone. C'était une précaution utile car personne ne savait si et quand il était écouté. Cela se produisait au hasard pour n'importe qui.
Au moment où il quittait son bureau, le téléphone sonna. Il revint sur ses pas et décrocha le combiné.
- Allô, Monsieur le Directeur. Ici, Varin de l'Inspection... J'aurais besoin de vous voir car nous avons deux reproches à vous faire. Il y a trois jours, votre famille n'a pas écouté le Discours et vous n'aviez pas votre A.D sur vous pendant trois heures environ. Pouvez-vous m'expliquer pourquoi ? Demain, je passe vous voir vers 9 h.
Et l'homme raccrocha sans un salut.
Jean-Paul fronça les sourcils, perplexe. Les petits manquements avaient été détectés. Fruit du hasard ? Ou

Geneviève dans un accès de zèle ? Non, impossible, se dit-il. Complètement impossible. Malgré son travail chez CheckNews, elle était incapable de faire une chose pareille.

Il se leva et sortit. Il fallait voir Pierre urgemment.

À dix-sept heures, Jean-Paul laissa son A.D sur son bureau puis sortit de la prison en saluant le planton. Il s'arrêta indécis au seuil du parking, toujours écrasé d'un soleil de plomb. L'humidité le saisit à la gorge et la sueur commença à couler dans son dos, tandis qu'il jetait un œil vers le ciel presque blanc et où on ne distinguait que quelques traînées nuageuses d'un gris clair. Il se raisonna ; il fallait y aller maintenant, il en sentait le besoin.

Le soleil baissait déjà et le bitume réverbérait la chaleur accumulée. Il soupira : il lui fallait préparer sa défense pour la visite du lendemain.

Englué dans ses pensées, il démarra et s'engagea dans l'avenue presque déserte, même à cette heure. Sur les trottoirs, attendaient des files de gens dans l'attente d'un hypothétique moyen de transport collectif censé les ramener vers leurs habitats respectifs, plus les vélos qui encombraient la chaussée.

Il décida de couper par un quartier qui lui était moins connu mais qui lui ferait gagner du temps pour se diriger vers la ferme de Martin. À un kilomètre, près d'un carrefour, il vit les premières épaves humaines. Sur les trottoirs défoncés, des femmes et des hommes hagards gisaient à même le bitume équipés de sacs à dos, contenant tous leurs effets. Certains étaient à moitié couverts de cartons déglingués. Des seringues jonchaient le sol, ainsi que divers détritus et des récipients vides.

Des hommes plus jeunes faisaient les cent pas ; ils étaient ostensiblement armés et attendaient les clients. Il était beaucoup trop tôt pour que le trafic batte son plein. La nuit venue, c'était un des lieux les plus dangereux de toute la ville et les morts s'y ramassaient fréquemment au petit matin.

Jean-Paul ralentit à cause de la chaussée défectueuse, mais ne s'arrêta pas car tout pouvait arriver dans ces lieux. Il constata qu'aucun véhicule autonome ne venait inspecter la rue, les gardes humains ou humanoïdes ne s'y aventuraient pas non plus.

Il se demanda pourquoi on n'envoyait pas ces derniers nettoyer la zone. Si l'on craignait pour la vie d'êtres humains, ce qui pouvait se concevoir, ce n'était pas le cas avec les robots. Juste de la casse de matériel... Quelle était la motivation de tout ceci ? Que ou qui protégeait-on ? Encore une interrogation qui ne trouvait pas de réponse dans les trames automatiques débitées par le Discours. Car de nombreuses fois, celui-ci avait traité le sujet en expliquant que la délinquance et le crime étaient choses du passé.

Jean-Paul finit par trouver le moyen de s'extraire de la jungle urbaine ; il se trouvait dans une périphérie qu'il connaissait mal. Soudain, il se rendit compte qu'il s'approchait d'un camp de rééducation forcée. Il y avait un panneau rouillé qui annonçait « Zone réservée. Passez à l'écart ». Une flèche de déviation indiquait un chemin de dégagement qu'il emprunta. Tout refus d'obtempérer aurait induit une sévère punition.

Ces camps étaient secrets et nul n'en faisait mention dans les discours officiels mais Geneviève lui en avait parlé une fois, arguant que certaines personnes qui disparaissaient y passaient quelques années à méditer sur leur inadaptation à la Nouvelle Société.

Le long du chemin, à travers des bouquets d'arbre. Il aperçut les barbelés qui clôturaient le camp. Il lui sembla qu'il y avait deux enceintes séparées de quelques mètres. Tous les cinquante mètres environ, on discernait les miradors. Il décida de ne pas s'attarder car une patrouille pouvait surgir à tout moment.

Au détour de la déviation, il prit la direction de la montagne en soupirant de soulagement. Comme la fois précédente, il traversa vers six heures le village endormi et tourna pour emprunter la petite route qui le mènerait vers la grange de Martin. Il ralentit pour éviter d'endommager son véhicule car la route était dans le même état désastreux que quelques jours auparavant.

Il s'appliqua à respirer plus calmement afin de diminuer le niveau de tension qu'il sentait au niveau du cou et des épaules. Des inspirations profondes et des expirations lentes ralentirent les battements de son cœur et il éprouva rapidement une sensation de mieux être.

Il lui fallait regarder et se laisser porter par le paysage, fait de moyenne montagne, de fiers sapins et de pentes vertes, tâcher de découvrir dans une courbe un nouvel aperçu d'une nature généreuse et ancestrale.

Soudain, au détour d'un virage, il vit un petit lac en contrebas, perdu au milieu de la forêt. Il ne l'avait pas remarqué lors de sa première visite. Il ralentit pour profiter du paysage et pensa même s'arrêter mais la pensée que Geneviève l'attendait et se ferait du souci le fit renoncer.

Le lac était d'un bleu sombre, accentué par les ombres portées par un soleil en fin de journée. Il n'y avait pas un bruit et des vautours planaient en silence, comme de bruns guetteurs, soucieux de surveiller l'espace qui leur appartenait.

Il déboucha sur le plateau et se gara devant la grange. Un chien sortit en aboyant de la petite maison en pierre et commença à flairer les roues. Jean-Paul resta dans la voiture. Il ne savait pas comment une bête qui vivait sur ces hauteurs se comporterait avec un citadin car le chien, qu'il n'avait pas vu la première fois, n'avait pas l'habitude des visiteurs.

Il baissa la vitre et sentit l'odeur de résine chauffée par le soleil de la journée. C'était un arôme capiteux qu'il n'avait pas oublié malgré les années.

Au bout d'une minute, Jean-Paul vit sortir Martin ; l'homme rappela son chien qui vint se coucher à ses pieds. Il s'approcha, sembla reconnaître Jean-Paul et porta la main à son béret dans une sorte de salutation minimale.

Jean-Paul sortit de la voiture et s'approcha

- Bonjour, Martin. Vous me reconnaissez ? Pierre vous a averti, n'est-ce pas ?

La manière dont Pierre communiquait avec Martin pour éviter les contrôles restait pour Jean-Paul un mystère mais il comprenait par intuition qu'il valait mieux ne pas chercher à percer le secret qui unissait les deux hommes.

- Oui, il m'a dit... Aussi, cette fois ai-je plus de choses. Venez

Martin ouvrit la porte. Jean-Paul entra dans la grange où régnait la pénombre et une agréable fraîcheur.

Martin se dirigea vers des étagères en bois et attrapa des pommes de terre, des carottes, des poireaux et un morceau de viande que Jean-Paul ne sut identifier.

- Voilà des légumes. Vous prenez tout ?
- Oui, je vais les prendre et la viande, qu'est-ce que c'est ?
- Du lapin, un quart... Vous aviez oublié à quoi ça ressemblait ?
- Ça fait si longtemps, avoua Jean-Paul.
- Ah, c'est sûr. Vous savez, ici personne ne prend de pilules...

Ils sortirent de la fraîcheur de la grange et retrouvèrent la chaleur de l'après-midi, bien que moins intense qu'en plaine. Des nuages blanchâtres couraient sur l'horizon bleuté, portés par un vent assez fort. Le soleil se couchait vers la limite des montagnes. Tout était calme, immuable, presque parfait.

- Combien vous dois-je ?

Cette fois, Jean-Paul fut moins étonné du prix. Il régla en espèces et salua Martin. Il fallait rentrer et faire comprendre à Geneviève que, désormais, il mangerait de temps en temps des vrais aliments, peu souvent bien sûr car ils étaient chers.

Il remonta dans sa voiture et reprit le chemin de la ville. Comme la fois précédente, Martin était debout au bord du chemin et le regarda s'éloigner.

CHAPITRE 11

Avant son retour chez lui, Jean-Paul repassa à la prison rechercher son A.D.

Il entra dans l'appartement et vit sa femme Geneviève occupée dans la cuisine à réchauffer ce qu'elle avait apporté du magasin des fonctionnaires. Ça ne sentait pas bon ; il flottait dans la pièce une pointe aigre qui n'incitait pas à la dégustation.

Il aurait voulu féliciter sa femme de sa préparation, lui faire un compliment pour diminuer la tension qui pourrait surgir plus tard, mais il ne s'en sentait pas le courage. Il savait que cela aurait sonné faux. Sa femme l'embrassa distraitement.

- Où sont les enfants ?, demanda-t-il.
- Pas encore rentrés. Encore à leur stage de Formation de la Personnalité.
- Ah, oui ! Le fameux stage.
- Et Anna, elle va bien ?, demanda Geneviève
- Je pense que oui, répondit-il... Mais pourquoi devrais-je le savoir ?
- Ah, si tu ne l'as pas vue, alors !!

Il préférait mentir et sentit un frisson.

Se pourrait-il qu'elle fût au courant de leurs discussions et de l'autorisation des leçons de chant ? se demanda-t-il. Non, impossible. Complètement impossible... Elle ne connaissait aucune gardienne. Ou alors, dans son Agence, était-on au courant très vite de secrets juste partagés dans un bureau ? Des mouchards dans son bureau, des micros bien dissimulés ?

Mais, il se raisonna, ce n'était pas possible et ce n'était pas le moment de céder à la paranoïa. Pour changer de sujet, il sortit ses provisions.

- Je suis allé chercher ces produits.
- Encore !!
- Uniquement pour moi puisque vous ne les supportez pas.

Elle fit la moue.

- Je te laisse la place dès que je finis.

Il s'assit sur le divan pour patienter. Deux minutes plus tard, les enfants entrèrent dans l'appartement et embrassèrent leurs parents. Ils n'avaient pas l'air heureux.

Jean-Paul se retint de leur demander comment s'était passée leur formation mais, manifestement, elles ne leur donnait pas le plaisir que le Discours se vantait de procurer à toute la jeunesse.

- C'est bon, dit Geneviève. J'ai fini.

Jean-Paul se mit devant le plan de travail et commença à couper le lapin. Il en avait trop pour lui. Une fois cuit, le plat pourrait se garder un jour mais pas plus, compte-tenu des chaleurs diurnes. Il aurait dû réfléchir à en acheter moins quand il se trouvait chez Martin.

- Êtes-vous sûrs que vous n'en voudrez pas ?
- Sûr, clamèrent les enfants et Geneviève
- C'est dommage car votre estomac supporterait mieux cette fois mon plat. Le lapin est plus digeste et vous êtes un peu immunisés. Il n'y eut aucune écho à ses paroles, aussi continua-t-il à préparer son plat, cette fois en coupant les légumes.

Il pensa à sa réunion du lendemain avec Varin. Qu'est-ce que ce type allait lui raconter ?

En tout cas, cette nuit, il lui fallait dormir correctement pour affronter, en pleine possession de ses moyens, le fonctionnaire insipide dont il ne connaissait que le nom.

Ils passèrent à table. Le plat de Jean-Paul sentait bon et le reste de la famille dut le reconnaître. Un ultime effort de Jean-Paul pour le partager resta infructueux.

La préparation de Geneviève, en revanche répandait une odeur fort médiocre.

À huit heures, Geneviève annonça que c'était l'heure du Discours. Les enfants ne regimbèrent pas, Jean-Paul non plus. Il se dit qu'écouter le Discours lui vaudrait peut-être, de la part de Varin, une moindre réprimande. Allons bon, s'il fallait en passer par là !!, songea-t-il...

Geneviève alluma le poste et le générique bien connu s'afficha. Les membres du Triumvir autour de la table semblaient confiants et reposés. L'Atténuateur se tenait à droite de l'homme du centre. Il affichait un sourire satisfait.

Jean-Paul pensa que leurs tâches leur laissaient beaucoup de temps libre. Ils ne donnaient pas l'impression de gens sous une grande pression professionnelle. Bien sûr, ils devaient bénéficier de soins particuliers, dans des cliniques sélectionnées mais ça n'expliquait pas tout. Ils avaient aussi accès aux améliorations génétiques pour vieillir très lentement et pour avoir des enfants parfaits.

Mais leur air de satisfaction ne ressortait pas d'actes médicaux ; c'était autre chose et Jean-Paul se demandait bien quoi. Il devaient bénéficier aussi d'une nourriture très spécifique. Il se demanda combien de pilules d'acuité intellectuelle ils prenaient par jour et quels étaient leurs effets à long terme.

- « Bonsoir Citoyennes et Citoyens, nos meilleurs vœux de bonheur et de santé dans notre magnifique Nouvelle Société. Notre intervention de ce soir a trait aux travaux de réhabilitation des zones touchées par la Guerre Civile...».

Jean-Paul tendit l'oreille. Qu'allaient-ils dire au sujet de la réfection des rues et des immeubles en ruine ?

- « Tout d'abord, nombre d'entre vous ont vu les travaux initiés dans de multiples endroits de la capitale. Mais nous n'allons pas en rester là...».

Jean-Paul en avait assez entendu ; il détourna la tête et soupira. Tant pis pour Varin... Il regarda ses enfants qui faisaient leurs exercices pour le lendemain tandis que sa femme fixait admirative l'écran bleuté.

Une demi-heure passa et il entendit la voix d'un des membres du Triumvir, celui qui clôturait généralement le Discours.
- « Une bonne nuit et n'oubliez pas de prendre votre pilule du Bonheur avant de vous coucher ».

Il se dit qu'il avait besoin d'un sommeil réparateur et avala une pilule antistress. Il sombra vite dans le sommeil et très vite, eut un rêve étrange. Il voyait Anna dans un halo bleuté, vêtue d'une ample robe blanche et qui semblait chanter, sans qu'aucun son ne sorte de sa bouche. Derrière elle, il voyait des montagnes et entendait des oiseaux piailler dans leur langage personnel. Ils devaient être cachés dans des arbres invisibles car il ne les percevait pas. Des nuages parcouraient le ciel à toute vitesse, comme dans un film en accéléré.

Puis, il vit Martin qui, s'approchant de Anna, lui offrait un panier plein de produits de sa ferme. Anna saisit le panier puis se dirigea vers lui.

Soudain, la scène changea et ils se trouvaient tous deux dans une petite pièce assez sombre. Anna riait et la pièce commença à s'éclairer. Elle le poussa du coude en lui adressant un sourire complice.

Le coup le secoua. Geneviève lui parlait. Il mit deux ou trois secondes à comprendre ce qu'elle lui disait et où il se trouvait :
- Tu bougeais sans cesse et marmonnais des mots sans suite. Ça m'a réveillée.

- Quelle heure est-il ?
- Beaucoup trop tôt pour se lever, rétorqua-t-elle.

Le lendemain matin, il arriva sur le parking de la prison un peu en avance par rapport à ses horaires habituels et resta dans son véhicule pour se relaxer. Il s'étira en plaçant ses paumes derrière son cou, les coudes tendus au maximum.

Il tenta de deviner les questions que Varin lui poserait et les réponses qu'il pourrait apporter. Comme l'exercice ne lui procurait aucun soulagement sensible, il finit par sortir de la voiture et par se diriger vers l'entrée principale, toujours en proie aux réflexions dont il n'arrivait pas à se défaire.

Dès son arrivée dans le bureau, il commença par avaler une pilule anti-stress puis il se prépara du café. Il ne savait pas si l'association de la pilule et du café était une bonne chose... C'était un besoin de plus en plus fréquent pour effacer la fatigue qui résultait de ses préoccupations et de la mauvaise nuit qu'il venait de passer.

Il faudrait penser à renouveler la provision, pensa-t-il : le sachet de café allait vers sa fin et il était de plus en plus cher. Quant aux pilules, il en avait tout un stock, le Système considérant qu'un directeur de prison devait au moins consommer pour raisons professionnelles les pilules d'acuité intellectuelle et les pilules anti-stress.

Il saisit dans un tiroir une tasse ancienne qui venait de ses parents et qu'il avait soigneusement protégée au cours des drames qui avaient émaillé sa vie et la remplit de café, puis il s'attaqua à quelques dossiers urgents.

À neuf heures, on frappa à sa porte ; une gardienne passa la tête par l'entrebâillement

- C'est Monsieur Varin

- Faites entrer.

L'homme qui pénétra dans le bureau se caractérisait par une fadeur institutionnelle remarquable. Ni grand, ni petit, ni large, ni maigre, porteur d'un costume gris neutre, c'était l'individu qu'on était incapable de reconnaître cinq minutes après l'avoir quitté.

Il salua brièvement Jean-Paul qui lui offrit de s'asseoir.

- Bien, je ne vais pas y aller par quatre chemins, démarra abruptement Varin. Il y a quelques points dans votre comportement qui m'intriguent, pour ne pas dire, qui m'inquiètent, enfin qui nous inquiètent car je ne parle pas pour moi.

- Je trouve positif que vous soyez venu me voir et non qu'une machine m'ait examiné à distance, répondit Jean-Paul.

- Les machines ne peuvent pas tout. Elles sont à notre service et non l'inverse et puis votre situation est un peu subtile pour une machine.

- Ah, dans ce cas...

- Vous n'aviez pas votre A.D il y a quelques jours, pas plus qu'hier. Cela a duré environ trois à quatre heures de la soirée. Pourquoi ?

- Je l'avais tout simplement oublié. Mes journées furent chargées... Ce sont des choses qui arrivent et croyez bien que je le regrette. Dès que je m'en suis aperçu, je suis retourné le chercher.

- Admettons. Autre chose, il y a quatre jours, je crois... Oui, c'est cela. Vous n'avez pas allumé votre téléviseur pour écouter le Discours. Encore un oubli?

- Non, je ne sais plus... Je crois que nous étions très fatigués ma femme et moi.

- Ce n'est pas une excuse suffisante., vous savez. De plus, vous êtes Directeur de prison et, à ce titre, vous faites partie de la frange supérieure de la Nouvelle Société. Vous devez donc montrer l'exemple. Je suppose que vos enfants ont été témoins de ce manque ?

Varin n'attendait pas de réponse. La question était purement rhétorique. Jean-Paul aurait pu lui dire qu'ils écoutaient le Discours tous les soirs, surtout Geneviève, mais à quoi bon ?

- Je dois faire un rapport qui sera analysé par Minerva. C'est en effet plus rapide. Je pense qu'on vous enlèvera dix points de votre compte, plus une amende. Vous serez averti de la décision par votre A.D.

Jean-Paul se sentit pris d'une incompréhension subite. Un humain se déplaçait pour recueillir ses déclarations et une machine le jugerait. Et l'homme avait dit que son cas était subtil... C'était le mot employé, subtil, mais il ne comprenait pas pourquoi. Au contraire, ça devait être une situation relativement courante.

Et pourquoi Minerva ne pouvait-elle pas accomplir les deux tâches ? Ou un être humain ? Ce n'était qu'une des nombreuses incohérences qui le frappaient tant dans la Nouvelle Société.

Dix points de moins sur le compte, ce n'était pas la mer à boire. Néanmoins, les déplacements pour acheter les produits de Martin allaient devenir compliqués. Comment y aller sans l'A.D ? Pas question d'invoquer un nouvel oubli... Et comment y aller avec l'A.D ? Meilleure manière de se faire repérer.

Varin se leva. Jean-Paul en fit de même. Il raccompagna son visiteur jusqu'à la porte. Une gardienne stationnait devant le bureau. Elle accompagna Varin vers la sortie. Jean-Paul, planté dans l'entrebâillement de la porte, resta avec ses doutes.

Il se dit que Pierre aurait peut-être une idée... Oui, certainement, il fallait bien qu'il fasse des voyages lui aussi. Comment se débrouillait-il avec l'A.D ?

Il n'était que neuf heures et demie. Assez tôt pour rendre visite à Pierre dans son bureau. Il n'était pas question d'utiliser le téléphone maintenant car le boulet était passé trop près.

Il sortit du bureau et enfila le couloir. Au fur et à mesure qu'il se rapprochait, il se demandait si sa réaction était raisonnable. Pierre était-il fiable ? Pouvait-on lui faire totalement confiance ? Il se raisonna. La paranoïa l'empêchait de penser correctement, car si Pierre l'avait trahi, ce n'était pas dix points qu'il aurait perdu, mais sans doute son poste.

Imaginer que Minerva ou les autres, ces damnés petits hommes gris auraient pardonné une escapade en montagne et pire, l'achat d'une nourriture interdite, était tout simplement impensable. Cela se serait terminé dans le camp qu'il avait longé la veille au soir.

Il s'approcha du bureau sur la pointe des pieds et frappa doucement à la porte.
- Entrez, cria une voix sonore

Jean-Paul entra en faisant attention de ne pas faire grincer la porte. Pas la peine, se dit-il, d'alerter les collègues de Pierre.
- Ah, c'est toi
- Oui, mais moins fort...
- Que me vaut le plaisir et l'honneur de ta visite ?

Pierre semblait d'humeur plaisante. Sa prochaine retraite probablement, pensa Jean-Paul et la possibilité d'aller se réfugier dans les montagnes.
- J'ai un petit problème que tu peux m'aider à résoudre. Figure-toi que je suis retourné voir Martin.

La phrase innocente fut prononcée par Jean-Paul seulement pour tenter de déceler une réaction involontaire de Pierre, une réaction qui aurait pu laisser suspecter qu'il n'était pas complètement digne de confiance.

Pierre demeura imperturbable, regardant simplement son interlocuteur dans l'attente d'une explication.

- Et il m'a vendu d'autres légumes et de la viande, de bons produits...
- Tu m'en vois ravi mais je ne saisis toujours pas ce qui te tracasse
- C'est simple ; je sors d'une inspection pour ne pas avoir emmené mon A.D et aussi pour autre chose. On parle de me retirer dix points, peut-être plus et une amende.
- Oui et alors ?
- Comment fais-tu pour tes contacts avec Martin ?

Pierre regarda Jean-Paul par en dessous. Il cherchait manifestement à sonder son interlocuteur.
- Tu comprends, reprit celui-ci, si je veux retourner en montagne, il me faut une solution.
- Si je te donne cette solution, cela te ferait entrer dans une confrérie dont il n'est pas facile de sortir.
- Tu peux être plus explicite ?
- Il y a des groupes, mais je n'en connais qu'un, qui savent comment passer au travers des gouttes.

Jean-Paul resta ébahi... Des confréries !! Des groupes mystérieux constitués dans quel but ? Et par qui ? Pierre chuchota :
- Ces gens peuvent donner à un A.D une fausse localisation pendant un certain temps. De l'ordre de trois à quatre heures. Il y a des rumeurs qui affirment que d'autres savent les programmer pour les détourner une journée entière. Mais il faut payer.

À ce moment, l'ordinateur de Pierre s'éteignit, ainsi que la lampe de son bureau

- Encore une de ces fichues pannes !, s'écria Pierre. Déjà hier...

Jean-Paul ne se souvenait pas qu'il y ait eu une panne et il en fit la remarque à Pierre.

- Tu devais être parti et sur la route. Moi, je suis resté pour terminer un travail en retard et ça n'a servi à rien. J'ai attendu une demi-heure et j'ai fini par prendre mes cliques et mes claques.

Les deux hommes restèrent un moment silencieux face à l'écran noir. Heureusement, la clarté extérieure était suffisante.

- Bizarre que ton ordinateur se soit éteint comme ça. Tu n'as pas de batterie ?
- Elle est morte il y a un moment. Ce n'est pas moi qui vais t'apprendre que les fournitures sont difficiles à obtenir.
- D'accord... Alors et tes groupes...
- Ce sont des informaticiens dissidents, refusant les principes de la Nouvelle Société. Certains ont une double vie en surface et d'autres vivent dans les souterrains. Ce soir, je peux t'emmener rencontrer un de ces groupes ou au moins un de ses membres mais il faudra me prendre dans ta voiture.
- Ça me fera m'écarter beaucoup de mon chemin normal ?
- Non, pas trop. Je pense que ça restera inaperçu des contrôles.
- Ça me va. À quelle heure part-on ?

- Vers cinq heures et demie.

Tout à coup, l'ordinateur redémarra. L'écran s'alluma et les programmes défilèrent.

Les deux hommes se donnèrent rendez-vous sur le parking où ils se retrouvèrent en fin d'après-midi. Pierre n'avait pas de voiture car son niveau social n'était pas suffisant.

Jean-Paul ouvrit les portes, Pierre s'installa et la voiture démarra pour se placer au milieu des bicyclettes qui encombraient la chaussée.

Bizarre, se dit Jean-Paul, d'autres fois, les véhicules autonomes intervenaient pour repousser les cyclistes dans leurs zones latérales. Il fait dire que celles-ci étaient dans un tel état qu'il s'avérait moins dangereux de les éviter.

Pierre indiqua le chemin à suivre. Jean-Paul prit des rues qu'il ne connaissait pas.

- Tu vas voir, on va arriver dans des endroits pas excellents... Ne t'arrête pas et continue, quoi qu'il arrive.

Effectivement, la voiture pénétra une zone délabrée, dont la moitié des immeubles étaient en ruine. Sur le sol, on voyait des monceaux de détritus et des junkies affalés dans le caniveau. Autour, des hommes debout, attendant une occasion, jetaient un regard noir sur les quelques véhicules qui s'aventuraient en ces parages. Il n'y avait qu'eux et une autre voiture, et toujours pas de trace de véhicule autonome à l'horizon.

Jean-Paul en fit la remarque à Pierre. Celui-ci hocha la tête, ébaucha un sourire narquois et dit :
- Tu te souviens du Discours d'il y a quelques jours sur l'élimination de la délinquance et des drogues ?

Jean-Paul ne s'en souvenait pas particulièrement mais il ne voulait pas paraître complètement réfractaire à la communication du Triumvir devant Pierre, aussi répondit-il évasivement que ça lui rappelait quelque chose.

Pierre ne se le tint pas pour dit et poursuivit :
- Pas mal l'éradication de la délinquance ! Tu as vu ce bazar ? Et puis, les drogues, il y en a partout, à commencer par les pilules officielles, mais il y a tout le reste, cocaïne, héroïne, crack, amphés, les chimiotrips,.... Quand je pense que le vin et le tabac sont interdits depuis dix ans.
- Oui, mais c'est comme les travaux de réhabilitation... Et pas un véhicule autonome électrique à l'horizon...
- Tu parles, ici, il faut envoyer les humanoïdes et bien programmés...
- Ce n'est pas l'endroit pour avoir une panne...
- Ça, c'est sûr.

Après plusieurs virages et quelques kilomètres, ils finirent par arriver dans un quartier plus clair, moins densément peuplé et qui, au moins dans la rue, différait beaucoup du précédent.
- En fait, dit Pierre, on n'est pas loin de ton circuit habituel qui est par là. On est simplement passés par un autre chemin. Je ne pense pas que l'A.D ait réagi.

- Si on peut appeler cela des chemins, grimaça Jean-Paul. Rien à voir avec ceux de Martin...

Jean-Paul se gara le long du trottoir. Pierre descendit.

- Attends-moi là... Je vérifie un truc.

Jean-Paul vit Pierre s'éloigner de quelques pas, puis sonner à une porte.

Une demi-minute, puis Pierre poussa la porte et entra. De là où il était, Jean-Paul ne voyait plus rien. Il ne lui restait plus qu'à attendre.

Ce ne fut pas long. Au bout de cinq minutes, il vit Pierre ressortir et lui faire un signe de la main.

Il sortit de son véhicule et ferma la portière. Pierre l'attendait devant l'entrée ; ils pénétrèrent dans un couloir sombre. À droite, une porte vitrée qui faisait penser à celles des concierges dans l'Ancienne Société.

À gauche, courait un mur nu de couleur brune d'où s'exhalait une vague odeur de moisi.

Ils s'avancèrent jusqu'à un vieil escalier en bois et commencèrent à gravir les marches. Au premier étage, Pierre tourna à gauche et frappa à la première porte qui se présentait puis il entra après quelques secondes dans ce qui ressemblait à un bureau où Jean-Paul le suivit.

L'homme qu'ils virent debout près de la fenêtre était remarquable d'aspect. Il portait une barbe noire fournie encadrant un visage énergique et une queue de cheval, artifice absolument incongru dans la Nouvelle Société... Les yeux verts étaient fascinants, enfoncés dans des orbites bien marquées, le nez fort, les lèvres pleines et charnues dénotaient un caractère d'être spontané, appréciant les bonnes choses que la vie avait pu offrir dans le passé.

Il portait une chemise à carreaux et une sorte de jean délavé comme dans l'ancien temps.

Sur le moment, Jean-Paul se fit la réflexion, qu'avec de telles caractéristiques physiques, l'homme ne pouvait pas sortir sans se faire arrêter. Comment faisait-il dans la vie de tous les jours.

Depuis l'avènement de la Nouvelle Société, les normes vestimentaires étaient très strictes. Toutes les fantaisies des modes de jadis étaient devenues obsolètes et criminalisées. Les hommes et les femmes portaient tous les mêmes vêtements tristes et sans grâce. C'était le résultat de l'action des Gaïaistes pour protéger leur déesse.

Mais, chose plus surprenant encore, il fumait une cigarette roulée. Il avait donc accès à du tabac de contrebande... L'ensemble des entorses aux règles de la Nouvelle Société commençait à faire beaucoup, se dit Jean-Paul.

- Alors, s'exclama l'homme avec une voix de stentor qui cadrait bien avec son physique, c'est pour l'A.D du monsieur ?
- Oui, c'est pour moi, dit Jean-Paul en s'avançant.

Pierre le poussa du coude.

- Il a besoin de pouvoir se déplacer sans son A.D de temps en temps.
- Je te reconnais, toi, tu es ami de Markus ?

- C'est exact... On était venus deux ou trois fois pour... Heu, enfin, pour des trucs.

Jean-Paul comprit que Pierre ne voulait pas révéler tous ses secrets. Ils étaient pourtant ensemble sur les terres interdites de la Nouvelle Société, mais il y avait encore des barrières à franchir pour de plus amples confidences.

- Est-ce pour laisser l'A.D dans un endroit précis ou plutôt pour lui faire indiquer des trajets inventés ? demanda l'homme.

Jean-Paul réfléchit deux secondes mais la réponse était presque évidente.

- Pour des trajets inventés, pour aller quelque part et lui faire indiquer le parcours de mon travail à mon appartement.
- Je vois... Quelle est l'adresse des deux lieux ?

Jean-Paul les lui donna.

- J'en ai pour une demi-heure environ, reprit l'homme. Installez-vous ici en attendant. Vous ne pouvez assister à l'opération.

L'homme se leva et les précéda vers une autre pièce cachée par un rideau.

- Mettez-vous là. Au fait, vous aimeriez peut-être boire quelque chose qui va vous étonner.
- Pourquoi pas ? répondit Pierre.

L'homme ouvrit une armoire ancienne en bois sculpté, sortit trois verres et une bouteille de vin rouge.

Jean-Paul écarquilla les yeux, tandis que Pierre affichait un petit sourire. De mieux en mieux, songea Jean-Paul.

- Je vous sers ?
- Je vous en prie, balbutia Jean-Paul.

L'homme déboucha la bouteille et versa le liquide dans les verres.

- À votre santé, comme on disait dans l'Ancienne Société.
- À votre santé, murmura Jean-Paul.

Combien d'années ? pensa-t-il. Combien d'années ?

Les trois hommes burent.

- Il est un peu éventé, s'excusa l'homme.
- C'est parfait, ne t'en fais pas, répliqua Pierre. On se doute bien que c'est compliqué et on excuse les petits défauts.
- Ça faisait si longtemps, dit Jean-Paul d'un air songeur.

L'homme sourit, puis se retira en tirant le rideau derrière lui. Jean-Paul et Pierre s'avancèrent et parcoururent la pièce du regard.

Ils ne purent s'empêcher de laisser échapper un sifflement d'étonnement. La pièce était sombre, assez grande, haute de plafond avec des moulures blanches en plâtre comme dans certains bâtiments de jadis.

Deux fenêtres dont les volets étaient fermés occupaient un pan de mur. De chaque côté, des tentures en velours rouge étaient retenues par des cordelettes. Sur le mur qui leur faisait face étaient accrochées quelques gravures à l'ancienne et une eau forte.

Deux vieux fauteuils de style ancien étaient placés dans les coins opposés. Jean-Paul remarqua leurs pieds galbés, terminés en crosses, le rembourrage confortable et les accoudoirs à l'attache reculée, munis de larges manchettes.

Cela faisait très longtemps qu'il n'avait pas vu de tels meubles. Cela existait donc encore, murmura-t-il.

Une bibliothèque avec des ouvrages reliés de bonne facture se trouvait le long d'un autre mur. Jean-Paul s'en approcha et hocha la tête en lisant les titres.

- Ça, alors !!
- Eh oui, il y a une société dans la Société, affirma Pierre.
- Si je m'attendais, dit Jean-Paul. À propos, comment s'appelle-t-il ?
- Ah, lui, Rodrick, mais je ne crois pas que ce soit son vrai nom.
- Et Markus, c'est un vrai nom ?
- Non, et ça je le sais.

Au centre de la pièce, une table basse en bois aux pieds chantournés sur laquelle
trônait un vieux tourne-disque que Jean-Paul estima des années soixante. À côté, des piles de disques, dont des 33 tours de jazz, mais aussi du classique. Il vit une version de Cosi Fan Tutte avec des chanteurs fort connus du milieu du siècle précédent.

- Si je m'attendais....
- Tu vois que Minerva ne sait pas tout, ni le Triumvir.

Ils n'avaient rien à faire, sinon attendre. Ils s'assirent dans les fauteuils.

- Il n'y a pas à dire, c'est confortable. Cela fait combien de temps que tu ne t'es pas assis dans ce genre de fauteuil ?
- Impossible de m'en souvenir, peut-être jamais. On ne venait pas d'un milieu aisé.
- Moi, une fois, quand j'étais enfant, on m'avait assis dans un fauteuil comme celui-ci chez une grand-tante. J'avais juste le droit de regarder. Et le tourne-disques, il marche à ton avis ?
- Je parierais que oui. Ces types sont des magiciens

Après ces échanges, le silence établit son rythme. Des poussières virevoltaient dans l'air, visibles grâce à un très fin rayon de lumière qui venait d'une des fenêtres.

Pierre reprit la parole :

- J'essaye de manger les produits de Martin pour deux raisons. La première, c'est que le corps n'est pas fait pour avaler ce qui se concocte dans les usines à nourriture. C'est même très mauvais du point de vue nutritionnel, donc je le fais le moins possible et la seconde, c'est qu'ils contiennent beaucoup de saloperies plus ou moins connues, des résidus de la Guerre. Tu devrais demander à ta femme, elle doit être au courant dans son Agence.

Jean-Paul ouvrit des yeux ronds.

- Tu es sûr ?
- Tiens, qu'est-ce que tu crois ? Malgré les machines, il y a encore quelques êtres humains dans ces fabriques et il suffit qu'une seule personne se confesse.

Jean-Paul resta sans voix, Pierre avait raison, il suffisait qu'une seule personne parle pour qu'on apprenne des choses,,,

Un parfum lourd mais très ténu flottait dans la pièce, mélange presque imperceptible du velours et de livres anciens.

Il pensa à la réaction de Geneviève s'il lui posait la question. Même pas envisageable en fait.

Finalement, l'homme qui les avait reçus tira le rideau et leur annonça que c'était terminé.

Ils se levèrent et s'approchèrent.

- En fait, je vous donne ce petit boîtier. Quand vous voulez changer de route, vous l'actionnez ici et il transmet à l'A.D le trajet de votre travail à votre appartement et, ici, vous avez la fonction inverse de votre appartement à votre travail. Quand vous voulez arrêter, vous appuyez de nouveau. Si vous êtes à un autre endroit, vous entrez l'adresse et l'appareil se débrouille.

- Merci... Combien vous dois-je ?

L'homme regarda Pierre et lui fit un clin d'œil.

- Rien, il faut s'aider et ce que vous comptez faire ne me regarde pas.

Jean-Paul resta interdit. Cet homme avait une activité illicite et il l'exerçait gratuitement... Décidément, il allait depuis quelques jours de surprises en surprises, Anna, Rodrick...

Jean-Paul et Pierre sortirent de l'immeuble et se dirigèrent vers la voiture.

- C'est le moment de lui entrer les données. Supposons qu'on soit à mi-chemin entre la prison et chez moi, dit Jean-Paul.
- Tu entres l'adresse et tu me laisseras là où je t'indiquerai. Avec mon boîtier, je me débrouillerai. Pas d'inquiétude.

Ils montèrent en voiture et Jean-Paul démarra. Il refirent une partie du trajet aller et soudain, Pierre fit signe à Jean-Paul de s'arrêter.
- Je descends là. À demain...
- À demain et merci pour ton aide.
- Ne me remercie pas. Un jour, c'est peut-être toi qui m'aideras.

Jean-Paul regarda Pierre s'éloigner dans la brume tombante. Il n'y avait toujours pas de fraîcheur dans l'air ambiant, et il avait toujours l'impression de se trouver dans une jungle étouffante mais qui semblait contenir quelques oasis de fraîcheur qu'il fallait détecter. Des oasis inattendues.

CHAPITRE 12

Il arriva chez lui vers huit heures et ouvrit la boite à lettres, ce qu'il ne faisait pas tous les soirs. Un petit paquet s'y trouvait dont il déchira l'enveloppe. À l'intérieur, deux piluliers avec leurs étiquettes. C'était la nouvelle livraison des gélules de relaxation. Il râla car il était difficile de s'abstraire du contrôle de stress par l'A.D. Il était obligé de les prendre, sinon l'appareil enverrait une notification d'incident inattendu et inexplicable. Une enquête serait ouverte et il devrait répondre de son attitude.

L'ascenseur était en panne ; il pesta et entama la montée des quatre étages. La même pancarte stupide sur le besoin de faire du sport était toujours là.

Arrivé sur son palier, il vit un de ses voisins appuyé au mur, qui marmonnait quelques paroles incompréhensibles. L'homme, vêtu d'un vieux pantalon noir fripé et d'une chemise à la propreté douteuse, semblait décontenancé. Il était mal peigné et ses cheveux presque roux se raréfiaient sur le haut du crâne. Le regard perdu, il agrippa Jean-Paul par la manche et lui souffla au visage une lourde haleine chimique :

- Ils l'ont emmené... Ils ont emmené mon frère.
- Votre frère ? Mais quand ?

- Ils sont venus il y a une heure... Mon frère était chez moi. Il avait débarqué un peu avant et paraissait perdu... Je ne sais pas mais j'ai cru qu'il cherchait un refuge. Savez-vous où il est ?
- Je ne peux rien vous dire. Comment voulez-vous ?
- Vous pouvez faire quelque chose ; vous connaissez du monde.
- Vous faites erreur. Je ne connais personne...
- Si, vous devez faire quelque chose. C'est votre devoir.
- Écoutez, si votre frère a été arrêté, c'est qu'il y a une raison. Rien ne se fait sans raison.

Il s'en voulait de mentir car il était le premier à savoir que beaucoup de choses se faisaient sans raison, mais il devait rejoindre Geneviève et ses enfants. Et d'ailleurs, que pouvait-il faire ? Exerce-t-on quelque action contre une machine ?

L'homme continuait à le tenir par le bras.
- Vous ne connaissez pas mon frère. Il est incapable de crimes, ou de déviances. C'est
un naïf, peut-être entraîné par de mauvaises fréquentations.
- S'il n'a rien fait, ils le relâcheront.

L'homme s'assit sur une marche et enfouit la tête dans ses mains. Jean-Paul reprit la parole :
- Je vais voir ce que je peux faire mais c'est sans garantie, je vous préviens.

La promesse tenait bien plus au désir de se débarrasser de l'homme que d'un pouvoir qu'il n'avait pas. L'homme ne répondit rien ; il restait prostré sur les marches, indifférent.

Jean-Paul lui jeta un dernier regard, inséra sa clé dans la serrure et ouvrit la porte.

Geneviève était affairée dans la cuisine.
- Ah, c'est toi ? Comment ça s'est passé au travail ? demanda-t-elle.

Elle semblait de bonne humeur. Il s'en voulut de lui mentir mais ne pouvait révéler la raison de son retard.
- J'ai été retenu par un imprévu. Désolé...

Il s'approcha et sentit l'odeur qui s'échappait de la casserole. Ce soir, il lui faudrait se contenter de la nourriture du magasin de fonctionnaires, puis tout à coup, il se rappela qu'il restait du plat de la veille. Il avait été seul à en manger et il en restait, c'était sûr.
- Et le plat d'hier, où est-il ? s'enquit-il
- Je l'ai jeté. Ce n'est pas sain avec cette chaleur, répondit-elle.
- Mais c'est ridicule.. Je suis le seul à en manger.
- Ah oui et si tu es malade et que tu ne peux pas aller au travail demain, qu'est-ce qui se passe ? Une enquête ?

Il se sentait fatigué et préféra laisser tomber la discussion. Elle était tellement butée.

Ce qui le tracassait était la complication du ravitaillement. Il lui était difficile d'aller chez Martin plus d'une fois par semaine car un contrôle de la consommation de carburant était toujours possible. Le reste du temps, il devrait se contenter des approvisionnements de sa femme.

- A propos, sais-tu ce qui arrive au voisin ? dit-il pour changer de discussion.
- Non, aucune idée.
- Son frère qui était chez lui a été arrêté il y a une heure. Et dans ton travail, tu entends et vois des choses, alors...
- Je ne sais rien. Nous vérifions les informations qui circulent et n'avons pas de contact avec les forces de Sécurité.
- Il me demande de l'aide mais je ne vois pas ce que je peux faire. Tout est complètement cloisonné.
- Ce n'est pas ton problème, le coupa-t-elle.

Jean-Paul décida de clore la discussion pour le moment. Il tourna la tête et vit les enfants devant leur ordinateur, répondant aux questions de Millia et soucieux de gagner des points.

Il s'affala dans le canapé, mit les mains derrière la tête et songea à ce qu'était devenue sa vie. Ses ambitions n'avaient jamais été très grandes ou alors, il ne les avait jamais formulées clairement, ni avec ses amis, ni avec ses parents.

Directeur de prison, voilà ce qui l'attendait pour encore quinze ans. Gérer un établissement comme tant d'autres, sans moyens, abandonné de tous, car pour le Triumvir et Minerva, la Nouvelle Société ne connaissait pas la délinquance et les crimes. Et puis, il y avait Anna...

Lorsqu'il était jeune, il n'aurait jamais imaginé un tel basculement, ni un tel renoncement !! Le pire était l'absence de logique. Pourquoi certains avaient deux enfants et pourquoi cela était-il refusé à d'autres ? Quels critères s'appliquaient dans ces cas là ?

On apprenait aux enfants durant les Formations de la Personnalité qu'il fallait sans cesse se référer au fascicule de conduite pour s'assurer qu'on ne franchissait pas les bornes, mais même ainsi, rien n'était certain. Selon Geneviève, des gens avaient disparu et ils avaient le fascicule dans la poche.

Et puis son couple !!! Geneviève n'était plus du tout la Geneviève d'avant. Qu'est-ce qui avait pu la changer à ce point ? Elle était devenue froide et surtout, incapable de discernement. Elle avalait la propagande d'un bloc, sans se poser de questions et pire, elle aimait ça. Était-ce son travail qui l'avait transformée à ce point ?

Les mensonges n'étaient même pas dissimulés, la différence entre le Discours et ce qu'on vivait tous les jours était si abyssale qu'il ne comprenait pas qu'on les crût si facilement.

À sept heures et demie, la famille s'attabla en silence et entama le repas. Jean-Paul songeait que Pierre pourrait peut-être l'aider dans le ravitaillement en lui vendant une partie de ce qu'il se procurait lui-même.

Les enfants avalaient sans un mot le brouet insipide.
- Et la Formation de la Personnalité ? leur demanda-t-il avec un entrain forcé.

- C'est toujours la même histoire... Des mots répétés comme si on était idiots. Qu'est-ce qu'on peut dire ? Qu'est-ce qu'on peut faire ? Qu'est-ce qu'on peut penser ? dit-elle avec une moue de dédain.

Jean-Paul regarda sa fille avec une lueur de complicité. Elle comprenait par instinct, insuffisamment sans doute, mais elle comprenait qu'il y avait un problème avec ces Formations.

Son frère la regarda avec des yeux ronds, surpris par la sortie de sa sœur.

« Bien sûr, les filles sont en avance intellectuelle sur les garçons à cet âge », pensa Jean-Paul.

- Mange et ne fais pas de commentaires, coupa Geneviève. Tu es trop jeune pour savoir ce qui est bon pour toi. Les Formations ont été mises au point par des machines et des gens très intelligents. Pour le moment, tu les suis et tu te tais.

Jean-Paul intervint pour changer la discussion.

- Au fait, j'ai eu une inspection ce matin, Un certain Varin qui m'a interrogé sur le Discours que nous avons manqué.
- Que tu as manqué...
- Ça devrait se traduire par une amende et dix points de moins.
- C'est intelligent vraiment... Je t'avais prévenu pourtant.
- On s'en remettra. Il n'y a pas mort d'homme.

En prononçant cette phrase, Jean-Paul se rendit compte que l'expression était tombée en désuétude depuis la disparition de l'Ancienne Société. Depuis la Guerre Civile, elle était presque interdite car le mot Mort était prohibé.

Geneviève replongea le nez dans son assiette et ne répondit pas.

Le lendemain matin, dans son bureau, face à sa tasse de café, il continua à réfléchir au sens de sa fonction et à Anna. Le courage de cette femme lui fit sentir, par contrecoup, la honte de rester dans un entre-deux.

Il voulait faire quelque chose mais ne savait pas quoi et l'eût-il défini qu'il n'aurait pas su comment agir. Mais Anna avait moins de pouvoir que lui et elle faisait, elle accomplissait une fonction.

À 11 h et demie, il descendit de son bureau car la curiosité était trop forte. Il souhaitait voir comment se passaient les répétitions.

Il arriva à pas mesurés devant la porte de la salle allouée à Anna et aux deux autres femmes. Il entendit faiblement les voix et entrouvrit tout doucement la porte. À l'intérieur, Anna faisait travailler un petit morceau qu'il ne connaissait pas. C'était un air baroque, plutôt d'inspiration religieuse et, malgré les voix mal assurées, agréable et reposant.

Double délit, pensa-t-il : musique religieuse !!

Il eut la surprise de constater qu'une quatrième femme était présente, une femme un peu boulotte. Il se rappela son nom :

Véra. Celle dont Anna lui avait parlé et dont elle ne connaissait pas le numéro de cellule.

Toutes tenaient en main les partitions et, finalement, se dit-il, cette Véra chantait mieux que les deux autres. En tout cas, les visages des femmes était transformés, les traits épurés, les rides estompées. La musique agissait sur leur corps comme elle agissait sur leurs âmes. Elles fixaient Anna comme si leur vie en dépendait.

Il resta ainsi fasciné par ce qu'il voyait et entendait. Anna changeait les choses par sa seule présence. Elle arrivait quelque part et elle s'imposait pour un certain Bien commun.

Puis soudain, Véra s'arrêta et ouvrit la bouche de stupéfaction.

- Qu'est-ce qui se passe ? s'exclama Anna.
- Le Directeur, là... Il nous écoute.

À ces paroles, Rita et Gina levèrent la tête et affichèrent un air surpris.

- Ne t'en soucie pas, répondit Anna. Il trouve que c'est une bonne initiative.

Jean-Paul entra dans la salle.

- Ne vous dérangez pas ; je voulais me rendre compte...
- C'est bien naturel.

Anna le toisa en se demandant ce qu'il pensait vraiment. Le regard du Directeur était énigmatique et il était difficile d'y déchiffrer une quelconque réaction.

- C'est bien, dit-il. Vous faites un bon travail et ce n'est que votre deuxième répétition.
- Oui, mais ce serait encore mieux avec davantage de participantes. Mon objectif serait de pouvoir faire travailler les femmes les plus atteintes, les plus violentes... Ce sont elles qui en bénéficieraient le plus.

Il la scruta avec étonnement et intérêt. Elle semblait n'être arrêtée par aucun obstacle. Quelle personnalité étonnante !!
- Je voudrais par exemple, trouver le moyen de faire participer Rebecca, dit Anna.
- Rebecca, la mendiante. Comme vous y allez ! C'est une femme qui a de gros problèmes.
- Justement, vous m'aviez promis d'examiner son cas avec le médecin et l'infirmière... Voir s'il y avait quelque chose à faire d'ordre médical.

Il se sentit soudain mal à l'aise. Il avait oublié sa promesse, pris par ces diverses préoccupations et la visite de Varin.
- Je regrette mais j'ai omis de le faire. Je vous promets que je vais m'en occuper.

À cet instant, la porte s'ouvrit et Martine s'avança. Elle n'eut l'air qu'à moitié surprise de voir son chef discuter avec les prisonnières.
- C'est l'heure du réfectoire. Alignez-vous avec les autres, dit-elle.

Les femmes sortirent et se mirent dans la file. La mendiante était là, juste devant Anna. Elle semblait moins absente que d'habitude, peut-être dans l'attente de quelque chose.

Anna lui glissa à l'oreille rapidement :

- Viens la prochaine fois, il y a une place pour toi

Du coin de l'œil, elle nota que Martine avait entendu la proposition d'Anna mais fit mine de ne pas s'en apercevoir. Au contraire, elle détourna l'attention d'une autre collègue pour évoquer un obscur point de règlement.

- Moi... Je peux pas !! Mais non, j'ai des fantômes dans la tête, des images. Je ne pourrai jamais, rétorqua Rebecca d'une voix cassée.
- C'est ce qu'on dit, reprit Anna. Gina et Rita au début ne voulaient pas et, maintenant, je crois que cela leur plaît. Essaye seulement... On tentera de faire sortir tes fantômes.

La discussion se termina car les femmes se mirent en branle vers le réfectoire. Au milieu du brouhaha, Anna restait près de la mendiante. Il exhalait de cette dernière une odeur un peu acre. Anne n'en avait cure et se disait que Rebecca pouvait avoir une question, un doute et l'exprimer, et dans ce cas, il fallait être là.

Assises à la table, Rita et Gina regardaient Anna qui se trouvait juste à côté de Rebecca. Elles ne comprenaient pas l'entêtement de la cantatrice à attirer la mendiante dans leur cercle. Elles virent Anna se pencher et susurrer quelque chose à l'oreille de sa voisine. Celle-ci se prit la tête dans les mains et secoua ses longs cheveux filasse, tout en fixant son assiette d'un air hébété.

Anna et ses compagnes de cellule ne firent pas attention au brouet qui leur était servi et l'avalèrent avec indifférence.

La promenade se déroula sans incident. Anna suivait Rebecca, tandis que Rita et Gina suivaient Anna. La mendiante hochait de temps en temps la tête, perdue dans son monde intérieur. Anna leva les yeux et vit le ciel au-dessus des murs de trente mètres, un ciel bleu comme il n'y en avait pas eu depuis longtemps. Elle ne distinguait pas le soleil dissimulé sur la droite, mais voyait les ombres portées sur les toits.

Lorsqu'il fut l'heure de regagner les cellules, une gardienne s'approcha de la mendiante et lui fit signe de la suivre.

Anna tourna la tête et vit le Directeur presque caché dans une encoignure. Il la regardait et lui sourit. Il leva la main vers les deux femmes qui s'éloignaient et Anna comprit instantanément qu'il accomplissait sa promesse de faire examiner la mendiante par le médecin. Elle lui sourit en retour et murmura un remerciement sincère.

Les femmes reprirent le chemin des cellules. Anna se demandait si le médecin pourrait faire quelque chose. Après tout, ses pouvoirs étaient limités et il était certain qu'il n'avait pas tous les remèdes à portée de main, d'une part parce que les pénuries qui s'étaient installées pendant la Guerre n'avaient pas été réglées par la suite et d'autre part, parce que le sort des prisons était le dernier souci de Minerva.

Dans la cellule frappée d'une chaleur difficilement supportable, les femmes bougeaient le moins possible pour éviter que la sueur ne les inondât. Anna lavait machinalement quelques vêtements à même le carrelage.

Chacune d'elles pensait à une chose qui lui était personnelle, mais Gina allait plus loin et ne se contentait d'une observation égoïste de sa vie. Elle commençait à réellement admirer Anna qu'elle regardait à la dérobée et regrettait de n'avoir pas connu plus tôt une femme comme elle, une femme qui pouvait être sa mère. À cette pensée, ses yeux s'humidifièrent car sa vraie mère en comparaison, avait-elle droit à la reconnaissance de sa fille ? Seul le lien biologique les avait unies.

Rita, quant à elle, songeait que le chant lui faisait du bien. Elle avait noté que sa voix d'ancienne fumeuse semblait un peu plus claire et, de surcroît, elle toussait moins. Était-il possible, qu'en deux séances seulement, une amélioration se soit produite ? Cela semblait étonnant mais la cantatrice paraissait avoir des dons de magicienne.

Anna, pour sa part, gisait sur le dos, les mains croisées derrière la nuque et laissait ses pensées divaguer. Le visage du Directeur se mêlait à celui de Martine, la gardienne qui avait arrangé la salle, puis la mendiante venait occuper son esprit. Qu'allait-il sortir de sa confrontation avec le médecin ? Elle aurait donné cher pour le savoir à l'instant.

Elle repensait à sa vie d'autrefois. Les salles pleines et les rappels, les réceptions qui suivaient les représentations, les distinctions,... Ce ne pouvait être la même planète. Elle avait le sentiment d'avoir été transportée vers un monde extra-terrestre, fait de peurs, de contrôles et de pudibonderie insupportables. Un monde où la seule chose commune restait la langue et encore, se disait-elle, à peine car le Triumvir et ceux qui l'avaient précédé avaient beaucoup trituré les mots et continuaient à le faire.

Tout le reste avait disparu ou s'était transformé. Beaucoup de gens qu'elle avait connus étaient morts, soit pendant le Guerre, soit des suites de l'épidémie... Plus de musique classique, d'opéras ou de théâtre, plus de littérature, de sculpture ou de peinture. Elle pensa aux siècles passés, les XVIIème et XVIIIème, temples de la Conversation et de la Civilisation.

Les sculptures du passé avaient été détruites pour en faire des matériaux recyclés en vue de la reconstruction qui avait suivi la Guerre Civile. Les peintures classiques avaient été presque toutes brûlées, sauf quelques unes que l'Armée gardait dans des hangars avec les partitions musicales. Pourquoi celles-là plutôt que d'autres ?, personne n'en savait rien.

Les monuments, les églises et les monastères étaient laissés à l'abandon et ne se visitaient plus. Le Discours avait expliqué que plus personne ne comprenait l'intérêt que les siècles antérieurs avaient porté à ces œuvres.

Il ne restait qu'une architecture monstrueuse qu'on enseignait dans d'horribles blockhaus aux futurs adeptes du Régime et d'affreuses statues au coin des avenues.

Y avait-il la possibilité de réaliser dans la prison un monde différent, hors du temps et de l'espace ? Un monde régi par d'autres lois ?

Elle se demanda jusqu'où le Directeur était prêt à aller pour l'aider ? Elle l'avait l'observé et avait compris qu'il semblait malheureux.

Une pensée la secoua brutalement : se pourrait-il qu'il fût secrètement amoureux d'elle ? L'idée lui parut saugrenue mais il était certain que son comportement n'était pas celui qu'il adoptait avec les autres prisonnières. Il lui avait avoué avoir admiré son art, mais c'était chose du Passé et de l'admiration à l'amour, il y avait un vaste espace pour d'autres sentiments.

Elle se leva et décida de prendre une douche pour rafraîchir son corps de l'insupportable température de la cellule. Elle étendit les affaires qu'elle avait lavées, puis elle entra sous la douche et ouvrit le robinet. L'eau froide coula parcimonieusement sous forme d'un léger filet, mais elle n'en eut cure. Le contact de l'eau sur sa peau lui fit du bien.

CHAPITRE 13

La nuit était tombée et une gardienne était passée dans le couloir en annonçant d'une voix criarde l'extinction des lumières. Rita et Gina avaient voulu regarder l'émission stupide qui suivait le Discours. Les bagarres entre les participants les avaient amusées, d'autant plus que deux d'entre eux s'étaient affrontés à coups de poing sous le regard goguenard de l'animateur.

Anna était restée plongée dans ses pensées, désolée que ses compagnes de cellule passent leur temps à de telles stupidités.

À dix heures dans le noir, elle ne trouvait pas le sommeil. La nuit restait très chaude, conséquence de la température anormale du jour.

Elle songeait à une seconde possibilité d'améliorer les choses. Une amélioration facile, peut-être encore plus que les répétitions de chant. Elle pouvait demander à voir de nouveau le Directeur pour proposer des activités de dessin. Elle avait longtemps fait de la peinture en amateur, à côté de ses activités musicales. Elle trouvait que c'était un bon complément, l'œil et l'oreille sollicités au bénéfice de l'Art.

Le dessin nécessitait peu de matériel et était l'étape intermédiaire avant la peinture.

Un peu de papier, des crayons suffisaient alors que le matériel nécessaire pour la peinture rendait la chose impossible. De plus, permettre aux prisonnières d'acquérir un niveau acceptable en dessin serait à la fois plus rapide et plus facile que l'apprentissage de la peinture. Il fallait aller au plus efficace.

Au lever, Anna constata qu'il pleuvait à verse au-dehors. Le crépitement l'avait sans doute réveillée car il faisait encore sombre. L'atmosphère était pesante, humide et chaude. Elle n'entendait pas de bruit ; elle se redressa sur un coude et tenta de scruter les couchettes de ses compagnes.

- Vous dormez ?, demanda-t-elle
- Non, répondit la voix de Rita... Je me sens mal. Je pense que j'ai de la fièvre.
- Non ??... Il va falloir appeler la gardienne.
- Attends qu'il fasse jour, reprit Rita. Je peux tenir... Quant à elle...

Elle fit un geste que perçut Anna dont les yeux commençaient à s'accoutumer à la pénombre.

- Elle dort encore sans un bruit, comme un bébé.

Rita toussota le plus discrètement possible. Le son se répercuta dans le silence de la nuit.

Anna fut prise d'un sentiment de tristesse. Sa compagne de cellule était malade, juste après avoir démarré les leçons de chant. Elle allait laisser tomber au moins une répétition, ce qui était dommage car la musique lui faisait du bien au moral.

Anna avait bien perçu les changements survenus chez Rita et Gina en peu de temps. Leur humeur s'avérait différente, plus amène. Cela la conforta dans son engagement.

Elle s'étira sur la couchette et plaça ses mains derrière la tête. Elle n'avait plus sommeil maintenant mais, malgré les nuits courtes, elle se sentait mieux reposée que la semaine précédente.

« Combien le but qu'on se fixe dans la vie, en dépit des difficultés et du contexte extérieur, joue sur l'esprit et sur le physique », pensa-t-elle.

Un heure passa ainsi, dans un calme méditatif, puis l'obscurité de la cellule diminua, la lumière extérieure commençait à percer les ténèbres.

Gina s'agita et étira les bras. Elle roula sur le côté et descendit l'échelle métallique, posa les pieds au sol et se tourna vers Anna qui lui faisait face, appuyée sur un coude.

- J'ai bien dormi, annonça-t-elle, et toi ?
- Sommeil plutôt moyen mais ça me suffit. Rita semble malade.

Rita toussa une nouvelle fois.

- Elle dit avoir de la fièvre... On va appeler.
- Non, les coupa Rita d'une voix rauque, il y en a une qui venir avec ses biscottes et son café brûlé. Il suffit d'attendre, il est encore tôt.

Ce ne fut pas long. La porte s'ouvrit dans un cliquetis de clés et le grincement des gonds.

- Le petit déjeuner, claironna la gardienne.

Elle déposa le plateau avec le café, les biscottes et la confiture chimique.

Anna s'approcha de la gardienne, tandis que Rita restait muette, bien loin de son caractère habituel extraverti.
- Elle semble malade, dit-elle. Il faut l'emmener à l'infirmerie.
- Ah oui, et qu'est-ce qu'elle a ?

Rita redressa la tête et dit :
- Un peu de fièvre et de la toux.
- Je vais me renseigner, annonça la gardienne.
- Merci.
- Ah, j'allais oublier, votre pilule, dit-elle en se tournant vers Gina. Pour l'ancienne droguée...

Gina saisit la pilule sans répondre et se dirigea vers le lavabo. Elle fit couler un peu d'eau dans un verre et avala la molécule chimique qui la sevrait de ses anciennes addictions.

Après un coup d'œil circulaire pour s'assurer que tout allait bien, la gardienne sortit.
- Pas sûre qu'elle prenne la peine de voir le médecin, dit Rita d'un air dépité.
- Fais-lui confiance, répondit Anna, Tous les êtres humains ne sont pas mauvais,
- On verra bien.

Une heure plus tard, la gardienne revenait et tendit à Rita deux petites boites.

- Une pilule de la boite rouge et blanche trois fois par jour et une de cette autre boite grise en cas de douleurs. Ça devait s'arranger en trois jours a dit le médecin,
Et elle sortit.
- Tu vois dit Anna, elle a fait ce qu'il fallait.
- Mais elle ne m'a pas envoyée voir le médecin... Ou alors, c'est lui qui n'a pas voulu m'examiner... Passe-moi, s'il te plaît, un verre d'eau que j'avale leur saloperie. En tout cas, pour la douleur, je supporte... Je ne prends que la boite rouge et blanche.

Vers neuf heures, Anna se dit qu'il était temps de proposer sa nouvelle idée au Directeur. Elle s'approcha de la porte et tapa légèrement dessus.
- S'il vous plaît...
- Tape plus fort, elles n'entendent rien.

En effet, au-dehors, on entendait des bruits assez forts, mais d'origine indéterminée.

Gina s'approcha et tambourina sur la porte.
- Il y a quelqu'un cria-t-elle.

Des pas pressés dans le couloir et une voix irritée derrière la porte.
- Qu'est-ce que vous voulez encore ?

Anna prit la parole.
- Je voudrais voir le Directeur, s'il vous plaît.
- Encore, mais ça fait la troisième fois en moins d'une semaine.

- J'ai déjà dit qu'il est d'accord pour me recevoir quand je le souhaiterais... Vérifiez si vous voulez.
- C'est bon, maugréa la femme.

La femme une fois sortie, Anna se tourna vers Gina et Rita
- Elle va lui en parler, j'en suis sûre.
- Avec toi, tout semble possible, mais le Monde n'est pas toujours comme tu le veux. Seuls les fous le pensent.

Il n'était pas plus de dix heures que la gardienne revenait et annonçait à Anna qu'elle pouvait la suivre.

Rita toussa bruyamment et marmonna :
- Incroyable, elle est peut-être folle mais c'est elle qui a raison... Je n'aurai jamais cru.. Trois Rendez-Vous en quelques jours

Anna et la gardienne sortirent. Elles se dirigèrent le long des couloirs qu'Anna connaissait désormais bien. Arrivées à la porte, la gardienne frappa et ouvrit la porte.
- La prisonnière qui a demandé à vous voir, Monsieur le Directeur.
- Entrez, dit Jean-Paul.

Anna s'avança dans le bureau, légèrement anxieuse. N'allait-il pas trouver qu'elle exagérait avec ses demandes ?
- Asseyez-vous, Anna.
- Merci, Monsieur.

Elle s'assit sur le bord de la chaise et posa les mains sur ses genoux.

- Alors, que souhaitez-vous cette fois ?
- Tout d'abord, je voulais vous remercier pour la salle que vous avez mise à notre disposition. Cela fait du bien à mes compagnes de cellule. Quant à Véra, je ne peux me prononcer encore... Je ne la connais pas assez.
- Je suis heureux que l'effet soit positif,
- Si j'osais... Avez-vous des nouvelles de Rebecca ?
- Ah oui, on l'a examinée à l'infirmerie. Bien sûr, le médecin n'est pas spécialisé dans ce genre d'affections mais il fait au mieux. Il lui donne des comprimés. On ne peut pas la faire voir dehors car son genre de problèmes n'existe pas dans la Nouvelle Société, autrement dit, des psychiatres, il doit en rester au mieux une dizaine, les plus vieux qui doivent vivre de la rente...

L'A.D de Jean-Paul émit une petite sonnerie. Il s'excusa et jeta un œil sur l'appareil.

On l'informait qu'on lui retirait effectivement dix points de son compte citoyen et qu'on lui décomptait une certaine somme de ses avoirs numériques.

Cela aurait pu être pire, pensa-t-il. Payer un peu pour l'expérience qu'il avait vécue dans les montagnes de Martin valait bien cette petite punition.

- Où en étions-nous ? Ah oui, la mend... Heu, excusez-moi, Rebecca, j'ai un peu de mal mais je vais m'y faire, conclut-il avec un sourire forcé.

- J'avais noté au réfectoire une évolution mais je voulais être sûre.
- Bien entendu et c'est tout à votre honneur.
- Encore une chose, Monsieur le Directeur. Je souhaiterais, en plus des exercices de chant, faire pratiquer aux prisonnières le dessin... J'ai de bonnes notions et c'est assez facile, plus que la peinture par exemple. Et le matériel est fort limité, quelques crayons et du papier.

Encore une demande !! Il la regarda intensément comme s'il voulait percer le mystère de cette femme qui lui faisait face. Quel but suivait-elle ? Uniquement la préoccupation des êtres humains qui l'entouraient ? Ou un secret qu'il ne pouvait deviner ? En tout cas, elle était fascinante.

Il se frotta la tempe pour se donner le temps de répondre. L'idée lui paraissait bonne mais il ne voulait pas céder trop facilement. Se rendre trop vite aurait été donner à Anna un pouvoir de persuasion qui lui faisait presque peur.

- Vous comprenez, le dessin favorise la concentration et la patience. Il demande un contrôle physique de la main, et une synchronisation avec le cerveau. C'est une activité complète... complémentaire de la musique, crut-elle bon d'ajouter.
- J'entends bien, mais je réfléchissais. Si je vous disais oui, quelle serait la prochaine étape, car il y en aura une nécessairement ?

Elle esquissa un sourire.
- Je ne sais pas encore... Franchement.

- C'est d'accord mais je voudrais l'annoncer moi-même après le repas de ce midi. La salle qui vous sert déjà pourrait être dédiée à cette activité. Par exemple, les jours qui précèdent vos répétitions.
- Cela me semble parfait.

À l'appel des gardiennes, les prisonnières se rassemblèrent dans les couloirs. Rita avait encore de la fièvre et n'avait pas souhaité se lever. Anna et ses compagnes s'insérèrent dans la file. Contrairement aux autre jours, il y avait moins de bruit et d'apartés. Anna respira lentement pour alléger la tension qu'elle ressentait au niveau des épaules, peut-être le contrecoup de sa discussion avec le Directeur ou une mauvaise position pendant la nuit.

Les femmes pénétrèrent dans le réfectoire et s'assirent. Le niveau sonore augmenta brusquement, dû au maniement des couverts.

Le chariot arriva porteur d'une soupière où flottait une masse brunâtre. Les femmes commencèrent à se servir.
- Je n'arrive pas à deviner ce que c'est, murmura Anna à l'oreille de Gina assise à ses côtés.
- On voit des haricots et des morceaux de viande synthétique. La couleur, c'est du colorant... Plus un exhausteur de goût et la poudre calmante.

À la fin du repas, Jean-Paul entra dans la salle et s'approcha d'une petite estrade. Les murmures cessèrent et l'étonnement se peignit sur les visages. Pour certaines arrivées depuis peu, c'était la première fois qu'elles voyaient celui qui gérait la prison où elles purgeaient leur peine.

- Silence, cria la gardienne-chef. Monsieur le Directeur a une annonce à faire.

Jean-Paul leva la main et les rumeurs s'apaisèrent.

- L'une d'entre vous m'a suggéré de mettre en place une activité deux fois par semaine. Il s'agit d'ateliers de dessin auxquels chacune peut participer. Il n'y a pas d'obligation mais j'ai donné mon accord parce que je pense que cela pourrait être bénéfique à toutes. Le premier atelier pourrait se tenir dans trois jours. Y-a-t-il des questions ?

Une des femmes leva la main.

- On aura comment des crayons et des papiers ?
- Je prends sur les fournitures car il se trouve qu'il y a ce genre de matériel dans les armoires. Je pense que ce sont des choses qui sont là depuis des décennies sans que personne n'ait eu besoin de les utiliser. Celles qui veulent participer doivent l'indiquer aux gardiennes de leur secteur.

Jean-Paul scruta l'assistance mais il n'y avait plus de question. Il fit signe à la gardienne-chef que l'annonce était finie. Il descendit de l'estrade et sortit, non sans jeter un regard furtif vers Anna. Celle-ci lui adressa un léger sourire de remerciement.

- Tu es très forte, dit Gina à Anna. Je me demande même si il ne nous libérerait pas si tu lui demandais.

De retour dans son bureau, Jean-Paul nota qu'un message était arrivé dans sa boite de réception. Il ouvrit la lettre en pièce jointe et commença à la lire. Il eut un sursaut
d'effroi. Le document concernait Anna. Le procureur informait la Direction de la prison que la détention était passée de durée indéterminée à perpétuité. Il sentit la sueur couler le long de son dos. Perpétuité... Quelle abomination !!

Que se passait-il donc pour que les activités d'Anna aient pu lui valoir ce châtiment ? Même les pires meurtriers n'étaient pas traités ainsi car, au nom des Droits de l'Homme, on les mettait aux travaux forcés dans des camps de rééducation.

Il ne se sentait pas la force de l'informer... Il était comme un enfant perdu face à un problème insoluble. Il saisit en tremblant une pilule anti-stress. Il se décida à attendre le lendemain car, selon un adage de l'Ancienne Société, la nuit portait conseil.

CHAPITRE 14

Ce matin, Rita s'était réveillée tôt ; son indisposition était terminée et les pastilles du médecin avaient rempli leur office. Elle se retourna sur sa couchette et murmura :
- Anna, tu dors ?
- Non, je réfléchissais... À mes projets, à nos projets... Peut-être, n'en sommes nous qu'au début.

Rita ne sut comment interpréter cette phrase sibylline. Son attention fut attirée par Gina qui venait de mettre un pied à terre tout en se grattant les cheveux. Elle baya.

Des pas retentirent dans le couloir, puis une clé s'inséra dans la serrure et la porte s'ouvrit en grinçant.
- Le petit déjeuner, clama la gardienne.

Les trois femmes s'approchèrent de la table et s'y assirent. La gardienne posa le plateau et se retira.
- Je sers le café, dit Gina. Anna, ta tasse...
- Seulement la moitié pour moi, je compléterai avec de l'eau. N'oubliez pas que nous démarrons le dessin.
- Comment veux-tu l'oublier ? répliqua Rita.

Le déjeuner terminé, Anna se leva et annonça qu'elle allait se laver les dents. Elle se pencha au dessus du lavabo et examina ses traits. Elle se voyait fatiguée mais encore belle ;

l'incarcération n'avait pas modifié l'ovale du visage. Elle avait lu une fois que la prison modifiait l'expression des gens enfermés, mais il fallait certainement attendre longtemps ou n'avoir pas de but à atteindre.

D'ailleurs, se dit-elle, si on a un objectif, quelque chose à laquelle on croit vraiment, est-ce que cela ne permet pas de résister à tout ? Elle ne se rappelait plus les termes exacts, ni quel écrivain avait dit au siècle passé : « Ils peuvent faire beaucoup mais il y a une chose qui leur échappe, la liberté qui est en vous ».

Elle commença à se frotter les dents avec le dentifrice fourni par l'Administration. Le goût en était acre et désagréable mais elle ne s'en souciait pas. Elle pensait déjà à l'atelier de dessin et à la meilleure façon d'intéresser les filles et aussi au fait que ce jour qui s'amorçait était le onzième de son incarcération.

À l'atelier de dessin participaient Rita, Gina et Véra. Sur la table, trônaient des feuilles de papier, des crayons de dureté variable, un taille-crayon et une règle, seuls objets que le Directeur avait pu récupérer.

Sous la houlette de Anna, les femmes se mirent à tracer des figures géométriques simples et et à travailler les ombrages, soit en estompant au doigt la trace du crayon, soit en couvrant le dessin de fines rayures parallèles.

Rita, tout à son travail, tirait légèrement la langue. Gina avait la tempe appuyée sur une main, la tête penchée et tenait son crayon d'une main nonchalante. Véra, les sourcils froncés, barrait, reprenait son ébauche, semblant n'être jamais satisfaite.

Au bout d'une demi-heure, Anna ordonna une pause pour examiner les résultats.

- Ce n'est pas mal pour un début. Il y a plusieurs types d'ombrages autres que l'estompage ou les striures. On peut par exemple, le réaliser avec des pointillés. On le fera tout à l'heure. Pour le moment, les traits fins se font ainsi... Regardez. Il faut passer lentement en appuyant peu, puis repasser le plus parallèlement possible en accentuant le trait au fur et à mesure qu'on se rapproche du bord.

- Compris, dit Rita.

- C'est de la patience et de la coordination des gestes.

- Ce que je n'ai pas appris en mon temps, soupira Rita.

Soudain, la lumière s'éteignit. Les femmes se trouvèrent dans une semi-pénombre où elles avaient du mal à voir leurs ébauches.

- Ça ne va pas durer, dit Anna... Encore une coupure... Attendons.

Elles s'assirent, sans parler, habituées à ces coupures de courant d'un autre âge. Dix minutes plus tard, la lumière revint et Anna en profita pour changer de thématique.

- On va faire un autre exercice, annonça-t-elle. Je vais dessiner une forme et vous allez essayer de la reproduire juste au coup d'œil.

Anna saisit un crayon et dessina des rosaces entremêlées, puis elle plaça la feuille au milieu de la table.

- À vous, dit-elle

Une fois les rosaces terminées, Anna saisit la règle et mesura les dimensions par comparaison avec son dessin initial.

- C'est assez bien, conclut Anna..., Et Véra a la meilleure reproduction mais ne vous en faites pas, avec du travail, vous l'égalerez et peut-être, vous la dépasserez. Tout est dans votre motivation... Dans vos envies sur lesquelles je n'ai aucune prise.

À ce moment, la porte s'ouvrit et une gardienne demanda aux quatre femmes de se placer dans le rang pour le repas. Elles sortirent et attendirent le signal de se mettre en marche.

Au cours du repas, quelques prisonnières demandèrent à voix basse à Anna et à ses élèves ce qu'elles faisaient dans cette salle qui paraissait abriter une activité bien mystérieuse. Le fond sonore empêchait de bien se comprendre et Anna dut tendre l'oreille ; elle fut surprise de la question et leur demanda si elles avaient écouté l'annonce du Directeur quelques jours auparavant. Rien n'était secret, tout avait été annoncé et celles qui voulaient venir chanter le lendemain étaient les bienvenues.

Certaines des femmes se regardèrent perplexes, alors que d'autres gardaient un air renfrogné en avalant leur repas.

Manifestement, se disait Anna, la curiosité commence à faire son chemin. Chaque prisonnière ressent l'ennui profond qui la mine à petit feu et soupèse simplement l'avantage qu'elle pourrait retirer d'une rupture de la routine.

Le repas se termina dans un brouhaha plus faible qu'à l'accoutumée et les prisonnières furent accompagnées à l'extérieur pour leur promenade.

Rita, Gina et Anna marchèrent à pas lents vers le fond de la cour et alors qu'elles s'éloignaient des gardiennes pour se rapprocher du fond de la cour, Rita murmura à Anna :

- J'entends beaucoup de choses sur toi ; c'est incroyable mais les femmes ne parlent plus que de tes leçons mais elles n'osent pas encore.

- C'est très bien comme cela mais laissons les venir sans rien brusquer... Et puis, il y a moins de bruit aux repas. As-tu remarqué ?

- Gina me le disait ce matin. D'habitude, la chaleur les excite encore plus et là, c'est plutôt le contraire. Pourtant, il fait encore plus chaud que la semaine dernière.

Les trois femmes se tenaient debout devant un des murs. C'était l'endroit le plus sûr pour éviter que la conversation ne fût écoutée.

- Patience... L'Art est quelque chose de magique et de dangereux. Pourquoi crois-tu qu'il est interdit ?

- Je ne sais pas...

Gina s'était rapprochée pour écouter le conciliabule.

- Parce qu'il fait réfléchir et pourquoi fait-il réfléchir ? Parce qu'il est entre le Monde d'ici et le Monde de là-haut. Parce qu'il

donne de la Beauté qui est émancipatrice. Et puis, incongruité dans la Nouvelle Société, il permet d'entrer en communion d'esprit avec d'autres individus, d'avoir l'impression de partager des moments, des sentiments et des émotions avec eux, d'être empathique vis-à-vis de ce qu'ils ressentent. Enfin, on peut dire que c'est un instrument d'éducation et de diffusion du savoir. Comprends-tu maintenant pourquoi l'Art est si dangereux ?
- Je crois que oui...
- Sois bien sûre qu'il savent ce qu'ils font.

La promenade se terminait. Un peu plus loin à l'écart, Anna vit Rebecca qui la regardait, presque d'une manière désespérée. Elle eut l'envie soudaine de se précipiter et de la prendre dans ses bras mais il était trop tard. On battait le rappel et les prisonnières regagnèrent leurs cellules.

Le lendemain, le cours de chant voyait Rebecca participer pour la première fois avec quatre autres prisonnières. Elle était entrée dans la salle en tentant de rendre sa présence la plus discrète possible, le pas inquiet et incertain.

Anna la vit, presque méconnaissable. Elle était mieux habillée et son regard avait perdu la lueur d'étrangeté caractéristique des jours précédents ; en fait, elle était habillée avec les vêtements de l'Administration. Ses cheveux étaient ramenés en arrière au moyen d'une barrette et semblaient propres et peignés. Anna savait que la tâche serait dure. Remettre

Rebecca dans le chemin de la structure et du respect de soi allait prendre du temps. Elle eut une pensée de gratitude pour le Directeur qui, apparemment, avait tenu sa promesse.

Les aides chimiques fournies par le médecin ne pouvaient cependant pas tout. Elles constituaient un premier pas fort utile, mais le véritable travail se ferait sur l'empathie et l'amour. Anna le savait et espérait avoir la force de continuer son action.

Elle commença par une série de vocalises pour faciliter l'insertion des nouvelles venues et détecter leurs timbres de voix.

Rebecca, au début, n'osa pas ouvrir la bouche mais, peu à peu, encouragée par l'exemple, elle commença à reproduire les notes de la vocalise. La voix était fausse mais peu importait pour Anna. L'essentiel était l'expression et la volonté de sortir de son corps.

Les autres prisonnières avaient, semble-t-il, décidé d'adopter une attitude plus bienveillante envers Rebecca. Leur mépris avait diminué, sinon disparu, et elles se
demandaient seulement ce qui résulterait de l'expérience menée par Anna.

Dans son bureau l'après-midi, Jean-Paul les yeux fixés sur son écran d'ordinateur, examinait les dernières directives émises par Minerva. Des réductions de budget étaient proposées par la machine et seraient proposées au Triumvir avant d'être entérinées, ce qui ne serait normalement qu'une simple formalité. Jean-Paul, en sa qualité de Directeur, avait droit à l'information préalable de façon à ajuster ses dépenses prévisionnelles.

Il se rejeta en arrière et croisa ses mains derrière la nuque. Quel poste de dépenses allait-il pouvoir toucher ? Les réfections étaient au point mort et aucune amélioration des murs, des cellules ou des salles communes n'était planifiée. Les dépenses de personnel lui échappaient, aucune action possible de ce côté.

Il pensa qu'il serait difficile de baisser les coûts occasionnés par la nourriture. On était déjà à un minimum, avec des baisses régulières de qualité et de quantité sur les années passées.

Enfin, les dépenses dues au nettoyage des linges étaient ridiculement petites. Seules les dépenses énergétiques pouvaient être diminuées, mais l'impact serait faible. On pouvait demander l'extinction des lumières plus tôt, ou éviter l'éclairage de jour dans certaines zones, mais l'impact serait marginal.

Il n'avait pas d'autre idée originale sur le sujet ; il se sentait l'esprit vide et l'atmosphère étouffante l'empêchait de réfléchir. La sueur coulait le long de son épine dorsale, mouillant sa chemise et lui procurant une désagréable impression de moiteur.

Il savait que s'il ne donnait pas de réponse, il encourrait une sanction. Il savait aussi que Minerva prendrait une décision de toute façon et que cette décision serait basée sur la consultation des bases de données. Alors, pourquoi l'avertissait-on et pourquoi lui demandait-on son avis ?

Il se leva, conscient que la position assise le maintenait dans une vague torpeur intellectuelle. Il commença à marcher de long en large dans le bureau puis se décida soudain à rendre visite à Pierre.

Celui-ci le reçut avec le sourire de l'homme qui voit arriver la fin prochaine de ses tourments.

- Que me vaut le plaisir ?
- Tout d'abord, l'ennui qui m'assaille dans mon bureau à lire des propositions insensées... Minerva et ses délires. Et ensuite, j'ai une question pour toi.
- A ton aise... Minerva et ses délires. Tu peux m'en dire plus ?
- Pour quelqu'un comme toi qui va quitter son travail dans pas trop longtemps, c'est inutile. En revanche, j'aimerais savoir si on pourrait s'organiser pour les produits de Martin. Je n'ai pas la possibilité de le voir plus d'une fois par semaine et je pense que tu lui rends visite plus souvent, d'une manière que j'ai du mal à comprendre.
- Pourquoi ne peux-tu aller chez lui plus d'une fois par semaine ?
- Je peux prétexter d'un surcroît de travail, mais pas souvent et je me méfie de ma femme. Elle serait capable de soupçonner

quelque chose et alors là, on ne sait pas ce qui peut se passer. Je crois que sa fidélité à son Agence de vérification est supérieure à celle qu'elle devrait me témoigner. Et puis, il y a les contrôles possibles de consommation de carburant.
- À ce point ?
- Oui, à ce point...
- Je ne vais pas seul chez Martin. Tu oublies que je n'ai pas de véhicule... Je passe en fait par une connaissance assez haut placée qui me procure les produits de Martin ou qui m'emmène chez lui... Ça dépend des fois.
- Crois-tu que je peux faire confiance à cette personne pour me rapporter des produits de Martin ?
- Je peux te dire que oui. Il est dans le Système à un bon niveau, mais en perçoit bien l'iniquité et même l'inefficacité... Un peu comme toi finalement. Cependant, il n'a pas une femme qui travaille pour vérifier les informations. Et puis, ce qui l'a fait basculer est le cancer dont il a souffert. À son niveau, il a eu droit à des traitements particuliers mais ça l'a déterminé à changer complètement son alimentation.
- Le facteur déclenchant, hein ?? Je te fais confiance... Quand est votre prochain voyage ou son prochain voyage s'il va seul ?
- Demain soir, il ira seul.... Donne-moi de quoi acheter quelque chose et je te le remettrai après demain.

Jean-Paul sortit quelques billets qu'il tendit à Pierre.
- Voici, prends ce qu'il y aura. Je ne suis pas regardant sur le type de produits...

- Ce sera fait. Pas d'inquiétude !!!
- Il n'empêche que je suis curieux de savoir comment tu te débrouilles pour contacter cette personne... Il est vrai que ton A.D est reprogrammable mais les conversations peuvent être écoutées.
- Je ne t'expliquerai pas en détail comment ça fonctionne, mais une piste quand même. As-tu une idée ou des souvenirs de lectures anciennes sur la façon dont les agents communiquaient entre eux dans le Berlin de l'après guerre, pendant la Guerre Froide ? Crois-tu que c'était par téléphone ? Peut-être parfois, mais beaucoup plus souvent par le système de boites aux lettres.
- Le système de boites aux lettres ?
- Oui, on laisse des messages écrits dans des endroits déterminés au préalable et le tour est joué. Les A.D ne peuvent le détecter et il n'y a plus de caméras de surveillance. C'est la meilleure tactique. Du travail à l'ancienne, sur un plan autre que celui du tout numérique. Il faudrait vraiment un coup de malchance pour que les messages soient découverts. C'est d'accord, dès que mon contact aura ramené des produits de chez Martin, je t'avertirai et te donnerai ta part,
- Je te remercie...

Les deux hommes se serrèrent la main. C'était une pratique ancienne, très mal vue dans la Nouvelle Société, surtout depuis l'épidémie virale qui avait emporté tant de monde. Se serrer la main devenait presque un acte de résistance, au moins une confirmation qu'on comprenait les choses, que le Discours n'obtenait pas les résultats qu'il escomptait chez tout le monde. Comme dans la Franc-Maçonnerie, le serrement de main devenait presqu'un rite.

Jean-Paul sortit du bureau de Pierre et fit le chemin inverse. Il nota que de l'eau suintait le long des murs et il éprouva une insupportable impression de moiteur. Il était évident que l'humidité de l'air était maximale à cet endroit. Il toucha la paroi, elle était chaude et il en éprouva de la répulsion, comme d'avoir touché les écailles d'une bête venimeuse.

Un rire hystérique éclata au loin. Il perçut des pas précipités, puis un fond sonore indistinct, preuve d'une nouvelle manifestation des drames qui couvaient derrière ces murs.

Arrivé à sa table de travail, il se renversa dans le fauteuil et avala la moitié d'une pilule onirique, de quoi profiter de deux heures de voyage. Cela lui permettrait d'oublier la chaleur ambiante. Il ferma les yeux et rapidement perdit l'information du monde prosaïque qui l'entourait.

Lorsque petit à petit, il reprit conscience des formes et des couleurs de son bureau, il se sentait relaxé. Il savait que la sensation ne durerait pas et qu'il lui fallait ingérer rapidement une pilule de redescente. Il tâtonna dans un tiroir, trouva le petit flacon qu'il ouvrit et il avala la pilule sans eau.

Il fallait attendre l'effet une quinzaine de minutes. Il ne souffrirait sans doute que très peu car il n'avait pris que la moitié d'une pilule.

À six heures, il sortit du bureau. Il n'avait pratiquement rien fait de positif tout l'après-midi mais il n'en éprouvait aucune culpabilité.

Il passa le poste de garde, salua le planton et traversa le parking. Bien qu'il eût garé sa voiture à l'ombre, c'était un véritable four. Très vite, sa chemise et son cou furent trempés de sueur. Il démarra dans la nuit qui tombait. Au loin, des stries rouges barraient le ciel. Des vapeurs flottaient comme des fantômes au milieu du crépuscule et il sentit comme une odeur de plastique brûlé. Sa voiture en était imprégné et il surmonta un brusque mal de cœur.

Il n'y avait aucun éclairage public. Cette fois-ci, même les quelques lanternes normalement allumées étaient éteintes. Il roulait lentement pour éviter autant que possible les ornières et aussi pour mettre de l'ordre dans ses idées. Il allait revoir ses enfants avec lesquels il n'avait pas une communication parfaite.

Ils répétaient ce qu'ils apprenaient au cours de Formation de la Personnalité, bien qu'en quelques occasions, sa fille eût manifesté une légère indépendance d'esprit. Quant au fils, il était dans le droit fil de sa mère mais son âge pouvait l'expliquer.

Quant à sa femme, il lui semblait que la tranchée ou le fossé qui existait entre eux se transformait jour après jour en précipice. Quels étaient dorénavant leurs points communs ? Il avait beau réfléchir, il n'en trouvait pas. Tous leurs échanges étaient basés sur des banalités ou des incompréhensions. Cela faisait longtemps qu'ils n'avaient plus de relations intimes ; leur arrêt s'était produit sans douleur, d'une façon inconsciente et sans qu'il y prissent garde.

Il pensa aussi que des rumeurs circulaient sur le rôle des A.D dans ces cas là. On disait qu'ils transmettaient des informations sur la fréquence et la qualité des relations entre hommes et femmes. Minerva en tirait-elle des conclusions d'une quelconque influence sur le civisme ou l'engagement au travail ? On disait que certains recevaient des notifications pour corriger leur comportement mais il n'avait pu vérifier personnellement ces rumeurs. En tout état de cause, on ne lui avait jamais notifié de quelconque remarque sur le sujet.

Geneviève prenait-elle des pilules anti-stress ou des pilules oniriques ? Il pensait que non car sa vie lui suffisait. Son travail dans son officine de vérification la satisfaisait.

La pensée le parcourut comme une onde électrique que le contraste avec Anna était saisissant... Elle n'avait pas peur et elle pensait aux autres. L'empathie faisait partie de sa nature profonde.

Il évita un trou dans la chaussée. Tout à ses pensées, il ne le vit qu'au dernier moment.

Il songea alors à toutes les questions qui le taraudaient depuis des mois. Des questions dont il se demandait si elles tracassaient aussi d'autres personnes ou s'il était le seul à se les poser. Pourquoi Varin avait-il du le rencontrer pour son oubli d'A.D ? Son cas était simple, aussi pourquoi la machine n'avait-elle pas pu traiter l'amende et le retrait de points. Pourquoi y avait-il encore de l'argent liquide dans la Nouvelle Société ? Pourquoi Pierre avait-il un travail ? Quel était le critère d'attribution des droits à l'enfant ?

Il savait que les Gaïaistes avaient eu gain de cause pour un enfant en moyenne par couple mais les critères étaient obscurs.

Il arriva chez lui sans les réponses correspondantes. L'ascenseur était toujours en panne et l'affiche vantait toujours les bienfaits de l'exercice physique. Et pourquoi y avait-il aussi souvent des coupures d'électricité, se demanda-t-il ?

La réponse à cette question était certainement à chercher dans les systèmes inefficaces de production à base d'énergies renouvelables et de centrales à charbon, mais le Discours n'avait jamais abordé ces questions.

Il monta l'escalier. Lorsqu'il ouvrit la porte, il s'aperçut que ses enfants étaient déjà là. Ils vinrent lui souhaiter le bonsoir d'un air distrait.

- Et votre mère, où est-elle ?
- On a eu un message par son A.D. Elle est retenue pour des vérifications.
- Encore !!

Les enfants haussèrent les épaules et retournèrent derrière leurs écrans pour répondre à Millia.

Il regarda ce qu'il y avait à manger, pratiquement rien dans les placards. Geneviève avait l'habitude de passer au magasin des fonctionnaires en sortant de son travail. Il soupira et se jeta sur le divan. Il mit les mains derrière la nuque et ferma les yeux pendant que les enfants s'installaient pour répondre à Millia.

CHAPITRE 15

Quelques jours plus tard, Jean-Paul était assis dans son bureau et diverses pensées incontrôlées traversaient son esprit. Il avait constaté avec étonnement un changement dans l'atmosphère de la prison, un changement assez impalpable et qu'il n'aurait su clairement définir avec des mots, ce n'était pas une construction de son cerveau, indéniablement et c'était bien réel...

La chaleur était toujours présente malgré la saison qui s'avançait, les demandes d'économie budgétaire sur son bureau et l'état des lieux toujours aussi peu satisfaisant, mais il y avait moins de cris et moins d'interventions des gardiennes.

Les repas se déroulaient dans un calme relatif. La nourriture était toujours aussi médiocre. Le cliquetis des couverts, arme utilisée par les prisonnières pour exprimer leur colère de ne pouvoir parler, avaient diminué. Il sourit en se disant qu'on pouvait appeler cela l'effet Anna.

Il eut soudain envie de la voir et de l'entendre. Jusqu'ici, c'était elle qui avait sollicité les entretiens, mais le prétexte de sa venue pouvait être de faire le point sur les nouvelles activités qu'elle avait initiées.

Il sortit dans le couloir et demanda à la gardienne de prévenir Martine à qui il souhaitait parler. Quelques minutes plus tard, Martine frappait à la porte et entrait dans son bureau.
- Bonjour Martine. Je vous ai fait venir pour vous demander un service. Je préfère que ce soit vous, car vous êtes celle en qui j'ai le plus confiance.
- Je vous écoute Monsieur le Directeur.
- Allez me chercher Anna, s'il vous plaît. J'ai besoin de lui parler.
- Très bien, Monsieur le Directeur.

Il se renversa dans son fauteuil dès que Martine fut sortie. Il s'astreignait à un certain maintien quand le personnel était dans son bureau, mais seul, il sentait le besoin d'adopter des attitudes moins rigides.

Quelques minutes plus tard, on frappa à la porte.
- Entrez.
- La prisonnière Anna, annonça Martine.
- Merci bien... Fermez bien en sortant s'il vous plaît et qu'on ne nous dérange pas.

Anna se tenait droite sur le seuil, en se demandant la raison de cette convocation. Le Directeur ne se rasseyait pas et il ne l'invitait pas à le faire. Il semblait hésitant, peu sûr de lui, puis il ouvrit la bouche et lui fit signe d'avancer.

- Anna, je tenais à vous dire que vous faites un bon travail, un très bon travail. On constate déjà les améliorations que vos ateliers permettent d'obtenir.

- J'en suis heureuse, répondit-elle d'une voix neutre.

Elle approcha du bureau et le regarda avec un petit sourire qui lui serra le cœur.

Il songea qu'il était lâche de garder pour lui l'information sur le statut de la prisonnière qui lui faisait face, mais il ne se sentait pas le courage de lui dire ce mot terrible : « Perpétuité ».

Pourquoi le lui révéler après tout ? Elle pouvait perdre pied complètement et s'abandonner au désespoir en laissant tomber les activités qu'elle avait commencées. Et puis, se berça-t-il d'illusions, les choses pouvaient changer d'ici cinq ans ou dix ans. Il savait que c'était faux mais il éprouvait ce besoin vital de la dissimulation pour se pardonner sa lâcheté.

- J'étais réticent au début mais vous m'avez ouvert les yeux, Anna... Je m'étais mis des barrières mais j'avais tort et vous aviez raison.

Elle ne sut que répondre et elle s'étonnait de ses confidences de plus en plus intimes. Pourquoi outrepassait-il son rôle de Directeur froid et protocolaire ? Elle n'aurait su le dire mais la conversation prenait un tour surprenant.

Elle le regarda de nouveau plus attentivement et le trouva tout à coup séduisant. Sa voix était agréable et son regard profond. Les traits étaient ceux d'un homme fatigué, mais aimable. Elle savait depuis un moment qu'il souffrait de sa situation professionnelle et qu'il n'était pas heureux dans sa vie personnelle.

Elle s'approcha de la fenêtre et regarda au dehors à travers la vitre sale. C'était plus pour se donner une contenance que pour autre chose car elle sentait un léger trouble l'envahir.

- Anna, s'il vous plaît, ne restez pas là devant cette fenêtre. On pourrait vous voir.
- Voulez-vous dire qu'on espionne votre bureau de loin ?
- Je ne suis sûr de rien mais il vaut mieux être prudent, ne croyez-vous pas ? N'êtes-vous pas bien placée pour le savoir ?

Elle frissonna car elle savait qu'il avait raison. Qu'attendre d'une société qui avait décrété que Mozart était dangereux ?... Beethoven, à la rigueur avec son amour de l'Humanité et ses réflexes de lutteur prométhéen, on pouvait l'envisager sinon l'accepter, mais le jeune Amadeus de Salzbourg ?

Elle glissa vers le côté de la fenêtre, les bras croisée, tout en fixant le mur. Il s'approcha d'elle, près de son épaule droite. Elle sentit la chaleur réconfortante de son corps. Malgré la température élevée de la pièce, elle n'en était pas incommodée. Au contraire... Elle repensa à son mari et ses yeux se mouillèrent. Elle resta ainsi, espérant que cette suspension du temps se poursuivît, tandis que diverses pensées et émotions la traversaient.

- Anna, qu'avez-vous ?

Il avait vu ses larmes ; elle le savait et ne voulut pas s'en cacher. Elle pivota légèrement, décroisa les bras et saisit un mouchoir. Il était tout près et elle sentit qu'il lui prenait une main qu'elle ne retira pas. Il avait la paume soyeuse, chaude et réconfortante. Elle frissonna...

Ses larmes s'étaient séchées mais elle sentit un irrépressible besoin de réconfort, comme une enfant perdue dans un monde qui lui échappe. Elle laissa lentement reposer sa tempe sur la poitrine de Jean-Paul. Il resta un instant interdit puis, très lentement, effleura ses cheveux. Ils restèrent ainsi quelques minutes sans parler, puis elle releva la tête et plongea ses yeux bleus dans les siens dans l'attente de ce qu'elle n'osait s'avouer consciemment.

Leurs lèvres se touchèrent et elle ferma les yeux. Cela faisait si longtemps !! Il s'écarta et lui dit :
- Mon prénom est Jean-Paul. Et ne m'appelez plus Monsieur le Directeur, sauf devant les autres bien sûr.
- Je vais vous chanter quelque chose, lui dit-elle à l'oreille. Vous en avez sûrement envie. Ce n'est pas d'un rôle que j'ai chanté mais c'est tellement connu...

Elle s'approcha de nouveau, lui saisit la main et commença très doucement :
- *Voi che sapete che cosa è l'Amore, Donne vedete, s'io l'ho nel cor...*

Il avait fermé les yeux et écoutait, pris par la mélodie. Les images revinrent, celles d'il y avait dix-huit ans à Vienne. Anna y avait joué le rôle d'une femme d'expérience déçue par son époux mais qui avait connu l'Amour et elle chantait maintenant ce qu'un adolescent timide avait osé dire à cette Comtesse. Ce n'était pas un hasard... Elle ne savait plus ce qu'était l'Amour mais voulait le redécouvrir. La musique se termina et les dernières notes s'envolèrent dans l'air surchauffé de la pièce.

- Merci, balbutia-t-il, c'était magnifique...

Anna s'écarta de Jean-Paul ; elle était troublée car elle n'avait pas été maîtresse de ses sentiments. Son état d'esprit, le regard de Jean-Paul et l'atmosphère de la pièce l'avaient conduit à s'abandonner mais elle ne regrettait rien.

- Je crois que je ferais mieux de regagner ma cellule.
- Bien sûr... Je vais appeler Martine, dit Jean-Paul.

Elle avait besoin de calme pour réfléchir. Cette situation était pourtant sans issue. Que pouvait-il résulter de sentiments nés entre une prisonnière et un Directeur d'établissement pénitentiaire ? Elle ne savait même pas combien de temps elle allait rester entre ces murs.

Il pouvait difficilement rencontrer quelqu'un d'autre à l'extérieur et tromper sa femme, divorcer même était envisageable, bien que les formalités dans la Nouvelle Société fussent terriblement compliquées. Mais cette Anna enfermée dans un Centre Pénitentiaire, quel espoir pouvait-elle nourrir ? Non, tout était trop compliqué. Il sentit une boule d'angoisse se former au fond de sa gorge.

Martine frappa à la porte et Jean-Paul lui demanda de raccompagner Anna.

Anna, en entrant dans la cellule, devait avoir l'air bouleversée car Rita et Gina ouvrirent de grands yeux.

- Que t'arrive-t-il ? Tu as l'air malade.
- Ce n'est rien, je vous assure.
- À d'autres... Tu vas chez le Directeur et tu en ressors décomposée. Il ne t'a pas annoncé de mauvaises nouvelles ?

Et, sur cette phrase sibylline, elle se jeta sur la couchette et ferma les yeux. Rita et Gina l'observèrent une minute puis décidèrent d'entamer une partie de cartes.

Le souvenir de la scène continuait à tourner dans sa tête. Malgré la complexité de la situation, elle en avait éprouvé du réconfort et du plaisir. Ce n'était qu'une petite note dans la froideur et la grisaille du quotidien, mais cette note était peut-être comme une transition harmonique, un passage de mineur en majeur, du moins, c'est ce qu'elle se répéta jusqu'à ce que le sommeil la prenne.

Jean-Paul réfléchissait, seul dans son bureau. Il avala une pilule anti-stress car il avait besoin de remettre de l'ordre dans ses idées. Lui, très maître de ses nerfs habituellement, était en proie à une agitation anormale. Il ne savait comment interpréter la scène qui venait de se dérouler dans son bureau.

Bien entendu, Anna était perdue dans un univers tellement étranger à son mode de vie. Elle avait ressenti un besoin de protection et de compréhension mais il y avait autre chose, il en était certain.

Lui, pris entre son foyer insatisfaisant, ses obligations professionnelles et ses dissimulations, se disait qu'il approchait peut-être d'un point crucial de sa vie. Mais l'horizon lui paraissait bouché, plus encore qu'avant l'épisode du baiser. Qu'attendre d'une affection nouvelle, voire peut-être de l'amour, avec une prisonnière ?

La pilule commençait à faire de l'effet. Il sentit la fréquence des battements de son pouls diminuer, sa respiration s'apaisait mais, pour autant, ses pensées restaient confuses et sans réponses.

Pour se changer les idées et surtout pour éviter de repenser à Anna, il se plongea dans le travail. Ces derniers jours, tout à ses interrogations, il avait laissé des dossiers en suspens et il lui fallait maintenant s'y atteler.

Lorsqu'il sortit de la prison ce soir là, il eut la surprise de voir un soleil clair et non plus rouge comme de coutume. La température était plus supportable et l'air moins chargé de particules des centrales à charbon. Il monta dans sa voiture et démarra.

Trois jours plus tard, se tenait le troisième atelier de dessin. Rebecca avait décidé d'y participer, ainsi que deux autres prisonnières. Anna proposa aux femmes présentes pour la première fois le même exercice d'ombrages que Rita, Véra et

Gina avaient travaillé une semaine auparavant. Elle confia à ces dernières la tâche de reproduire une scène impressionniste simple, de l'eau avec ses reflets, une barque et quelques maisons sur la berge et un ciel nuageux.

La porte s'ouvrit et Jean-Paul entra.

- Je vous en prie, je ne veux pas vous déranger mais j'aimerais participer. Cela me changera les idées.

Anna rougit légèrement.

- Mais certainement, installez-vous ici. Voulez-vous commencer par des ombrages comme les nouvelles ?

Elle s'adressait à lui en essayant d'éviter son regard.

- Je fais ce que vous me demanderez, répondit-il.

Elle lui présenta papier et crayons et il entama la tâche de reproduire la forme et d'y créer l'illusion du volume par les fines hachures plus ou moins appuyées.

Anna ne voulait surtout pas attacher trop d'importance à ce qu'il faisait ; elle se retourna vers Rita en disant :

- Voyons un peu où nous en sommes...

Rita la regarda par en dessous, tachant de deviner le secret qu'elle pressentait entre le Directeur et sa compagne de cellule.

Elle se pencha vers Gina et lui susurra à l'oreille :

- Elle nous cache quelque chose, c'est sûr !!

Jean-Paul saisit un crayon et commença à tracer la forme qui lui était présentée, puis il entama la tâche de conférer à cette forme une épaisseur. Très jeune, il avait fait un peu de dessin et pensait que certains automatismes reviendraient assez vite.

Les autres femmes s'étaient involontairement un peu éloignées de lui, plus par respect de sa fonction que pour un autre motif. L'une d'elles, en particulier, ne pouvait s'empêcher de glisser un œil vers lui, tandis qu'il était absorbé par son travail.

Lorsqu'il eut fini, il se redressa et soupira légèrement. Anna leva la tête et comprit qu'elle devait intervenir, au moins pour commenter le travail. Elle appréhendait de se rapprocher trop de lui ; il lui fallait arborer le ton le plus neutre possible, mais elle n'était pas sûre d'en avoir la force.

Le sentiment qui l'habitait était différent de celui qu'elle avait éprouvé avec son mari. À l'époque, elle avait pensé que c'était de l'amour, mais alors comment qualifier ce qu'elle ressentait maintenant ? Ou alors, c'était le contraire, l'amour, c'était ce qu'elle éprouvait dans ce local envers cet homme, presqu'un inconnu et le sentiment pour son mari, une forte affection, une complicité, une attirance sensuelle ? Elle se sentait perdue et n'arrivait plus à ordonner et à nommer ses sentiments. La surprise la saisissait à l'improviste et elle n'y était pas du tout préparée.

Elle finit par regarder ce qu'avait fait Jean-Paul. C'était bon, du moins pour quelqu'un qui avait délaissé cette activité depuis de nombreuses années. Les traits étaient fins et bien espacés, le contraste bien rendu. Elle devait lui dire que c'était un bon travail mais sa gorge se noua et elle murmura : « C'est bien, Monsieur de Directeur ». Il avait la tête penchée sur le papier et elle pensa que, lui aussi, éprouvait cette même gêne et évitait de la regarder en face.

La leçon se termina et l'appel pour le déjeuner eut lieu. Les femmes sortirent dans le couloir et se placèrent en rang. Jean-Paul resta dans la salle pour discuter avec la gardienne-chef, sembla-t-il à Anna.

À table, celle-ci fit à peine attention à ce qu'elle avait dans son assiette. Elle n'était jamais expansive, ce n'était pas son habitude, mais son mutisme attira la curiosité de certaines et les chuchotements commencèrent.

Rita en sentit de l'irritation. Si Anna ne souhaitait pas parler, c'était son droit. Elle faillit intervenir mais se retint ; créer du scandale à table n'aurait servi à rien, si ce n'est à attirer le regard des gardiennes sur sa compagne de cellule.

Après le repas, lors de la promenade, Anna sentit le froid la saisir. La saison avançait et les chaleurs insupportables avaient disparu. Elle croisa les bras sur sa poitrine et, mue par une impulsion soudaine, leva les yeux vers une fenêtre de l'étage. Là, se tenait Jean-Paul, en retrait mais néanmoins visible dans l'encoignure. Elle vit qu'il tendait discrètement la main vers elle. Elle esquissa un faible sourire : *Là ci darem la mano... Vorrei e non vorrei..* pensa-t-elle...

Elle regagna la cellule un peu réconfortée. Elle venait de se rendre compte qu'il était dans le même trouble et la même incertitude qu'elle.

Le lendemain, avait lieu la cinquième leçon de chant. D'autres femmes s'étaient rassemblées devant la porte avant onze heures, où des gardiennes les avaient accompagnées. Manifestement, le bouche à oreille avait fonctionné.

Elles étaient maintenant huit en tout, pensa Anna en arrivant à son tour ; ce n'était qu'une petite fraction de l'ensemble des prisonnières mais là, n'était pas l'essentiel. Il fallait reprendre tout depuis le début pour intégrer les nouvelles et les autres devaient attendre. C'était le prix à payer mais Anna ne voyait pas d'autres solution. Aucun règlement n'aurait pu contraindre toutes les prisonnières à assister à tous les ateliers depuis le début. Et Anna se dit que chacune des participantes aurait à son tour une influence positive à son niveau.

La leçon commença avec les vocalises, mais auparavant Anna avait fait chanter chacune pour déceler son timbre de voix. Une fois ceci fait, elle plaça les femmes selon leur tessiture.

Soudain, comme la veille, la porte s'ouvrit et Jean-Paul parut.
- Je vous prie de m'excuser mais je souhaiterais participer aussi... Je n'ai pu me libérer avant, pris que j'étais par une tâche urgente mais si c'est possible.
- Entrez, répondit Anna sans le regarder. Il n'y a pas de mal mais je vais d'abord déterminer votre voix. En tant que seul homme, vous n'aurez pas d'aide...

Elle sentait son regard posé sur elle ; elle finit par tourner la tête et vit qu'il semblait avoir mal dormi.

- Chantez quelque chose, s'il vous plaît.

Il se racla la gorge et commença avec une légère hésitation mais vite, sa voix s'affermit :

- *Là ci darem la mano, la mi dirai di si. Vedi, no è lontano ; partiam ben mio da qui.*

Elle eut un sursaut car c'était exactement l'aria qui lui était venu en tête lorsqu'elle avait perçu son regard à travers la fenêtre le jour précédent. Quelle coïncidence !!

Mais après tout, pourquoi pas ? Elle avait compris la veille qu'il était dans un état d'esprit proche du sien ; aussi, les réminiscences pouvaient-elles être les mêmes.

Et puis, n'était-ce pas de circonstance. Cette valse hésitante... Ce duo incertain. Partir comme il le proposait, mais où ?

Inconsciemment, elle enchaîna la suite de l'aria :

Vorrei e non vorrei, mi trema un poco il cor. Felice, è ver, sarei, ma può burlarmi ancor.

Elle se tut en laissant les dernières notes s'évaporer comme une frêle rosée. Elle constata qu'il avait une belle voix et qu'il pourrait progresser assez vite à condition de la travailler.

- Vous êtes ténor et non baryton, dit-elle pour se donner une contenance. Vous vous mettrez à droite des sopranos.

Gina, durant cet intermède, avait le regard fixe et les yeux grand ouverts.

- C'était super, dit-elle... Anna, magnifique. Qu'est-ce que cela dit ?

- Gina, c'est un air tiré d'un opéra du XVIIIème siècle. Un noble séducteur tente de détourner une paysanne de son fiancé. Pour ce faire, l'homme lui propose le mariage. La paysanne souhaite échapper à sa condition mais hésite car, en ce temps, certains nobles étaient connus pour chercher les aventures sans lendemain.

Les autres femmes avaient écouté en silence, fascinées. Rita avait la bouche entre-ouverte. Elle sortit de son étonnement pour dire :
- Alors, c'est comme ça une cantatrice !! Tu chantais comme ça, Anna ? C'est incroyable, ça donne la chair de poule.
- Ce n'est pas un rôle que j'ai chanté mais il est si connu. Voyez, même le Directeur le connaît.
- Je n'avais jamais entendu un truc pareil. Je comprends maintenant pourquoi, quand tu nous disais que c'était interdit.
- Seule une petite partie de la population d'autrefois connaissait cela, tu comprends maintenant pourquoi il n'y a qu'un petit pourcentage des plus vieux dans la Nouvelle Société qui peut s'en rappeler et quand ils seront morts...

La répétition reprit mais Anna sentait que le climat avait changé, les voix étaient meilleures, quelque chose s'était révélé, mais elle ne pouvait encore mettre des mots pour le qualifier.

La leçon se poursuivit avec une œuvre simple de Haendel jusqu'à l'heure du repas.

Dans les semaines qui suivirent, les leçons de dessin et de chant furent de mieux en mieux organisées, grâce à l'intervention de Jean-Paul auprès des gardiennes. De temps en temps, il assistait à certaines sessions sans prévenir ; il voulait faire la surprise à Anna et aux autres participantes qui avaient fini par trouver normale sa venue. Lorsqu'il manquait une séance, c'était toujours pour des raisons de service, pour des tâches à effectuer de toute urgence, dont seule la machine avait décrété qu'elles étaient indispensables.

Au fil du temps, sa voix s'affirma et se bonifia. Son sens musical lui permit d'assister Anna lorsque le nombre de participantes augmenta.

Avec trente ou trente-cinq personnes par leçon, elle avait parfois du mal à organiser les exercices et était reconnaissante de l'aide que Jean-Paul pouvait lui apporter.

La qualité du chœur progressa également avec les progrès nets des premières participantes. Rita, Gina et Véra faisaient office de personnes sérieuses à qui on pouvait demander une information.

Une fois, il avait croisé Martine dans un couloir ; elle lui avait dit n'avoir jamais vu quelque chose de semblable. Selon elle, le calme régnait, les prisonnières se traitaient aussi courtoisement que possible compte-tenu des circonstances. Il n'y avait plus d cris la nuit, ni de rebellions.

Elle lui avait même avoué que, sans son fils, elle resterait jour et nuit à la prison pour fuir le monde extérieur. Elle lui avait dit qu'elle trouvait enfin le calme de l'esprit, dont elle avait besoin sans jamais avoir pu auparavant le nommer.

Elle avait construit ses habitudes dans cet univers ; elle regrettait le moment de partir le soir et attendait la matin avec impatience.

D'autres gardiennes éprouvaient la même sensation, au début, elles avaient été surprises, puis s'en étaient ouvertes les unes aux autres. Chacune avait ainsi compris que leurs nouveaux sentiments provenaient d'une situation externe et non d'un dérèglement de leur cerveau.

Parfois, Jean-Paul faisait venir Anna dans son bureau sous le prétexte d'examiner les prochaines leçons de dessin et de chant. Elle entrait et, dès que la porte était refermée, elle accélérait le pas pour se réfugier dans ses bras. La simple sensation de poser sa tête sur sa poitrine la soulageait et la rassurait.

Ils restaient ainsi plusieurs minutes, muets, sans bouger. Parfois, leurs lèvres se rencontraient et alors, ils oubliaient le décor sinistre et le bureau sans âme. Puis, ils se détachaient l'un de l'autre, allaient vers la fenêtre et regardaient au dehors, espérant voir le soleil et le ciel bleu, espérant voir au-delà des murs quelque chose de différent.

La plupart du temps, leurs espoirs étaient déçus, car de blanches brumes de chaleur recouvraient presque toujours la ville et la chaleur était oppressante. Lorsque leur rencontre avait lieu le soir, ils voyaient très souvent un ciel de sang, sombre et menaçant avec des rayures, parfois orangées et parfois brunâtres, un ciel chargé de particules. Au soir des journées torrides, ils attendaient la pluie comme une délivrance mais, lorsque celle-ci tombait, c'était avec violence, accompagnée de tonnerre et d'éclairs assourdissants.

CHAPITRE 16

Deux mois avaient passé et les températures étaient plus clémentes. Les ateliers de chant et de dessin se poursuivaient. Le nombre de prisonnières qui y assistaient était maintenant tel qu'il avait fallu doubler les séances, la moitié se réalisant le matin et l'autre moitié, après la promenade qui suivait le repas. Le matériel ne suffisait pas à tout le monde, aussi les femmes se partageaient-elles les partitions, les feuilles et les crayons.

Anna voyait son objectif se réaliser au-delà de ses espérances. Elle était satisfaite de son travail et s'en ouvrait à Jean-Paul. Tous les deux tâchaient d'imaginer diverses améliorations mais celles-ci étaient nécessairement limitées faute de moyens. Ils ne savaient pas ce qu'ils feraient lorsque les crayons et les feuilles seraient épuisés.

Anna lui avoua une fois qu'il était possible que son frère eut quelques réserves, mais il était évident qu'elles seraient limitées de toute façon.

Lui pensa qu'il pourrait peut-être obtenir quelque chose auprès de Rodrick et de sa bande. Il faudrait en parler à Pierre et cela devenait urgent car la date de la retraite de ce dernier s'approchait.

Il expliqua à Anna la visite qu'il avait faite pour programmer son A.D selon des itinéraires trafiqués. Il expliqua qu'il avait éprouvé le besoin de se procurer des aliments naturels, dans les montagnes. Elle n'eut l'air qu'à moitié étonnée car elle savait que des gens s'étaient réfugiés au loin, au moment de la guerre et dans les années qui suivirent, vivant une autre vie, sans A.D avec leur bétail et les quelques parcelles qui leur permettaient de se nourrir. Elle savait que toute situation engendre une contre-situation car c'était ainsi depuis la nuit des temps. Elle comprit alors que Jean-Paul avait une vie double et qu'il tentait d'échapper à sa condition par tous les moyens.

Jean-Paul lui raconta l'immeuble de Rodrick et son décor intérieur d'un autre âge, les gens qui y vivaient et qui avaient sans doute des ressources insoupçonnées. Il lui expliqua que Rodrick avait fumé devant eux, ce qui était un acte de rébellion marqué. Il lui raconta qu'il leur avait offert un verre de vin.

D'où venaient les cigarettes ? Il n'en avait aucune idée... Et s'il y avait du tabac et du vin, il y avait aussi peut-être des alcools forts. Une société parallèle avec ses règles et ses modes de vie, voilà ce qu'il avait découvert. En lui narrant cet épisode, il vit qu'un sourire flottait sur les lèvres d'Anna. Elle devait penser aux temps passés, lorsque sa vie avait un sens.

Un jour, qu'ils échangeaient des confidences, elle lui dit :
- C'est curieux mais ce ne sont pas les réceptions qui suivaient une première qui me manquent aujourd'hui. Oh, bien sûr, on y

buvait des Champagnes exceptionnels. À la Scala, une fois, je me rappelle : une cuvée conservée dans une cave du bâtiment et qui datait de Napoléon, lorsque les troupes françaises avaient occupé Milan. La saveur était très particulière, avec des arômes d'hydromel et de fleurs blanches, en revanche, les bulles, il n'y en avait presque plus. Non, ce qui me manque, c'est la Nature.

Je sais que ma carrière est définitivement finie, peut-être que la Nouvelle Société éclatera un jour mais je ne serai plus là pour le voir ou ma voix sera cassée. La Nature me manque énormément, plus que tout.

Confronté à cet aveu, il n'avait su que répondre. Elle s'était appuyée contre son épaule et avait mélancoliquement essayé de percevoir un nouvel horizon au delà des toits, puis elle avait soupiré. Cette fois là, il s'étaient sentis particulièrement proches.

- J'irai voir votre frère ce soir pour les crayons et le papier car je crois qu'il m'a déjà donné toutes les partitions.
- Ce sera bien. Vous lui direz que je fais des choses qui me donnent des satisfactions et vous lui direz de ne pas se soucier trop pour moi.

Il promit et elle sortit du bureau, accompagnée d'une gardienne jusqu'à sa cellule.

Le soir, Jean-Paul programma l'A.D pour lui faire indiquer le trajet fictif de la prison à son domicile, il sortit de la prison et monta dans sa voiture. Il lui fallait aller chez le frère d'Anna accomplir sa promesse. Il arriva, après une demi-heure de conduite, devant l'immeuble en mauvais état, se gara et descendit du véhicule.

Il n'y avait pas de verrou ni de code d'entrée. Il pénétra dans la pénombre ; il n'y avait pas non plus de lumière à l'interrupteur, sauf une clarté naturelle très atténuée qui venait des étages supérieurs. Il monta l'escalier jusqu'au troisième palier et frappa à la porte selon le rythme convenu lors de sa première visite.

La porte s'ouvrit sur un homme un peu plus âgé que Anna. La ressemblance avec sa sœur était nette. Il portait un costume fatigué, mais propre, une chemise grise et une cravate.

- Entrez, dit-il, Je vous reconnais...

Devant l'étonnement de Jean-Paul, il précisa :

- J'essaye de ne pas perdre certaines habitudes même si je suis seul... Je me rase et je m'habille.
- Je vois... Vous savez que votre sœur a organisé des leçons de chant et vous nous avez donné des partitions, ce dont nous vous sommes reconnaissants. Depuis, il y a aussi des ateliers de dessin et, avec votre sœur, nous sommes à la recherche de tout ce qui pourrait permettre d'améliorer les leçons de chant et de dessin. Peut-être avez-vous des crayons, du papier ?
- Je crois que oui.

Jean-Paul avança un peu plus dans l'appartement sombre, mal éclairé par une haute fenêtre ternie par les ans et la pollution extérieure. L'appartement avait été un beau logement en son temps, mais inhabité plusieurs années, il avait perdu de sa fraîcheur et de sa qualité. Le plafond était haut et il restait les traces aux murs d'anciens tableaux. Au sol, s'étalait un tapis persan un raboté, mais probablement de valeur. L'atmosphère était relativement fraîche et il flottait une odeur ancienne difficilement identifiable.

Le frère d'Anna revint bientôt d'une chambre avec une chemise pleine de papiers et une boite métallique.

- Voici tout ce qui me reste. Il y a une centaines de feuilles et la boite contient vingt ou vingt-cinq crayons de différentes duretés.

- Je vous remercie, nous en ferons bon usage.

- À moi, cela ne sert plus. Le goût de faire des choses artistiques m'est complètement passé.

- À propos, votre sœur va assez bien. Ses activités lui maintiennent le moral.

- Tant mieux. Moi, je ne sais plus à quoi me raccrocher...

Une différence avec sa sœur, pensa Jean-Paul.

Jean-Paul remercia l'homme puis sortit de l'immeuble et regagna sa voiture.

En démarrant, il se dit qu'il faudrait faire durer feuilles et papier le plus longtemps possible car en trouver d'autres était reporté à un horizon très lointain.

En arrivant chez lui, il déprogramma l'A.D pour le remettre dans son état initial.

Trois jours plus tard, Jean-Paul arriva à la salle où se tenaient les ateliers de dessin dès onze heures. Anna et les autres femmes, accompagnées de quelques gardiennes, se présentèrent à leur tour. Une gardienne ouvrit la porte et Jean-Paul lui dit qu'il s'occuperait du reste et qu'elle pouvait se retirer.

Il entra et remit papier et crayons à Anna.

- J'ai l'impression que votre frère ne va pas très bien. Oh, il essaie de faire illusion mais à quoi peut-il passer ses journées ? Je n'ai pas pu le deviner. Il est seul et je suis bien certain qu'il ne consomme ni drogues, ni jeux.

- Je m'en doute, reprit-elle. Mais que faire ? Il a perdu le goût de vivre..

La leçon démarra dans de meilleures conditions que la fois précédente car les participantes n'avaient plus à attendre leur tour pour pratiquer.

Anna, cependant, les mit en garde :

- Ne consommez pas trop vite ce qu'on vient d'apporter. Nous devons économiser le papier ; aussi, je vais vous faire travailler seulement de petits motifs, de façon à ce que plusieurs d'entre vous puissent utiliser le même papier. Nous ne savons pas si nous pourrons avoir plus un jour.

La pratique se mit alors en place sur ces bases. Jean-Paul s'excusa, prétextant de tâches à accomplir et il se retira de la session.

Anna le regarda partir, l'esprit occupé de pensées contradictoires. Que pensait-il vraiment ? se demandait-elle. Craignait-il de trop révéler ses sentiments en restant ? de la mettre mal à l'aise ?

Son départ lui causait à chaque fois une certaine tristesse car elle sentait désormais un besoin physique de le sentir près d'elle, mais il n'était pas question de laisser transparaître ses sentiments devant les participantes.

Elle savait que les relations compliquées qu'ils entretenaient devaient rester secrètes.

Le même soir, après le repas, elle gisait sur sa couchette, fatiguée des leçons et pensait encore à sa journée et aux choses qu'elle aurait pu mieux exécuter. Rita et Gina jouaient au cartes et n'avaient pas essayé de lui parler pendant le repas. Elles sentaient qu'il y avait quelque chose qui tracassait Anna mais n'avaient pas détecté le problème qui la taraudait.

Elle gardait les yeux fermés, attentive au moindre bruit. Tout était calme, ses compagnes de cellule jouaient en silence. Elles n'avaient pas cherché à écouter le Discours. Cela faisait déjà un bon moment qu'elles avaient abandonné cette habitude, ce qui avait suscité un encouragement à poursuivre de la part de Anna.

On cogna à la porte :
- Extinction des feux, annonça une voix rogue.

Rita et Gina soupirèrent mais ne firent pas de remarques. D'habitude, elles émettaient des commentaires peu amènes à l'adresse des gardiennes lorsque l'annonce était faite, mais cette envie semblait leur être passée.

Anna l'avait remarqué depuis quelque temps et, le sourire aux lèvres, elle en avait conclu à l'effet de ses actions sur le mental de ses compagnes de cellule.

Elles lâchèrent leurs cartes et s'allongèrent. La lumière s'éteignit et chacune s'abîma dans ses pensées avant de sombrer dans les pénombres du sommeil.

Le lendemain, juste avant l'appel du repas, Anna et ses compagnes de cellule entendirent un chant très doux, à la limite de la perception. Elles se demandèrent au début s'il ne s'agissait pas d'une illusion mais rapidement, elles comprirent que plusieurs personnes chantaient dans les tréfonds de la prison.

La porte s'ouvrit sur la gardienne chargée de les conduire au réfectoire. Elles sortirent et se joignirent aux autres femmes qui affichaient un air étonné. Un peu plus loin, elles eurent la surprise de voir et d'entendre des gardiennes et des prisonnières rassemblées qui psalmodiaient un air profond et lent, plein d'une retenue religieuse.

La file des femmes s'arrêta, le chœur continua imperturbable, dans cette ambiance irréelle et improbable.

Soudain, Jean-Paul surgit et s'arrêta à son tour, légèrement surpris.

- J'ai entendu de mon bureau et j'avais du mal à y croire. C'est étonnant et incroyable. Qui l'aurait prédit ?

Il se tourna vers Anna.

- Merci, c'est le résultat de vos efforts. Toute la vie dans cette prison est bouleversée... Pour le meilleur bien sûr. Quel malheur que nous ne puissions en faire part à l'extérieur !! Mais l'extérieur, non seulement n'en veut pas, mais en plus, il nous punirait. Si nous continuons dans cette voie, nous allons rendre à ces murs l'humanité qui n'existe plus ailleurs.

Quelques jours plus tard, Anna et Jean-Paul étaient dans le bureau, regardant par la fenêtre comme souvent. Tout était gris et une pluie fine tombait depuis la nuit sans discontinuer. Cela faisait longtemps se dit Jean-Paul qu'il n'avait pas plu de cette manière. Depuis de nombreuses années, les pluies étaient violentes, se terminant souvent en inondations et on avait perdu l'habitude de ces crachins.

Soudain, ils virent au loin au-dessus des toits une brève lueur orangée et, quelques secondes plus tard, entendirent une violente détonation. Très vite, une énorme colonne de fumée noire s'éleva dans le ciel.

Ils se regardèrent, stupéfaits car ce genre d'accidents ne se produisait jamais. Jean-Paul s'écarta d'Anna et lui demanda de regagner sa cellule.

- Vous comprenez, il est possible qu'on cherche à me contacter suite à ce que nous venons de voir. Ce n'est pas très loin, peut-être un kilomètre... Je suis désolé.
- Je comprends.
- Nous ne savons pas ce que c'est.

Le soir, aucune nouvelle n'arriva au bureau de Jean-Paul. Les messages parlaient de tout, sauf de cet événement et l'A.D restait muet, sauf pour indiquer à Jean-Paul que son niveau de stress avait de nouveau augmenté.

Il sortit vers six heures de la prison, traversa le parking et monta dans sa voiture.

Arrivé chez lui, Geneviève était là dans la cuisine à chauffer des aliments d'odeur peu engageante. Il l'embrassa tièdement et lui glissa :
- Pas d'incident chez CheckNews ?
- Non.

Il souhaitait rester flou et ne pas désigner les choses directement par leur nom. Il pensait que cela pouvait la brusquer et l'empêcher de révéler ce que, peut-être, elle savait.
- Et ailleurs, pas d'écho de... un truc imprévu ?
- Non, mais que cherches-tu ? Il y a quelque chose qui te tracasse ?
- J'ai cru entendre un bruit assez fort de mon bureau cet après-midi mais j'étais plongé dans mon travail et le temps que je lève la tête, c'était terminé... Je pensais que tu avais entendu quelque chose aussi... C'était assez puissant.

- Je ne sais pas de quoi tu parles.

Il était sûr maintenant qu'elle mentait. Il était impossible qu'elle n'eût pas entendu ce qui ressemblait à une détonation. Il n'arrivait pas à comprendre la motivation de sa femme à cacher ce dont elle avait manifestement été témoin, ce besoin de mentir.

Les enfants étaient dans un coin, silencieux. Dans sa hâte de questionner Geneviève, il les avait oubliés. Il s'approcha d'eux, les embrassa et s'excusa mais ils firent à peine attention à lui et restèrent plongés dans les réponses qu'il fallait donner à Millia.

Il s'assirent à table. Le repas, comme il l'avait pensé était fort médiocre mais il se retint de tout commentaire oral. Puisque Geneviève avait menti, toute discussion pouvait déraper et conduire à une crise. Son mensonge devait probablement la tracasser et mettre ses nerfs à vif.

Après le repas, elle insista pour écouter le Discours. Il ne la contredit pas car c'était finalement peut-être une occasion d'apprendre quelque chose malgré les mensonges, la possibilité d'entendre une demi-vérité entre les lignes.

Les hommes du Triumvir apparurent sur l'écran, impassibles et souriants comme à leur habitude.

- « Bonsoir Citoyennes et Citoyens, nos meilleurs vœux de bonheur et de santé dans notre magnifique Nouvelle Société. Nous souhaitons aborder ce soir une question qui peut-être vous vous posez ».

Le deuxième prit la parole :
« Vous avez sans doute entendu un bruit aujourd'hui »

Un bruit, pensa Jean-Paul, une détonation, voire une explosion, oui.

« Il s'agissait d'une centrale à charbon dont la chaudière a explosé, suite à une mauvaise maintenance. Des poussières s'étaient accumulées dans un endroit très chaud et, bon nous n'allons pas vous faire un cours de technologie mais, bref, ces poussières se sont enflammées et ont causé le bruit que vous avez entendu »

Jean- Paul songea qu'il y avait eu aussi de la fumée, un incendie donc, et qui avait duré, avec une grosse fumée noire. Ils ne disaient pas tout, c'était évident.

Le troisième homme intervint à son tour :
« Les coupables ont été évidemment identifiés et seront châtiés comme il se doit ».

Jean-Paul se forçait à écouter, il fallait donner le change, éviter une nouvelle visite de Varin ou d'un autre. Il savait dans ses tripes que ce n'était pas un accident et que le Triumvir mentait.

- C'est de cela dont je parlais tout à l'heure, dit-il.
- Ah, mais oui, je me rappelle maintenant avoir entendu cet accident.

Il tourna la tête vers elle, stupéfait. Elle se le rappelait parce que le Triumvir avouait officiellement qu'il s'était passé quelque chose.

Mais qu'était donc devenue l'ancienne Geneviève ? Son Agence avait-elle ordonné à tous les employés de se taire et de dissimuler ? Dans quel but puisque les autorités, le même jour, racontaient l'événement ?

Il restait perplexe, comprenant seulement que cette question s'ajoutait à beaucoup d'autres dont il n'avait pas les réponses. Soudain, la lumière et la télévision s'éteignirent ; ils restèrent paralysés dans le noir. Peu à peu, leurs yeux s'habituèrent à la pénombre.

- Ça va revenir, annonça Geneviève.

Jean-Paul en doutait. Cette panne était peut-être en liaison avec l'accident de la centrale, si accident il y avait. Auquel cas, le retour de la lumière ne se ferait pas avant le lendemain.

- Allons dormir, proposa-t-il.
- Non, attendons, ça va revenir, coupa Geneviève.

Il abdiqua pour ne pas créer de conflit.

Leur fille s'insurgea :

- Non, Papa a raison. On est fatigués.
- Bon, si c'est comme ça, rétorqua Geneviève. Allons dormir.

Le lendemain matin, Jean-Paul réfléchissait, dans son bureau, aux événements de la veille et se demandait comment les interpréter. Avec Minerva et ses filles qui contrôlaient tout, un accident était inenvisageable.

Tout à coup, il eut une idée... Peut-être que Pierre savait quelque chose !! Sa connaissance bien placée pouvait lui avoir fait des révélations. Il avala une pilule anti-stress pour éviter que l'AD enregistre des paramètres physiques qui auraient pu attirer l'attention et sortit du bureau.

En longeant les murs abîmés, il se dit que Pierre était peut-être bien le commentateur qu'il recherchait.

Il frappa à la porte du bureau et, sur l'invitation de Pierre, entra dans la pièce.

- Bonjour, dit Pierre. Que me vaut l'honneur de ta visite ?
- C'est simple. Il y a eu un accident hier et on a tous entendu la détonation d'ici, toi comme les autres, j'imagine...
- Oui, effectivement.
- Qu'est-ce que c'était ?
- Pierre leva la tête
- Comment veux-tu que je le sache ?

« Encore la trouille pour sa retraite », pensa Jean-Paul.

- Ton ami ou connaissance bien placée, doit avoir des idées.

Pierre ne savait pas bien dissimuler et Jean-Paul vit qu'il avait touché juste.

- Ne mens pas, ta tête révèle que tu sais quelque chose.
- Oh, après tout, oui. Le Discours a menti, Ce n'était pas un accident.
- J'en étais sûr. Et alors ?
- Un attentat mené par ceux des souterrains ou d'ailleurs, on ne sait pas exactement encore, mais un attentat subtil. Il semble que ce soit le système Minerva qui ait été pénétré et qui ait déclenché l'explosion et l'incendie.

- Minerva ?
- Oui, et les dégâts semblent importants, selon mon contact. Il est probable que des dysfonctionnements se produiront dans les jours à venir.
- C'est même certain, Minerva dirige tellement de choses, répondit Jean-Paul.
- Il faut un haut niveau de technicité nécessaire pour opérer ce genre d'intervention. Comment un groupe non identifié a-t-il pu infiltrer le système ?
- Ce n'est pas moi qui te répondrai, avoua Jean-Paul... Et puis, il y a une autre hypothèse. Pourquoi faire intervenir une action extérieure ? Pourquoi Minerva n'aurait-elle pas pris cette initiative ? Après tout, personne ne sait comment elle fonctionne... Je te laisse, il est probable qu'on cherchera à me joindre car cela va avoir des conséquences sur la gestion de la prison.

Il vit que Pierre ouvrait la bouche de surprise. Jean-Paul le laissa avec ses questions et sortit perplexe et en proie à un malaise diffus dont il se demandait s'il n'était pas le prélude à d'autres événements encore plus graves.

Il entra dans son bureau mais ne se sentait pas le courage de s'atteler aux tâches qui l'attendaient. Il jeta un œil distrait sur son écran et vit de nouveaux messages qui portaient le logo de Minerva. Il lut le premier qui demandait une vigilance accrue de tous les lieux sensibles. Cela s'appliquait bien entendu à la prison. Un second reprenait peu ou prou les informations du

Discours de la veille, mais il n'en termina pas la lecture car sa discussion avec Pierre l'avait éclairé.

Il sentit soudain le besoin de voir Anna. Il appela la gardienne pour lui demander d'aller la chercher.

Un quart d'heure plus tard, Anna pénétrait dans le bureau. Il s'approcha d'elle et lui prit les mains.

- Savez-vous ce qui s'est produit hier ?
- Mes compagnes de cellule ont voulu écouter le Discours et on dit que c'est un accident dû au manque d'entretien.
- Pas exactement, c'est apparemment un attentat mais peut-être réalisé par un groupe dissident ou par Minerva elle-même. Je le tiens de source sûre. En tout état de cause, ce n'est pas une opération de l'extérieur.

Anna écarquilla les yeux de surprise.
- Vous voulez dire, un dysfonctionnement de la machine ou autre chose ?
- Je ne sais pas... En l'état actuel, toutes les hypothèses sont envisageables. Après tout, personne ne sait plus comment fonctionnent Minerva et ses filles..

Une fois Anna sortie du bureau, Jean-Paul se remit au travail. À tout moment, un commissaire pouvait s'inviter dans sa prison ; y imposer sa marque ou vérifier certaines choses car, si ses suppositions étaient justes, les têtes pensantes et l'oligarchie tout entière allaient tenter de reprendre la main et de diminuer le pouvoir d'intervention de Minerva et de ses filles.

Sur l'écran de l'ordinateur s'afficha un texte que Jean-Paul lut rapidement. Le message demandait que plusieurs établissements, dont les prisons, restent fermées aux entrées et sorties, les libérations et les visites étant du coup interdites. Seules étaient permises les entrées et sorties du personnel assorties de contrôles renforcés.

Il lui fallait donc descendre vers les postes de garde et doubler les effectifs. Le problème était qu'il n'avait pas les gens disponibles sous la main. S'il demandait à certaines gardiennes de quitter la surveillance des prisonnières pour être déplacées aux postes de contrôle, cela risquait de susciter des remous. Il resta dans l'incertitude quelques secondes, mais rapidement, se ravisa. Il n'y avait pas d'autre solution que celle-là. Il se disait que les ateliers d'Anna avaient fortement réduit les comportements inadaptés, ce qui permettait une diminution du nombre de gardiennes.

Il sortit de son bureau et se dirigea vers le rez de chaussée.

Gina, Rita en Anna étaient allongées sur leurs couchettes. Gina regarda Anna et lui dit :
- C'est toi qui avais raison, je n'aurais jamais cru que ça marcherait aussi bien. On n'entend presque plus de cris, les agressions et les insultes entre taulardes ont disparu...

- Tu n'y croyais pas parce que tu te mettais des barrières mentales ou ton histoire personnelle les mettait pour toi sans que tu t'en rendes compte. Même Rebecca va mieux.
- En tous cas, les coupures de courant, il y en a encore plus qu'avant. Qu'est-ce qui se passe donc ?

Soudain, le bâtiment trembla et une forte détonation se fit entendre. Les trois femmes sautèrent sur leurs pieds, attentives à la moindre réplique.
- Qu'est-ce que c'est encore ? Plus fort qu'hier, non ?, dit Gina
- Ce n'était pas un accident hier, reprit Anna.
- Et comment sais-tu ça ?, demanda Rita.
- Si le Discours vous dit que c'est un accident, vous êtes presque sûres que c'est faux. Voilà ce que je conclus et puis,... Il y a une source mais je ne peux rien vous dire.

Rita et Gina froncèrent les sourcils et regardèrent Anna avec suspicion.
- Ne me demandez rien de plus !

La conversation fut interrompue par une cavalcade dans les couloirs et des appels entre gardiennes, mais la porte de leur cellule resta close.
- Ça semble provoquer du grabuge, dit Gina.

Les courses continuèrent, entrecoupées d'appels indistincts.
- Elles ne vont pas ouvrir la porte... Demande à voir le Directeur et il t'expliquera, conclut Rita désabusée.
- Ce n'est pas une mauvaise idée, répondit Anna, mais le moment n'est pas propice ; il est certainement occupé.

En dépit de son caractère calme et de son empathie naturelle, elle commençait à ressentir un léger agacement devant l'attitude de Rita et de Gina. Qu'y pouvait-elle si des événements imprévus se produisaient ?

Une gardienne frappa à la porte et cria :

- Le repas est annulé. Les visites aussi. Tout le monde reste en cellule pour le moment. On vous préviendra quand on aura du nouveau.

Rita et Gina se regardèrent interloquées.

- Repas annulé, dit la première. On n'a jamais vu ça en neuf ans.

- Il se passe quelque chose de grave, reprit Gina

Les trois femmes se rassirent sur leurs couchettes. Il n'y avait rien à faire, sinon attendre. Anna s'allongea et plaça ses mains derrière la nuque, dans la position qui lui libérait l'esprit. Rita et Gina soupirèrent et entamèrent une partie de carte.

- C'est demain qu'il y a l'atelier de dessin, dit Rita. Espérons qu'il ne soit pas supprimé !!

Les heures passèrent dans le silence puis, dans l'après midi, une gardienne ouvrit la porte et demanda à Anna de la suivre. Elle se leva et sortit avec la gardienne.

- Où allons-nous ?, demanda-t-elle.

- Chez le Directeur.

Arrivées devant le bureau, la gardienne frappa, ouvrit la porte et s'effaça pour laisser passer la visiteuse.

Jean-Paul se leva dès qu'il vit Anna franchir le seuil.

- Je n'ai plus besoin de vous, dit-il à la gardienne qui hésitait à bouger. Je vous appellerai.
- Très bien, Monsieur le Directeur.

Anna s'approcha de Jean-Paul. Celui-ci lui prit les mains et lui proposa de s'asseoir. Il vit qu'elle semblait anxieuse et tremblait légèrement. Il se résolut à entrer dans le vif du sujet.

- Il se passe des choses graves, Anna... Et je voulais voir...

Il n'eut pas le temps de finir qu'une très violente détonation retentit. Ils coururent à la fenêtre, juste à temps pour voir un immeuble s'effondrer au loin, tandis que des lueurs oranges apparaissaient dans le ciel et qu'une colonne de fumée noire s'élargissait sur l'horizon.

- Quand je vous disais !! Il y a des bombardements et je pense qu'ils sont déclenchés, par Minerva et ses filles.
- Comment est-ce possible ?
- Je n'en ai aucune idée.

Il s'approcha d'elle et l'enlaça. Elle eut la sensation que tout était trop compliqué et elle eut l'envie de tout lâcher, de se fondre dans ses bras.

La structure qui contrôlait presque tout s'en prenait à la population !!

Il la tenait fermement et elle sentit la chaleur de son corps. Elle apprécia le réconfort physique que la proximité de Jean-Paul lui procurait et elle aurait voulu que cet instant ne s'arrêtât jamais.

- Nous ne pouvons pas rester là, affirma-t-il.
- Que voulez-vous dire ?, s'étonna-t-elle.
- Les événements sont en train d'évoluer très vite et je suis incapable d'imaginer ce que demain nous réserve. Je pense qu'il faut partir....
- Partir ?
- Parfaitement, quitter ces murs, s'enfuir si vous préférez.

Elle n'avait pas imaginé une seconde une telle réaction de la part d'une personne assez haut placée dans la hiérarchie. S'il se laissait aller à ce genre de confidences, c'est que la situation était pire que ce qu'elle avait imaginé en entrant dans le bureau.
- Comment comptez-vous procéder ?
- Cette nuit, j'espère pouvoir fuir et, si vous le souhaitez, vous partirez avec moi.

Anna allait de surprises en surprises. Partir avec un homme qu'elle ne connaissait finalement que peu !!
- On ne peut pas abandonner les prisonnières... Mes compagnes de cellule, les gardiennes,... Rebecca !
- Croyez-moi, ce n'est pas de gaieté de cœur, mais il le faut. Et puis, je vous aime... C'est pour cela que je vous demande de fuir avec moi, mais vous l'aviez deviné.

Anna s'attendait à un aveu de cette sorte depuis quelque temps mais l'étrangeté de la situation la laissa interdite. Elle ne sut que répondre et se prit la tête entre les mains. Il lui fallait réfléchir à tout ce qu'elle venait d'entendre et le temps lui manquait cruellement.

- Alors, reprit-il, que décidez-vous ? Il n'y a aucun futur ici. Les attaques vont continuer et la majorité des édifices vont s'effondrer, croyez-moi... Mes informations sont fiables.
- Si je vous dis oui, ce sera avec mon frère.
- Je suis dans le même cas que vous. Je devrai aller chercher mes enfants.
- Et comment pensez-vous que nous puisions partir ? Tout est si contrôlé !
- C'est vrai mais le contrôle s'exerce dans un halo qui est celui que nous nous sommes donné. Si l'on utilise notre pensée et des méthodes hors de ce halo, il est possible de s'échapper. On peut partir très tôt demain avant le lever du soleil. Vous vous déclarerez malade et irez à l'infirmerie en sortant de ce bureau. Très tôt demain matin, j'irai vous chercher car j'ai toutes les clés de cette prison. Nous sortirons par la grande porte après avoir neutralisé les alarmes et nous prendrons ma voiture. Je programmerai un trajet fictif sur l'A.D et nous nous réfugierons dans les montagnes.
- Après avoir récupéré mon frère.
- Bien entendu. Nous pourrons aller le chercher et récupérer ensuite mes enfants.
- Et votre femme ?

- Nous n'avons rien de commun désormais ! Elle est intégrée dans cette Nouvelle Société comme un poisson dans l'eau. Qu'elle en profite jusqu'au bout !

Anna fut effrayée par la froideur de Jean-Paul. Il lui apparaissait sous un jour nouveau, comme un être dur, prêt à abandonner la compagne de sa vie.

Il comprit sa surprise et répondit doucement :
- Ne vous inquiétez pas, dans son Agence de vérification de l'information, elle disposera de tout ce qu'il faut et des appuis pour passer au travers des gouttes. La vraie raison est que nous sommes depuis quelques années des étrangers l'un pour l'autre. Maintenant, il faut jouer votre rôle pour que j'appelle le médecin.

Anna ne put que répondre :
- Appelez... Je jouerai le jeu.

Instantanément, Jean-Paul décrocha son téléphone et appela l'infirmerie.
- Allô... Oui. C'est moi.... Vous pouvez venir ? J'ai une prisonnière dans mon bureau qui se sent mal et qu'il va falloir garder à l'infirmerie cette nuit... Vous verrez bien ce qu'elle a.... Non... Je n'ai pas le temps... Et puis, ne discutez pas, c'est un ordre.

Jean-Paul raccrocha. Il se tourna vers Anna :
- Vous sentez-vous prête ?

Elle ne l'était pas, mais tout survenait trop vite et il fallait parer au plus pressé. Elle hocha la tête en assentiment.

- Asseyez-vous et jouer le rôle de celle qu bord de l'évanouissement.

Deux minutes plus tard, le médecin entrait dans le bureau, le regard dubitatif.

- Que se passe-t-il, Mr le Directeur ?
- J'examinai le dossier de la prisonnière lorsqu'elle a pâli et a prétendu se sentir mal. Comme son état ne semblait pas s'arranger, je vous ai appelé.

Le médecin s'approcha d'Anna, lui prit le poignet pour tâter le pouls.

- Hum, pouls rapide et irrégulier. Comment respirez-vous? Avec difficulté ?
- Non, la respiration va, mais je me sens très faible et la tête me tourne.
- Emmenez-la à l'infirmerie, il faut qu'elle puisse dormir seule cette nuit pour se remettre et donnez-lui un fortifiant, intervint Jean-Paul.

Le médecin avait l'air embarrassé.

- Je n'ai pas grand-chose sous la main... Si demain matin, ça ne va pas mieux, il faudra faire appel à d'autres services.
- Bien sûr... Attendons demain
- Pouvez-vous marcher sans aide ? s'enquit le médecin.
- Je crois que oui.
- Nous allons sortir et vous vous appuierez sur mon bras.

Anna et le médecin sortirent. La porte se referma. Jean-Paul resta un instant debout à la regarder, puis il poussa un soupir de lassitude et de soulagement.

CHAPITRE 17

En fin d'après midi, il quitta son bureau, monta en voiture et se dirigea vers son domicile. Il voulait que sa dernière soirée se passât au mieux, sans dispute. Il expliquerait qu'une tâche particulière l'attendait très tôt le lendemain pour justifier son départ aux aurores. Les attaques constituaient finalement une assez bonne justification pour ce type de mensonge. Qu'un Directeur de prison soit sollicité, quoi de plus normal ?

L'ascenseur étant toujours en panne, il monta l'escalier, non sans avoir mis en miettes l'écriteau qui recommandait l'exercice.

Lorsqu'il entra, il vit Geneviève affairée dans la cuisine. Au loin, on entendait de temps en temps des détonations. Il eut envie de demander à sa femme ce qu'elle pensait des événements. Elle le salua distraitement, un sourire aux lèvres. Il eut l'impression qu'elle se moquait de lui.

- Que pense-t-on dans ton Agence de ce qui se passe ?
- Et qu'est-ce qui se passe ? demanda-t-elle

-. Ces... bruits. On ne sait pas.
- Ah, ces bruits !! Quelques dysfonctionnements qui sont en cours de résolution.
- S'ils sont en cours de résolution, alors tout va très bien, ironisa-t-il.

Les enfants restaient assis à la table sans rien faire.
- Vous n'avez pas de devoirs ?
- Non,.. Millia ne fonctionne pas.
- Ah, Millia ne fonctionne pas, répéta-t-il.
- Depuis hier.
- C'est fâcheux.

Il s'en fichait complètement car, là où il souhaitait les emmener, ils n'auraient pas besoin de Millia et il se sentait parfaitement capable de jouer les maîtres d'école.

Il s'installèrent pour le repas. Comme d'habitude, l'odeur n'était pas engageante mais, pour la première fois, depuis quelques mois, il n'en eut cure.

Geneviève continuait à afficher son sourire mystérieux. Cela intrigua Jean-Paul qui eut envie de lui en demander la raison. Il se retint, car elle aurait été capable d'inventer n'importe quelle histoire à dormir debout.

Ils commencèrent à manger en silence.

Après le repas, Geneviève alluma la télévision pour écouter le Discours. Jean-Paul pensa que son plan méritait bien d'écouter les fadaises que le Triumvir allait débiter. Il prit la parole avant que le générique n'apparût sur l'écran.

- Il faut que tu saches que je pars très tôt demain matin, j'ai pas mal de choses à faire... Dans la situation actuelle, tu penses.

Le lendemain matin, bien avant le lever de soleil, il se tourna vers sa femme endormie et l'embrassa sur le front. Elle ne s'en rendit pas compte, car son sommeil était profond.
- Je suis désolé, sincèrement mais il le faut.
Il sortit du lit et se dirigea vers la salle de bains et prit sa douche. Il avala rapidement un café et sortit dans la fraîcheur de l'aube.

Arrivé à la prison, tout était obscur encore. Il entra avec la clé dont il avait pris la précaution de se munir la veille. Une gardienne sommeillait derrière la porte. Elle ouvrit à peine les yeux quand il passa. Il la salua machinalement et se dirigea vers l'infirmerie.

Il en ouvrit la porte principale. Nul garde ne s'y trouvait, car on supposait que les verrous suffisaient pour la nuit. Il ouvrit une armoire où se trouvaient des uniformes d'infirmières. Il en prit un au jugé : c'était à peu près la taille d'Anna.

Il s'approcha à tâtons du lit où elle devait se trouver, en profitant d'un faible rayon de lune qui transperçait une lucarne. Heureusement, il n'y avait personne pour poser des questions ou s'interroger sur la présence du Directeur à une telle heure.

Anna ne dormait pas. Elle attendait anxieuse. Lorsqu'elle discerna son ombre, elle se redressa et lui sourit. Il ne voyait qu'une silhouette confuse.

- Dépêchons-nous... Il faut partir maintenant. Tenez, mettez ceci, je pense que c'est à votre taille.

Silencieusement, elle revêtit la blouse, les chaussons blancs, mit le calot sur sa tête et se coiffa d'une sorte de voile pour dissimuler ses cheveux blonds, puis se leva.

Il mit son index devant sa bouche et lui fit signe de le suivre. Ils sortirent de l'infirmerie et suivirent un couloir. Le silence était impressionnant, d'autant plus qu'il était inhabituel. D'ordinaire, on entendait toujours la nuit des cris ou des gémissements de femmes en proie aux cauchemars. Cette fois, aucun bruit ne perçait le silence de l'aube. La lueur pâle de la lune les accompagna jusqu'à un recoin sombre.

- Restez là, je vais dire à la gardienne de s'éloigner, chuchota-t-il.

Anna se blottit dans le recoin et le suivit du regard. Elle le vit avancer, le pas assuré, mais eut l'intuition presque physique que son cœur devait battre furieusement. Il revint après quelques minutes.

- Que lui avez-vous dit ?
- De prendre un peu de repos dans la salle de garde. Elle est là depuis hier soir, neuf heures.... Je lui ai dit que je resterai près de la porte le temps qu'elle revienne. Pieux mensonge, mais nécessaire.

Ils avancèrent de nouveau et s'approchèrent de la porte extérieure. Ainsi que Jean-Paul l'avait indiqué, il n'y avait personne dans le poste de garde. Ils passèrent devant comme des ombres. Jean-Paul sortit la clé, ouvrit le portail et ils sortirent. On commençait tout juste à discerner les premières lueurs vers l'Est. La facilité avec laquelle ils avaient opéré l'étonna.

Anna respira soudain très fort.
- De l'air du dehors, dit-elle. Après tant de mois !!
- Oui, mais pressons-nous.

Ils montèrent en voiture et Jean-Paul démarra. Il glissa un œil vers Anna et esquissa un sourire. Le costume d'infirmière lui allait bien. Il faillit le lui dire et se ravisa.

Il n'y avait pas de circulation. Ils arrivèrent assez vite devant l'immeuble où résidait le frère d'Anna.
- Je reste ici dans la voiture et vous allez le chercher, n'est-ce pas ? Il va être surpris mais vous trouverez les mots.
- Il comprendra, ne vous en faites pas, Il comprend tout très vite.

Jean-Paul vit Anna s'engouffrer dans l'immeuble. Rapidement, les secondes lui parurent interminables. On commençait à voir assez clairement la rue et les alentours et il craignait l'apparition d'une patrouille. Heureusement, son A.D n'indiquait aucun déplacement de sa part et le localisait au chaud dans son lit.

Au bout de quelques instants, il vit la porte s'ouvrir et deux silhouettes se profiler dans la faible lumière du matin. Le frère de Anna portait une petite valise à la main. Il marchait de façon hésitante. Anna semblait le presser.

Ils ouvrirent la portière et s'installèrent.
- Bonjour, dit Jean-Paul.
- Bonjour... Anna ne m'a pas expliqué...
- Vraiment, les explications viendront plus tard. Je suis le Directeur de la prison. Me reconnaissez-vous ? J'étais passé chercher des partitions un jour.
- Maintenant, je vous reconnais... Oui. Mais que se passe-t-il ?
- C'est compliqué à définir mais sachez que je suis persuadé que la Nouvelle Société est en train de s'effondrer, sous les coups de l'Intelligence qu'elle a fabriquée. Minerva joue son propre jeu désormais... Je ne suis pas expert en systèmes mais j'ai eu des informations concordantes. À mon avis, les bombardements vont continuer, parallèlement aux sabotages d'installation d'énergie et d'eau qu'elle contrôle. Le Triumvir a parlé de ce problème hier soir à mots très couverts. J'ai cru déceler une trace de panique, ce qui veut dire qu'ils ne savent pas comment enrayer le processus.
- Que faisons-nous alors ?
- Pardon, j'aurais dû commencer par cela. Nous allons chercher mes enfants sur le chemin des cours, nous les prenons avec nous et nous fuyons dans les montagnes.

- Cette dernière partie, Anna m'en a parlé... Je suis persuadé que mes souvenirs vont revenir quand je verrai de nouveau la Nature. Ce sont ces zones où certains vivent en autarcie, n'est-ce pas ?
- Oui.
- Loin des A.D et du contrôle ? On y mange ce qui nourrit le corps et l'esprit dans la simplicité.
- C'est cela mais dépêchons-nous.

Jean-Paul démarra. Il y a avait du trajet jusqu'au lieu où se donnaient les cours de Formation de la Personnalité, mais ils mirent moins de trente minutes pour y arriver. Ils virent des immeubles écroulés ou calcinés par les récents événements, mais personne ou presque dans les rues. On avait l'impression qu'avec l'autonomie acquise par Minerva, la vie s'était arrêtée brutalement, que le temps était suspendu entre une époque supposée normale et un état des choses encore inconnu.

Ils distinguèrent néanmoins quelques ombres errant dans les ruines, des êtres qui restaient attachés au lieu qu'ils avaient habité, mais aucun bruit. Les bombardements avaient cessé, seules quelques lueurs d'incendie se voyaient au loin. Minerva semblait en repos, préparant probablement une autre vague d'attaques.

Plus loin, une canalisation crevée laissait échapper des torrents d'eau qui avaient inondé la rue. La voiture s'engagea au milieu en projetant des gerbes humides. Ils arrivèrent enfin non loin du lieu de rassemblement des enfants

Jean-Paul gara la voiture assez près et vit après quelques minutes sa fille et son fils qui marchaient comme des automates.

Il songea qu'il était très curieux que les Formations soient maintenues, compte tenu des événements... Encore une bizarrerie de la Nouvelle Société, pensa-t-il.

Il sauta de la voiture et se précipita vers eux.

- Venez vite et montez en voiture !!
- Mais pourquoi, Papa ? On a la Formation maintenant...
- Ne discutez pas.. Vous avez vu et entendu ce qui se passe ou vous êtes aveugles et sourds ?
- On nous a dit hier que les méchants allaient être punis, que tout rentrerait dans l'ordre aujourd'hui.
- Foutaises. Tout va au contraire aller de mal en pis. Montez, vous dis-je !!

Le fils de Jean-Paul se balançait d'une jambe sur l'autre, manifestement indécis. Contrairement à ce qu'avait cru percevoir Jean-Paul chez sa fille, l'indépendance d'esprit semblait plutôt, à ce moment même, être l'apanage de son fils. Il en fut étonné, mais l'heure n'était pas aux interrogations, mais plutôt à l'action. Il les saisit par le bras et les poussa dans la voiture.

Le fille se laissa faire, non sans dire à son père qu'il lui faudrait s'expliquer devant les juges de la Formation, ce qui le fit rire.

- Voici Anna et son frère... Nous partons maintenant loin. Anna est chanteuse, crut-il bon de préciser.
- Et Maman ?

Il se décida à mentir
- Elle ne veut pas venir. De toute façon, nous ne resterons absents que le temps que les choses se calment, puis nous reviendrons.

Les enfants soupirèrent et s'enfoncèrent dans leur siège. Jean-Paul mit le moteur en marche et démarra.

Les rues étaient presque désertes. Fallait-il penser que les habitants restaient terrés et qu'il ne croyaient pas au Discours ? Imitaient-ils l'attitude des animaux qui, face à deux dangers, ne savent comment réagir et adoptent une posture d'inhibition ? Jean-Paul ne se posa pas longtemps la question. L'important était de sortir au plus vite de ces zones inhospitalières. Soudain, une sueur froide l'envahit : il était possible que des barrages fussent installés pour empêcher les départs. Il pesa le pour et le contre. Cela aurait été contradictoire avec les mensonges du Discours. Des barrages auraient au contraire provoqué des mouvements de panique, chose que le Triumvir voulait certainement éviter. Mais, se dit-il, les réactions des gens pouvaient-elles être logiques après tant d'années de conditionnement ? Il n'en savait rien et sa connaissance du fonctionnement de la Nouvelle Société ne lui servait, en l'occurrence, de rien.

Il continua à rouler. Aucun véhicule électrique de contrôle dans les rues... Il eut une illumination. Minerva avait peut-être déjà déconnecté les réseaux qui permettaient à ces véhicules d'intervenir et d'interagir. Les A.D fonctionnaient-elles encore ?

Lorsqu'il commença à attaquer les premières pentes, le ciel était clair et il semblait que le soleil se montrerait bientôt. La voiture montait toujours, les virages succédaient aux virages.

- Où va-t-on ? demanda la fille.
- Là où j'avais acheté les produits que vous n'avez pas voulu manger, le lapin, le chou, etc...
- C'est un endroit qui n'existe pas, clama-t-elle. Il n'y a que les cités, d'après Millia
- Ah oui et ici, comment vas-tu appeler, ce que tu vois là-bas ?

Ils arrivaient près du petit lac en contrebas que Jean-Paul avait vu lors de son second voyage. Il se dit qu'il fallait marquer le coup et faire entrer dans la tête de ses enfants les réalités, aussi étranges qu'elles puissent leur paraître. Il freina brutalement et se gara sur le bas-côté.

- Je vais vous montrer des endroits qui ne sont pas des cités. Ce sont des vrais lieux dans le vrai Monde. Descendez et regardez !!
- C'est une bonne idée de faire une pause ici, dit Anna. Notre esprit a besoin de spectacles naturels.

En disant ces mots, elle se demanda si elle n'utilisait pas sans le vouloir un vocabulaire de l'Ancienne Société, un vocabulaire que les enfants ne pouvaient pas comprendre, « esprit ». « espace naturel ». Qu'est-ce que cela signifiait pour eux ?

Ils descendirent et s'approchèrent du bord de la route. Plus bas, s'étendait le lac dont la couleur verte était différente de celle que Jean-Paul avait admirée lors de sa visite précédente. Cela était normal car ce jour là, c'était la fin de journée avec un soleil déclinant qui se trouvait de l'autre côté.

Le frère d'Anna respira avec force l'air frais qui semblait n'avoir jamais été altéré de miasmes depuis la nuit des temps. Anna prit le bras de Jean-Paul et regarda au loin, laissant la lumière infiltrer ses yeux, morts aux beautés naturelles depuis son incarcération.

La fille surprit son geste et un air de vague surprise s'afficha sur son visage. Elle détourna la tête peut-être gênée.

Les enfants semblaient mal à l'aise. À une question de leur père, ils répondirent qu'ils avaient la tête qui tournait. Jean-Paul leur rétorqua que c'était normal car, jusque là, ils n'avaient été habitués qu'à l'atmosphère confinée de la cité. Ils semblèrent se rassurer mais restaient au bord du ravin, indécis, ne sachant comment interpréter les milliers d'informations inconnues qui les assaillaient brutalement. Les vautours planaient imperturbables dans le ciel.

- On voit avec le cerveau, dit Anna qui avait perçu leur trouble. C'est normal que vous soyez perdus. Qu'en pensez-vous ?

Cette fois, ce fut le garçon qui prit la parole. Sans doute, la Formation de la Personnalité avait-elle laissé, en son âme, moins de scories, car il était plus jeune que sa sœur.

- C'est... Comment dire ? Je ne sais pas... C'est bizarre !! Et c'est quoi, ce qui vole ?

- Ce qui vole, ce sont des vautours, des oiseaux qui se nourrissent de cadavres d'animaux. Ils sont capables de planer pendant des minutes sans battre des ailes... Autrefois, tout le monde trouvait cela normal et même beau, et les gens faisaient des dizaines de kilomètres pour venir voir des lieux comme celui-ci, dit Anna.

En prononçant ces paroles, elle n'était pas sûre que les enfants comprenaient ce qu'elle leur disait. Des oiseaux, il n'y en avait pas dans la cité et Millia n'avait certainement pas évoqué, dans son enseignement, l'existence d'êtres aussi peu utiles.

- Si vous voulez, on peut descendre, proposa Jean-Paul.

Ils acquiescèrent et la descente commença par une sente peu marquée, mais facile. Ils arrivèrent au bord du lac bordé de sapins et ceint au loin par des crêtes bleutées.

- Touchez l'eau, ordonna Jean-Paul.

Tous s'approchèrent du bord et mirent les mains dans l'eau transparente.

- C'est froid, vraiment glacé, s'exclama la fille.

- C'est normal, à certaines périodes, il fait même tellement froid que l'eau gèle.

- Qu'est-ce que ça veut dire, gèle ?
- Que l'eau devient solide !!
- Ce n'est pas possible, annonça la fille, tandis que son frère paraissait dubitatif.
- Et pourquoi ?
- Millia ne nous a jamais dit ça, dit-elle catégoriquement.
- Tu ne pourrais pas oublier ta Millia cinq minutes ? Elle ne te raconte pas tout ce qui existe, ni la réalité du Monde. Les gens qui sont ici, ceux qui ont vécu dans l'Ancienne Société, savent très bien que ce que je te dis est vrai.
- Mais à la cité, l'eau ne devient jamais solide, contesta-t-elle.
- Il ne fait jamais assez froid.... Depuis que le Climat s'est réchauffé, depuis cent ans, en fait, la température ne descend jamais assez bas. Bon, il est temps de rentrer... Remontons....

Ils reprirent le sentier et remontèrent en voiture.

Anna frissonna. La température avait baissé. Son frère lui prêta son manteau dont elle se couvrit les épaules. Les enfants réfléchissaient à ce qu'ils avaient vu et Jean-Paul se demanda ce que l'avenir leur réserverait.

Après un quart d'heures de montée et de virages sur la route défoncée, ils débouchèrent sur le plateau. Les arbres étaient toujours là, braqués vers le ciel violet, vers la lisière des grandes herbes. Au fond, l'horizon affichait une coloration d'un vert foncé. La voiture s'approcha en cahotant de la grange de Martin.

Jean-Paul gara la voiture devant la maison.

- C'est ici...
- Mais il n'y a rien, s'exclama la fille.
- Au contraire, il y a tout, répondit son père.

Ils descendirent lentement, comme pour s'imprégner des odeurs et des sons. Anna semblait extatique. Elle avait avoué à Jean-Paul la place que la Nature représentait pour elle et ses souffrances liées davantage à ce manque qu'à l'enfermement qu'elle avait subi. Le frère d'Anna, muet de plaisir, respirait l'air frais du matin. Le soleil montait rapidement et il semblait que la journée serait chaude.

Martin sortit de la maison.
- Mais qu'est-ce que... ?

Jean-Paul le coupa.
- Savez-vous ce qui se passe ?
- Ce qui se passe où ?
- En bas !!
- En bas ? Non, comment saurais-je ?
- C'est la fin, du moins selon moi. La fin de la Nouvelle Société avec probablement son cortège de drames et de meurtres... Comme à chaque fin de cycle. Minerva est hors de contrôle, elle détruit ce qu'elle contrôle.
- Je ne comprends pas !! La fin de la Société ? Voulez-vous dire, de celle que nous avons fui il y a longtemps ?
- C'est exactement cela. Quelques uns, dont vous êtes, se sont exilés en zones rurales à l'instauration des A.D et de Minerva.

Ils ont emporté leur bétail avec eux... Mais ça, vous le savez. Combien êtes-vous ?

- Je ne sais pas vraiment, peut-être un millier sur un territoire de cent mille hectares, peut-être plus, peut-être moins.

- Nous avons besoin d'aide comme au moment de la Guerre, d'abris où vivre désormais.

Martin changea la conversation.

- Ce sont vos enfants ?

- Oui, ma fille et mon fils et les deux adultes sont Anna et son frère dont j'ignore le prénom.

- Jacques... Jacques est mon prénom, intervint le frère d'Anna.

- Alors, pouvez-vous nous aider ?

- Je pense que oui. Dans un premier temps, ma grange est disponible. Ensuite, je verrai avec des amis les demeures très rustiques qui peuvent être libres et je vous avertirai. Ne vous attendez pas à un grand confort.

- Merci beaucoup. Nous vous aiderons dans vos travaux. Nous apprendrons à faire de nos mains les choses qui nous seront vraiment nécessaires.

- Il y a un point d'eau plus loin, avec une eau froide qui vient de la montagne. Au début se laver est difficile, mais on s'habitue. D'ailleurs, on s'habitue à tout.

Anna s'approcha de Jean-Paul.

- J'ai un mauvais sentiment et du remords. Nous avons laissé derrière nous tout ce que nous avions bâti, les gens que nous avions aidés à sortir de leur condition et aucun n'est ici.

- Je le sais bien et je le regrette, mais c'était impossible, vous le savez, Anna.
- Que va-t-il leur arriver ?

Il n'eut pas le courage d'élaborer une réponse car il n'en savait rien lui-même.

Martin leur fit signe de le suivre et les mena à la grange.
- Voyez, c'est assez grand. Je peux trouver des matelas d'ici ce soir. Ce sera mieux que la paille.
- Merci de vous donner tout ce mal, dit Jean-Paul. Merci vraiment.
- Pour la nourriture, on partagera... Il y a aussi d'autres paysans qui cultivent à moins d'un kilomètre d'ici. On les sollicitera.
- Croyez bien... Dès que nous serons opérationnels, nous vous rembourserons.
- Avec quoi ? Un argent qui n'aura plus cours ? Avec des aliments que vous produirez, mais j'en ai suffisamment pour moi.

Jean-Paul ne sut que répondre. Évidemment, les règles de fonctionnement étaient bien différentes de celles qu'il maîtrisait... Il fallait tout réapprendre.

Ils s'installèrent comme ils purent. Les enfants adoptèrent rapidement une attitude plus positive. Ce qui leur arrivait ressemblait de plus en plus à un jeu.

Vers midi, Martin les appela pour partager son repas autour de la table en bois. Ils entrèrent dans la vieille maison attentifs à chaque détail. Dans un coin, une cheminée en pierre trônait mais sans aucun feu. Le sol était couvert de vieilles lattes de bois patinées et rainurées par les ans. Il y avait une cuisine en grès dans un coin avec une vaisselle rudimentaire, des pots en terre, quelques plats et assiettes d'étain. L'ensemble était vétuste mais propre.

De l'autre côté, une petite fenêtre grise de l'accumulation des ans, par où filtrait la lumière du jour. Dans une autre partie, ils remarquèrent des étagères où s'entassaient divers objets dont l'utilité n'était pas évidente. Il faisait frais à l'intérieur de la maison.

Ils s'assirent autour de la table sur des tabourets en bois dur. Devant le regard interrogateur d'Anna, Martin intervint.

- Ça, c'est un vieux moulin à café, un moulin manuel.

Les enfants paraissaient intéressés par tout ce qu'ils voyaient. Ils voulaient toucher, mais Jean-Paul s'interposa

- Laissez-les, rétorqua Martin. Il faut qu'ils apprennent. Après tout, ce sont eux, l'avenir. Moi, j'ai fait mon temps, j'ai soixante-douze ans.

Jean-Paul songea qu'il connaissait dans son entourage des personnes ayant dix ans de moins, dont l'état physique n'était pas la moitié de celui de Martin.

Celui-ci se leva et apporta une miche de pain brun.

- Voici du pain. J'ai entendu dire qu'en bas, ils appellent pain une sorte de pâte blanche à peine cuite. C'est vrai ?

- Absolument vrai, répondit Jacques. Ce n'est pas du pain, juste un mélange mécanique d'additifs, de farine, d'enzymes et autres choses... Certains ne le supportent pas d'ailleurs.
- Faites attention alors avec ceci. N'en mangez pas trop, vous risqueriez d'avoir du mal à digérer, faute d'habitude.

Les enfants détachèrent chacun un petit morceau de la miche et le goûtèrent.
- C'est fort et dur, dit la fille.
- Évidemment, ma petite, rétorque Martin, Tu vas trouver fort tout ce que tu vas manger car ton goût est perturbé et tes dents vont devoir travailler.

Puis, il apporta sur la table une soupière pleine d'un liquide fumant qui dégageait un arôme prometteur.
- Une soupe faite avec des légumes qui viennent de derrière la maison.

Il les servit au moyen d'une longue cuillère en bois.

Les enfants ne semblaient plus afficher la méfiance que les premiers achats de Jean-Paul avait suscités. Le charisme de Martin paraissait leur en imposer. Ils mangèrent en silence, sans faire de commentaires. Le repas se termina tranquillement car chacun était plongé dans ses pensées.
- Maintenant, dit Martin, il faut penser à dormir. Aidez-moi à apporter les matelas.

Le lendemain matin, Jean-Paul se réveilla le premier. Il se sentait reposé, comme rarement. Un rai de lumière se faufilait entre les planches de bois, des milliers de poussières dansaient leur ballet incessant.

Anna remua à son tour. Elle se rapprocha de lui.
- C'est fascinant, n'est-ce pas ?
- Oui,.. Et il n'y a pas que les poussières, il y a aussi des insectes dont on entend à peine le vrombissement.

Ils sortirent en se tenant par la main. Le soleil était encore bas, mais ils sentaient déjà sa chaleur sur la peau. Il n'y avait pas trace de l'humidité à laquelle ils étaient habitués en permanence. Au contraire, leurs lèvres sentaient la sécheresse de l'atmosphère et leur odorat percevait les odeurs résineuses qui s'exhalaient des arbres tout proches.

Ils virent Martin sortir de la maison. Il leur fit signe de le rejoindre.
- On va prendre le petit déjeuner, annonça-t-il.

En entrant dans la maison, ils virent le feu dans la cheminée et, sur la table, des bols en terre cuite et des couverts. Ils s'assirent.
- Nous n'avons évidemment pas de café, mais nous avons des plantes : qu'est-ce que vous désirez ? Menthe, ortie, thym, romarin,..?

Ils optèrent pour de la menthe. Les autres plantes leur paraissaient trop exotiques et ils préféraient se donner le temps de modifier leur a priori.

Martin fit bouillir de l'eau sur le feu de la cheminée.

- Beaucoup de choses vous surprendront, dit-il. Il faudra vous y faire.

Lorsque la menthe eut infusé, ils goûtèrent avec précaution le breuvage.

- J'en avais presque perdu le souvenir, avoua Anna.
- Moi aussi.

Martin déposa devant eux une miche de pain qu'il prit dans l'armoire.

- Il y a aussi du beurre. Vous verrez... Rien à voir avec le suint que vous avaliez en bas.

Ils beurrèrent un peu de pain et, en fermant les yeux, ils le mastiquèrent lentement, pour faire ressortir les différentes saveurs.

Après le petit déjeuner, Martin leur proposa une promenade assez longue à l'issue de laquelle assura-t-il, il leur promit de leur présenter quelqu'un. Les enfants préférèrent jouer avec le chien et les adultes sortirent dans le matin frais.

La sente qu'ils suivirent était assez peu marquée mais Martin semblait connaître par cœur le trajet. Elle montait légèrement sans à coups et ils adoptèrent un rythme lent.

Deux heures plus tard et après avoir traversé un bois touffu, ils arrivaient dans une sorte de clairière à l'herbe épaisse. Au centre se dressait une petite construction qui ne semblait pas constituer une habitation. L'édifice comportait en son centre une sorte de petite tour dont l'utilité n'était pas évidente.

- Où sommes nous ?, hasarda Jean-Paul.

- Ce que vous voyez est un édifice religieux... En bois, construit au moment de l'interdiction des religions.

Un homme sortit de la structure mystérieuse.

- Je vous présente le père Xavier, ex-prêtre catholique. Il habite ici avec un rabbin et un imam qui ont fui au moment des persécutions.

Comme par le fruit du hasard, deux hommes sortirent à ce moment. Bien que Jean-Paul n'ait pas été très versé dans les choses religieuses, il n'eut aucun mal à reconnaître l'imam et le rabbin.

Les trois hommes saluèrent les arrivants et racontèrent leur vie en ces lieux reculés. Ils expliquèrent comment ils avaient pu s'échapper avant que les milices viennent saisir leurs frères et comment ils avaient peu à peu, organisé leur vie.

À leur tour, Martin et ses compagnons expliquèrent ce qui s'était passé durant la semaine qui venait de s'écouler. Aucun des trois religieux n'avait aucune idée des événements. Ils vivaient de leur verger et de leur potager, loin du Monde. Ils célébraient leur culte, chacun à son tour au bénéfice des nombreux oiseaux, des lapins et des mulots.

Les trois religieux hochèrent la tête en silence, à moitié surpris par ce qu'ils entendaient. Une heure passa, puis Martin proposa de rentrer. Le retour se passa dans un silence relatif, Anna et Jean-Paul méditaient ce qu'ils venaient de voir et d'entendre.

Quelques jours passèrent pendant lesquels ils complétèrent leur installation. Martin n'avait toujours pas trouvé de maison vide, mais il ne semblait pas s'inquiéter, les choses s'arrangeraient selon lui.

Ils aidèrent au travail des potagers, sarclant et binant, souvent sous les bâches transparentes qui permettaient les cultures en période froide. Ils apprenaient vite les gestes de l'autonomie. Les repas se prenaient en commun et Anna donnait des leçons de chant.

On lavait les vêtements et la vaisselle dans une rivière qu'ils n'avaient pas vue au départ. Martin leur montra comment utiliser la cendre de combustion des plantes pour dégraisser les plats.

Tout était nouveau pour eux et tout était passionnant.

Cinq jours après leur arrivée, alors qu'ils étaient attablés, il entendirent la porte grincer sur ses gonds ; ils tournèrent les yeux et virent Pierre et une femme apparaître sur le seuil.

- Ça alors !! s'écria Jean-Paul. Qu'est-ce que tu fais ici ?
- La même chose que toi, Jean-Paul.
- Mais comment ?
- Nous avons marché avec ma femme, assez longtemps en fait... Puis un homme, qui conduisait une charrette tirée par des chevaux, nous a embarqués dans les premières pentes montagneuse. Il allait un peu plus loin et nous a laissés à quelques kilomètres d'ici. Nous avons fini à pied, assez fatigués.

Puis il ajouta : ma femme s'appelle Eve. À l'annonce de son nom, la femme de Pierre s'approcha, un léger sourire aux lèvres.

- Que se passe-t-il en bas ? questionna Jean-Paul.
- Rien de bon... Les attaques continuent et, de façon massive, mais les gens ne fuient pas. Ils se terrent dans les sous-sols. La communication officielle continue à prétendre que la situation est sous contrôle, donc ils le croient.
- Y a-t-il des victimes ?
- On ne sait pas mais il est impossible qu'il n'y en ait pas. Beaucoup de bâtiments se sont écroulés avec leurs habitants à l'intérieur.

Jean-Paul se prit la tête dans les mains. Et sa femme Geneviève ? Que faisait-elle et où était-elle ? Les événements lui montraient-elle la réalité ou continuait-elle son rêve éveillé ?

Martin intervint pour dire que Pierre et sa femme devraient occuper aussi une petite place dans la grange.

Les premiers occupants s'écrièrent que cela ne posait aucun problème car la grange était assez grande. Ils leur proposèrent de s'installer à table et de partager leur repas. Eve et Pierre prirent chacun un siège et Martin apporta le plat de poulet accompagné de blettes.

Jean-Paul était impatient de savoir ce qui se passait. Il reposa des questions à Eve et Pierre, mais celui-ci n'avait pas occupé une position hiérarchique suffisante pour connaître beaucoup de détails et son contact avait cessé de donner de ses nouvelles deux jours avant leur départ. Ils étaient donc comme les autres, dans une expectative inquiète et frustrante ; le paysan qui les avait convoyés dans sa carriole n'en savait pas davantage. Au cours de ce repas, chacun élabora donc des plans et des théories selon sa fantaisie.

Ils s'installèrent du mieux qu'ils purent. La grange était vaste mais les promesses de Martin ne se réalisaient pas : en dépit de ses recherches d'un habitat plus adapté, il n'y avait pas de propositions. Toutes les cases sur les hauts plateaux étaient occupées et l'espoir d'en trouver une s'amenuisait jour après jour.

Néanmoins, la vie s'écoula en douceur. Les enfants, qui avaient été les plus réticents au début, étaient désormais les plus excités par cette vie de nouveaux Robinson. Eve et Pierre avaient rapidement pris l'habitude de travailler, soit pour les cultures, soit pour réparer des vêtements ou des outils abîmés

Anna et Jean-Paul purent se ménager quelques moments d'intimité, brefs et peu fréquents, compte-tenu de la promiscuité de cette vie de sauvageons.

Un soir, alors qu'ils avaient regardé le coucher de soleil et qu'ils restaient sans mot dire dans la pénombre qui s'installait, ils virent un rougeoiement monter de l'horizon et s'étendre sur leur gauche et leur droite. Le rougeoiement s'enfla vers le ciel et quelques minutes après, un léger grondement frappa leurs oreilles, puis le son vira à l'aigu. Toute cette fièvre s'observait dans la direction de la cité qui les avait abrités tant d'années.

Ils restèrent muets de surprise, interdits par l'apparition inattendue.

Jean-Paul fut le premier à se ressaisir et à rompre le silence.

- Nous ne rentrerons jamais là-bas, car rien de ce que nous connaissons n'existe plus. La Nouvelle Société a probablement vécu.

Ils se regardèrent tristes et soulagés à la fois car un ancien Monde qui s'effondre, c'est une promesse d'avenir, mais aussi une douleur en dépit de toutes ses tares.

- Nous n'avons rien d'autre à faire qu'à nous coucher. Demain, le même travail qu'aujourd'hui nous attendra.

Anna lui prit le bras

- Et tous les autres ? Martine, Rita, Gina et Rebecca ?
- Oui, c'est affreux... Mais qu'y pouvons-nous ? Chacun porte sa croix et décide en fonction de ses croyances.

Elle ne répondit rien car elle savait, en dépit de sa tristesse, qu'il avait eu raison.

Ils se levèrent et se dirigèrent vers les matelas posés dans la grange.

Tôt, le lendemain matin, Jean-Paul se leva. Il avait mal dormi ; malgré son attitude rassurante, le spectacle de la veille l'avait troublé. Il sortit de la grange et tourna le regard dans la direction de la cité. On ne voyait rien de particulier, sinon le soleil qui dépassait de l'horizon. En fixant avec plus de précisions la ligne de séparation entre le ciel et la terre, Jean-Paul discerna de faibles traces noires qui luttaient avec l'astre du jour pour la possession de l'espace. Il s'agissait évidemment de résidus des incendies qui avaient détruit la cité.

Anna sortit à son tour.

- Je t'ai vu sortir et j'ai pensé que voir à deux ce spectacle de désolation serait moins douloureux.

Il ne répondit pas mais la prit par le bras et dit :
- Regarde, quelqu'un arrive !!

Une silhouette se détachait du fonds rocheux et avançait péniblement. Petit à petit, Anna et Jean-Paul distinguèrent un homme âgé qui progressait à pas lents. L'homme les vit à son tour et manifesta de la surprise, mais continua d'avancer.

Lorsqu'il fut à portée de voix, Jean-Paul cria
- Venez-vous de la cité ?

L'homme ne répondit pas, mais lorsqu'il fut plus près, il répondit en haletant.
- J'ai marché toute la nuit pour m'échapper de l'enfer.

Il arriva à leur niveau et se laissa tomber sur une pierre au bord du chemin.
- Prenez votre souffle, dit Anna.
- Non, pas besoin... Il faut que je vous dise. J'avais un mauvais pressentiment depuis deux jours. Les attaques duraient depuis plusieurs jours sans que personne ne sache

comment les stopper. Un ennemi invisible, voilà ce que c'était... Vous me croyez ?

- Oh oui, je vous crois. L'ennemi invisible, c'est exactement cela.

- Au soir, avant le coucher du soleil, j'ai pu m'échapper en me glissant et j'ai pu éviter les contrôles. Toute la nuit, sans lumières pour ne pas attirer l'attention. Heureusement, je me rappelais les sentes de ma jeunesse... J'ai quatre-vingt ans, vous savez ?

- Respirez et reprenez votre calme, le coupa Anna.

- Je me suis arrêté en chemin lorsque j'ai entendu les énormes explosions derrière moi. En me retournant, je vis que tout était en feu, rouge sang sur le noir de la nuit...

- Nous avons vu aussi, répondit Jean-Paul. Et nous sommes restés interdits.

- J'espère ne jamais revivre cela.

A ce moment, les enfants et Jacques sortirent de la grange, il s'approchèrent intrigués par l'inconnu.

- Ce sont mes enfants, dit Jean-Paul et voici le frère d'Anna. Désolé, nous ne nous sommes pas présentés.

- Moi, c'est Maurice, dit l'inconnu.

- Vous comprenez, Maurice que nous sommes sur une voie sans retour. Ce que nous avons connu est mort, expliqua Jean-Paul. Votre nouvelle vie est ici, avec nous, si vous le souhaitez.

- Je vivais de la rente, car trop vieux et inutile, mais autrefois, il y a longtemps, j'étais ébéniste.

- Voilà qui pourrait nous servir. Bienvenue.

Martin sortit de la maison et s'approcha.

- Bonjour. Je viens d'entendre ce que vous avez fait cette nuit. Je m'appelle Martin

- Bonjour Martin... et moi, Maurice.

Il s'assirent sur les pierres du bord du chemin. Le soleil était monté et le ciel était clair. Les fumées commençaient à se dissiper au loin et il régnait un calme absolu.

Martin reprit la parole.

- Combien y en a-t-il encore sur les chemins ? Nous ne le savons pas encore, mais je pressens que nous le saurons bien vite.

- Il y a encore de la place dans la grange, conclut Anna. Notre devoir sera de recueillir tous ceux qui viendront jusqu'à nous.

Jean-Paul lui jeta un regard complice et lui sourit. Il se dit qu'avec Anna auprès de lui, rien ne pourrait plus lui arriver.